JN033455

祭りの季節に

長田黎

文芸社

もくじ

二度目の夏休み

栗崎《くりさき》亜美《あみ》は、地下鉄のドアに映《うつ》った自分の姿に目をこらす。水色の半袖カッターシャツに黒い綿パン姿だ。これなら、中学校教師として恥ずかしくない格好《かっこう》だろうと自分の不鮮明な映像にうなずいてみせる。

昨日はＴシャツにジーンズ姿で登校したら、和泉多佳子《いずみたかこ》校長に注意された。

「栗崎先生、いくら夏休みでも、学校勤務ですよ。それでは、私服で登校した中学生に見えます」

と、紺のスーツ姿の校長が言ったのだ。しかし、髪型のせいなのか、もともとの顔立ちのせいなのか、何度見返しても「見かけ男子中学生」は変わらない気がする。

立花《たちばな》中学校に勤務して、一年と四か月、二度目の夏休みを迎えている。中身はそれなりに教師らしくなっていると思うのだが、同僚たちから見れば、「まだまだ、一人前にはほど遠い」のかもしれない。感慨《かんがい》にふける間に、電車は菊水《きくすい》神社前駅にすべりこむ。

菊水神社前はＪＲや私鉄とつながるターミナル駅なので、乗降客はかなり多い。汗だくのサラリーマンやハイヒールで闊歩《かっぽ》するＯＬにまぎれて改札を抜ける。人々の流れる方角とは別れて、あじさいロードへ上がる七番口に向かう。地下通路の前方に小柄なおかっぱ頭の後ろ姿が見えた。白いブラウスに黒いスカート。左肩に大きめのショルダーバッグを提《さ》げている。あの地味な教師スタイルは、数学科の森沢芙美《もりさわふみ》先生に違いない。早朝にこの通路を通るのは、立花中学校の職員ぐらいだ。市民体育館もあじさいホールも朝早くには開いていないし、福祉会館の職員の出勤にもまだ早い。

「フミ姉ちゃん」

亜美は大声で叫んだ。小柄な人影がピタリと立ち止まって振り返る。森沢芙美先生は三姉妹の長女で、面倒見がすこぶるよい。だから通称「フミ姉ちゃん」だ。フミ姉ちゃんの穏《おだ》やかな下がり眉に向き合うと、なんだか心が安らぐのだ。朝からフミ姉ちゃんに会えるなんてラッキーだ。亜美はウキウキと駆けよる。

「栗崎先生ねぇ、森沢先生と呼びなさい。生徒がいたら、どうするの」

いきなり叱《しか》られてしまう。しかし、フミ姉ちゃんの声は鈴を振るような美声で、小言《こごと》さえも天上の音楽のようだ。

「おはよう、フミ姉ちゃん。生徒たちも、みんな、フミ姉ちゃんって呼んでいるんだし、誰もいないし、大丈夫だってば」

フミ姉ちゃんは、思い切り大きなため息をつくと言った。

「おはよう、亜美ちゃん。あなたに何を言っても無駄《むだ》だってこと、忘れていたわ」

フミ姉ちゃんは六歳年上の二十九歳だ。去年は亜美と同じく一年生を担当し、今年も一緒に二年生を担当している。つまり、着任からずっと新米教師の亜美を世話してくれているのだ。頼りになるやさしい先輩だが、口うるさいのが難点だ。もっとも亜美自身、実の母や姉から小言をもらいっぱなしなので、フミ姉ちゃんの説教も常に馬耳東風《ばじとうふう》と受け流していた。

二人並んで階段を上《のぼ》りきり、太陽光線の中へ足を踏み入れる。背後は菊水神社の境内だ。塀の向こうはうっそうとしたクスノキの木立になっていて、小鳥のさえずりが強烈な光線をはね返すように響いてくる。神社方向を振り返ると、右手で日の光をさえぎりながら、鳥の影を探してみる。隣で生成《きな》り色の日傘を広げたフミ姉ちゃんも、つられるように空を見上げている。青い空が広がっているばかりで、鳥は見当たらず、散乱する夏の光に一瞬クラッとする。

「森沢先生、栗崎先生」

あじさいロードの彼方《かなた》から声がする。黒い日傘をさして、淡いスモーキーグリーンのスーツから出た右腕を栗色のロングヘアーの横で優雅に振っている。隣のクラスの二年三組担任、上杉穂奈美《うえすぎほなみ》先生だ。二歳年上で二十五歳になる。生徒たちからは「美人すぎる国語教師」と呼ばれていた。上杉先生はヒールの音を敷石に響かせながら、急ぐ様子もなくまっすぐこちらに近づいてくる。完璧《かんぺき》なプロポーションとあでやかな美貌が周《まわ》りの景色から浮いている。手前であたりをゆっくりとうかがって、誰もいないことを確かめると快活に言った。

「フミ姉ちゃん、おはようございます。亜美ちゃん、おはよう」

上杉先生は、生徒の前では必ずフミ姉ちゃんを「森沢先生」、亜美を「栗崎先生」と呼ぶ。しかし、立花中学校の二年生たちは、三人が「フミ姉ちゃん」「ウエちゃん」「亜美ちゃん」と呼び合う仲だと知っている。同僚たちも生徒たちも、三人をまとめて「タチバナ・シスターズ」と呼んでいた。

「ウエちゃん、おはよう。ほら、ごらんなさい。ウエちゃんはちゃんと公私の切り替えができているでしょう」

「生徒がいる時が公《こう》で、いない時が私《し》になるわけ？　いてもいなくても通勤途上はすでに勤務中なんだから、公なんじゃない」

「亜美ちゃん、本当に理屈っぽいわね。カワイくないわよ」

フミ姉ちゃんが言う。

「出た。理学部物理学科宇宙地球物理学専攻。理屈っぽいのは、亜美ちゃんのビョーキよね」

ウエちゃんはなにかというと、亜美の珍しい専攻学科をからかうのだ。そんな時は、ウエちゃんの軽口が聞こえなかったふりをすることにしていた。

「ウエちゃん、おはよう。今日も暑いですね。……って、妙なところから、出勤ですね」

ウエちゃんは六甲《ろっこう》に住んでいて、普段は亜美と同じく菊水神社前駅で降りる。あじさいロードの北側から来ることはあり得ない。ウエちゃんは微妙に決まり悪そうな表情を浮かべている。

「遅刻しそうだったの。それに、この暑さだし……。車で来たのよ」

「あの真っ赤なスポーツカーよね。まじ？　地下パーキングって、まずくない。車もウエちゃん自身も、危なくないの？」

亜美は本当に心配になっている。

「監視カメラが、あっちやこっちにあふれるほどあるわよ」

フミ姉ちゃんはいつもながら冷静だ。

「そうよ。それに、出口の近くに止めたわよ」

言いながらウエちゃんは、亜美を頭のてっぺんからつま先までじろりと一瞥《いちべつ》する。

「確かに、昨日に比べるときちんと感はあるよね。でも、私服の男子中学生という印象は同じね。この間、選んであげたワンピを着たら、どう？」

歩きだしながら答える。

「バレー部の子たちに『女らしく見えるように、先生もスカートをはこうかな』って、相談したら、みんなが言ったの。『やめた方がいい。オカマに見える』って」

ウエちゃんはあでやかに笑うと言った。

「さすが。毎日一緒だと、顧問《こもん》のことをよく理解しているわね」

「オカマはLGBTの方に失礼だから、生徒に注意しないとダメよ」

ウエちゃんの言葉も腹立たしいが、いちいち亜美の言動をチェックするフミ姉ちゃんも失礼だと思う。それにしても、校長の「服装に注意しなさい」がすぐにみんなに伝わるのはネット社会の弊害《へいがい》だとも思う。


福祉会館の角を西に折れると、前方に立花中学校が見えてくる。いつもなら、カエルを押しつぶしたようなオエーオエーという掛け声や、楽器の音が聞こえてくる。夏休みは暑くなる午後の時間を避けて、早朝に部活動の練習をするからだ。しかし、今は静まりかえっている。

「今日は野球部も、サッカー部も練習をしてないよね。ブラスバンドの音も聞こえないし……」

亜美が言うと、ウエちゃんはあきれたように言った。

「亜美ちゃん、忘れているよね。今日はリーダー研修の日なので、委員長や副委員長が登校するのよ。二学期の行事に向けて、クラスリーダーの意識づけをすることになっている。だから、部活動はないわよ」

「そうだった。夏休みというのに、部活動だ、講習会だ、会議だ、研修会だ、備品整理だって、忙しいよね。わたし、夏休みや冬休みや春休みには、てっきり先生も休めるものだと思っていた。だから、教師になったのに……」

ウエちゃんがコホンと咳払《せきばら》いをすると、校長の口調をまねて言う。

「先生も公務員なのですから、八時半から四時半まで勤務するのが当然です」

「ウエちゃん、校長先生のものまねウマいね。声のトーンが少し高いけど、口調がそっくりよね。校長先生が出張の時は、校長講話、いけそうね」

「フミ姉ちゃんのお言葉ではありますが、わたし、あんなに長いお話はできません」

和泉校長の長話には教師も生徒もうんざりしている。亜美はと言えば、二人のやり取りに加わらず、自己嫌悪気味につぶやく。

「そうだったねぇ、リーダー研修の日だった」

去年と同じ行事だし、二、三日前に日程を確認したのに。

「リーダー研修のために、一学期の終わりに委員長と副委員長を選挙で決めたでしょう」

フミ姉ちゃんが諭《さと》すように言うと、ウエちゃんが続ける。

「そう、そう。亜美ちゃんのクラス、並木《なみき》くんが委員長になったのよね。まあ、最近のテスト、並木くんがずっと学年首位だし、当然と言えば当然かな」

「あの頭脳であんなに勉強すれば、誰もかないっこないわね。それにしても、亜美ちゃん、どんなふうに並木くんに勉強をするように仕向けたの？」

フミ姉ちゃんが半ば面白そうに、半ば不審げに聞く。

「ウーン、まあ、本人の自覚と言いますか……。並木祐哉《ゆうや》の父親はあの通りの職業ですよね。ヤクザさんっていうか、暴力団っていうのかな。だから、自分も将来、普通の就職は難しいと思ったみたい。何になれば一生困らないかって聞くから、お医者さんとか弁護士とか、個人営業で安定した職業ならと答えた。それでネットで調べたみたいで、『要するに、学校の成績が良ければいいんですね』って……」

亜美は少し憂鬱《ゆううつ》そうに答える。以前のまったく勉強もせず、ソコソコの成績で楽しそうだった祐哉を見ている方がよほどよかった。優等生の祐哉はなんだか痛ましい。

「良ければって、ほとんどの教科が満点に近いじゃない。立花中始まって以来の秀才って評判になっているみたいよ」

フミ姉ちゃんは感に堪《た》えないという口調になっている。ウエちゃんもウンウンとうなずきながら言う。

「うちのクラスの委員長、杉本《すぎもと》くんも並木くんと一緒に全校協議会に出られるって大喜びだったわよ。あの二人の仲がいいのは、よくわかんないけど……。医師や弁護士志望のヤクザの息子とJリーガー志望の医者の息子って、まるで違うじゃない。二人とも、一年の時は二組、亜美ちゃんのクラスだったよね」

全校協議会は各組の委員長と副委員長が集まって、立花中の問題を話し合う会議だ。クラスのリーダーはなにかと顔を合わす機会が多く、煩《わずら》わしい集まりも仲の良い友人がいればく軽くやり過ごせる。杉本慎也《しんや》はまん丸の坊や顔をくしゃくしゃにして喜んだのだろう。目に浮かぶようだった。

亜美は久しぶりに、並木祐哉と杉本慎也が額《ひたい》を突き合わせて「腕相撲」の星取り表に記入していた様子を思い出す。「腕相撲」がしばらくの間、亜美のクラスのマイ・ブームだったのだ。

「うん。去年、摩耶山《まやさん》の野外活動で、うちのクラスが全員リレーをしたでしょ。その時にすごく仲良くなった。二人とも自分にないものをお互いに持っているから、うらやましいみたい。慎也は祐哉の頭脳がうらやましいし、祐哉は慎也のおおらかな性格がうらやましい」

亜美が言うと、フミ姉ちゃんがにこやかに答える。

「そうねえ。あの二人、いろんな意味で補い合えるんでしょうね。並木くんと杉本くんが一緒にリーダーになったのは、二学年全体にとっても、とてもいいことだと思うわよ」

そうか。リーダー研修なら、生徒たちの顔を見ることができる。会議や備品整理やパソコンの前での報告書作成よりよっぽど有意義で楽しい。

「今日も、頑張るぞ」

亜美は右手を青空に突き出しながら、気勢を上げる。フミ姉ちゃんとウエちゃんは顔を見合わせて苦笑している。

レンガを敷いた歩道も、アスファルトの道路も、すでに熱を帯び始めている。学校の真向かいにある公園の木々から吹く風がわずかに涼を運んでくる。三人は並んで正門に入る。門の右にそびえる桜の青葉が、つかの間朝日をさえぎってくれた。

立花中学校の朝

立花中学校の朝は職員朝集から始まる。校長から事務職員まですべての職員が職員室に集まって、今日の日課を確認する。職員朝集、略して「職朝」の最後は校長先生の訓辞だ。和泉校長は水色のチェックのスーツを着て、にこやかに話しだした。よく響くアルトが今日も亜美の眠気を誘う。職員室内はエアコンが効《き》いていて、睡眠に最適な環境だ。机の上にしっかりと両手を置き、姿勢が崩《くず》れないようにして眠りに落ちる。具合よく意識が飛んだと思ったら、右ヒジに何かが当たる。

薄目を開けてみたら、隣に座る高橋郁子《たかはしいくこ》先生の差し出す定規がチョンチョンとヒジを突っついていた。高橋先生は亜美の母親と同年配の家庭科教師だ。

「亜美ちゃん、ちゃんと聞いておかないとダメですよ」

高橋先生が子供に言い聞かすように耳元でささやく。高橋先生は昨年度、亜美の指導教官をしていて、今年度も隣で「お母さん役」を務めてくれていた。仕方なく亜美は身を起こし、あたりをそっとうかがう。

前の席に座る学年総務の徳永《とくなが》先生は下を向いている。整髪料で固めた頭が小刻みに震えているのは、笑いをこらえているからだろう。亜美は困り顔で右前の座席を見る。楢原《ならはら》先生は日焼けした顔をしわだらけにして笑っている。亜美と目が合うとグルリと目玉を回してみせる。体育教師の楢原先生はまだ三十代なのだが、炎天下で野球部を指導するせいなのか、クラスに抱える学年一の問題児、吉田英敏《よしだひでとし》のせいなのか、髪の半分がすでに白くなっていた。

楢原先生のヘン顔に吹き出しそうになって、左前方を向く。尾高《おだか》先生がカバ大王のあだ名にふさわしく、茫洋《ぼうよう》と亜美を見つめて、いたずらっぽく笑う。そうして、おもむろに両手を合わせ「ナムアミダブツ」と唱《とな》えている。亜美の実家は寿洸寺《じゅこうじ》という寺で、「亜美」の名は阿弥陀仏からいただいたありがたい名前なのだ。

あわてて三人から目をそらし、椅子《いす》を右に回転させて、高橋先生の頭越しに和泉校長の顔を見つめ、熱意をこめて話に耳を傾ける。居眠りは結構長かったらしく、校長先生のお話はすでに終盤にさしかかっていた。

「……今回のリーダー研修のテーマは、『体育会と合唱コンクールで、クラスの絆《きずな》を深めよう』でしたね。目立たない裏方で活躍する生徒にも、ご配慮いただきたいと思います。どうぞよろしくご指導をお願いします」

校長が席に着くと、職員室の空気が変わる。椅子のギシギシする音やパソコンを開く音にあくびの音が混じる。そんな中を一年・二年・三年の各学年総務が立ち上がる。職員朝集は全体会のあと、各学年の打ち合わせがあるのだ。

職員室の座席は、学年ごとに決められている。真ん中のエリアが亜美の所属する二学年の席だ。三台の机を向かい合わせた六台の机の「島」が、廊下に沿って一つ、運動場に沿って一つ、通路を隔てて平行に並んでいた。亜美の席は廊下側の「島」にある。通路に沿った真ん中の席だ。

亜美の前で徳永先生がおもむろに口を開く。

「おはようございます」

徳永先生は細い体を直立させたまま、二年所属職員が返すあいさつを受け、おもむろに話しだした。

「今日の流れはご確認いただけましたね。そろそろ、生徒会の執行部が登校しますので、会場の図書室に移動してください」

急いで職員室を出ると、図書室を目指そうとした。左手首を誰かがつかむ。フミ姉ちゃんだった。

「亜美ちゃん、更衣室よ。今日は生徒たち、体操服登校なので、わたしたち職員もジャージに着替えるのよ」

亜美の右手もウエちゃんに引っ張られる。

「七月の職員会議で承認された『リーダー研修実施要項』も見てないし、朝の打ち合わせも聞かずに寝ているし……。何事も空手で脅《おど》かせば何とかなると思うなんて、人生舐《な》めているわよね」

ウエちゃんがずけずけ言うと、フミ姉ちゃんが笑いだす。

「まあ、今日まで何とか無事過ごせているんだから、空手初段の効果は確かにあるんじゃないの」

亜美は手首をサッと返す。自由になった両手を二人に振りながら言う。

「未熟なわたくしが今日《こんにち》あるのは、ひとえに皆様方の援助のたまものです」

亜美は言いながら職員室に戻ろうとする。

「亜美ちゃんてば、更衣室って言っているのに……」

と、ウエちゃんが細くて白い右手を伸ばす。亜美は手を振りながら答える。

「先に行ってて。ジャージは職員室のデイパックの中にあるから、取ってこないと……」

紺ジャージと白いポロシャツをデイパックから引き出す。ついでに、パソコンを開いて「リーダー研修実施要項」にざっと目を通す。「4、内容」項目の下に「※当日は先生方も体を動かしやすい服装でご参加ください」とあるのを確認する。

更衣室に入ると、奥で佐久間由美子《さくまゆみこ》先生が、手前で高橋先生が着替え中だった。「栗崎」と表示されたロッカーを開けて、着替え始める。その様子を見ながら、高橋先生が澄まして言う。

「リーダー研修の確認はできましたか？」

「はい。えっ、要項を見直したこと、よくわかりましたね」

高橋先生は目じりの下がったやさしい丸顔いっぱいに笑みを浮かべて言った。

「去年からの付き合いだもの。亜美ちゃんはおおらかでいいんだけど、大ざっぱとも言えます。いつも、『何とかなるでしょ』精神ですからね」

仕方なく笑っていると、佐久間先生が高橋先生と亜美の間を割って通る。佐久間先生は三年生所属の体育教師だ。今日もブランド物のスポーツウエアを着て、とても四十近い歳には見えない。すれ違いざま亜美の顔をじろりとにらむ。亜美は愛想笑いを返すと、「どうも」と言いながら身をそらす。

佐久間先生は常にタチバナ・シスターズに批判的だ。要領の良いフミ姉ちゃんやウエちゃんはするりと身をかわして無傷のままだ。亜美はと言えば、今日のようにヘマをして、佐久間先生ににらまれたり叱責《しっせき》を受けたりするのだが、いつも平然とやり過ごしていた。誰に何と思われても一向に気にならないし、亜美自身はキレイでさっそうとしている佐久間先生が結構気に入っていた。だが、母親役の高橋先生は気になるらしく、佐久間先生がドアを閉めるまで手を止めてじっと眺めている。

佐久間先生の姿が消えると、高橋先生は亜美の方に向き直って、話しだした。

「リーダー研修なんですが、来年は亜美ちゃんが係になると思いますよ。わかっていますか?」

亜美の眠気は一気に吹き飛ぶ。リーダー研修は生徒会が主催する。係になるということは、生徒会を任《まか》されるということだ。生徒会執行部は最高学年の三年生で構成するのだが、受験の絡みで十二月に二年生が引き継ぐのである。二学年の「生徒会係」教員はフミ姉ちゃんと亜美だが、あくまで自分は補助の立場だと思っていた。

「生徒会の係はフミ姉ちゃんがするんじゃないですか?」

「森沢先生はたぶん、一番大変な進路の係になるでしょうね。生徒会の面倒まで見るのは無理でしょう」

「じゃあ、ウエちゃん」

「上杉先生は修学旅行の係ですし、パソコンがお得意なので、成績処理と進路の資料作りを引き受けることになります」

立花中学校では、入学式で顔を合わせた教師と生徒が卒業式で別れることになっている。つまり、一年を担当する教師集団が二年、三年と持ち上がっていくのだ。だから、二学年の担任教師も前年と変わらず、一組は体育の楢原先生、二組は亜美で三組はウエちゃん、四組がフミ姉ちゃんで五組がカバ大王こと社会科の尾高先生だ。三年になってもこのオーダーは、よほどの理由がない限り変更がないはずだ。

「じゃあ、一組の楢原先生か、五組の尾高先生は？」

「楢原先生は野球部と生徒指導で忙しいし、第一、吉田の英ちゃんの世話で手いっぱいでしょう。尾高先生は市の社会科研究部の幹部です。新しい教育課程の件で、教育センターにしょっちゅう行っています。それに、生徒会は若い教師が受け持つことになっています」

高橋先生は淡々と言葉を続ける。

「生徒会なんて、何をどうすればいいのか、皆目《かいもく》わかりません」

途方に暮れて、高橋先生の顔をすがるように見つめる。高橋先生は二、三回うなずきながら言う。

「大丈夫ですよ。ものすごくしっかりした生徒会長と組めば、何とかなります」

「そんな生徒がいますか？」

亜美は首をかしげる。ふいに脳裏に並木祐哉の顔が浮かぶ。

「高橋先生のご推薦は並木祐哉くんですか？」

高橋先生はにっこり笑うと言った。

「並木くんも確かに候補の一人でしょう。今日のリーダー研修には各組の委員長と副委員長が出席しています。そのつもりになって、生徒会長にふさわしい生徒を探せばいいのです。並木くんもいいですが、女生徒の生徒会長もいいと思います。日本は女性の社会進出が遅れています。もっと、女生徒の生徒会長を増やすべきだと個人的には思っています」

着替え終わった亜美は、眉間《みけん》にしわを寄せて高橋先生の言葉を反芻《はんすう》してみる。

「祐哉は……。先生は祐哉の父親のことはご存知ですよね」

「尽忠会《じんちゅうかい》の幹部でしょう。でも、親の職業で、どうこう言うなんて、亜美ちゃんらしくありませんね」

「いえ、偏見ではなくって……。わたしも寺の子なんで、一般社会の常識がちょっとわからないんですが、祐哉はもっと常識がないんです」

「いいじゃあないですか。亜美ちゃんと一緒に並木くんも社会常識について学べばいいんです。将来、教科のお勉強より、きっと役に立ちますよ」

困惑の表情で黙りこむと、高橋先生はにこやかに笑っている。

「亜美ちゃん、もたもたしていたらダメですよ。生徒会選挙は十一月です。ともかく、今日のリーダー研修をステップにして頑張らないと……」

「わかりました」

亜美は更衣室のドアを決然と開き、廊下を大股でかけぬけ、図書室に急行した。

リーダー研修

図書室は西館の一階、北端《きたはし》にある。靴をスリッパに履き替えて入室する。東西に窓が並んでいて、室内はとても明るい。運動場方向から強烈な朝日が差しこんでくるが、エアコンがフル稼働しているらしくひんやりと涼しい。

すでに生徒会の執行部が会場設営を済ませていた。十名の生徒会役員は配布物の確認をしたり、白板に議題を書いたりと忙しく立ち働いている。生徒たちは全員、学校指定の半袖体操服に水色のジャージ姿なので、見分けがつきにくかった。

「亜美先生、お久しぶりでぇーす」

白板の前でマーカーを右手に握ったまま、前田《まえだ》美幸《みゆき》がハスキーな低音であいさつをすると、左手で投げキッスを寄こしてくる。右手を大きく振りながら、美幸の投げキッスをはね返す。

「栗崎先生と呼びなさい」

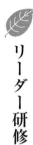

おごそかに宣言すると、美幸は両手を広げて肩をすくめてみせる。

生徒会の書記をしている前田美幸は、亜美が顧問を務めるバレー部の前部長だ。会うのは先月の引退式以来だ。引退式が終わったあと、美幸は亜美にすがって泣きだしたのだ。アタッカーの美幸は背丈《せたけ》も幅も亜美をはるかに凌駕《りょうが》していて、なんだかレスラーか相撲取りに抱きしめられているようでひどく居心地が悪かった。

どの運動部もそうだが、夏の市大会が最後にして最大の大会だ。一回戦敗退が濃厚だった美幸のチームはよく頑張った。二回戦で惜敗した時には、亜美も美幸も満足していた。気ままで強引な美幸には手を焼いたのだが、いつの間にか志を同じくする仲間になっていた。バレー部指導者として半人前ぐらいにはなれたかなあと思う。まるっきりの素人から一年半で曲がりなりにも指導者になれたのは、ひとえに美幸のおかげだ。

美幸の両親も部の活動に協力的で、最後の試合も二人そろって応援に来ていた。美幸の母は信じがたいことだが、ちょっと妖艶《ようえん》な美女だ。美幸は低い声も赤ら顔も大きな態度も、すべて父親ゆずりなのだ。美幸の父はマンションの管理会社を経営していて、機を見る才もしっかり父から受け継いでいた。大きな態度の割に、人望があるのはそのせいなのだろう。おっとりした生徒会長を陰で動かしているのは、美幸だというウワサだった。

「執行部のみんな、ちょっと来て」

生徒会長が声をかけると、白板の前に役員たちが集まる。中心にいるのは会長と緒方《おがた》先生だ。今年の生徒会の係は緒方先生なのだ。緒方先生は亜美と同じ理科の教師で、昨年は教科の指導教官だった。テストの作り方や教科の指導について、兄のように面倒を見てくれていたのだ。大柄な緒方先生は生徒の輪の中から突き出て見える。右手を振りながら、大きな低い声を響かせて叫んでいる。

「奥の席が三年生、真ん中に二年、戸口の近くが一年生の席です。一組からクラス順に座ってください。先生方は生徒の後ろの席にお座りください」

各クラスのリーダーたちはすでに登校していて、入り口周辺で様子を見ていたが、緒方先生の声に促されて席に座り始める。開始予定は九時だ。図書室の時計はまだ八時四十五分を指していた。

生徒会役員がホチキスでとじた用紙を配布し始める。こまごまとした事務仕事が苦手な亜美は、来年の作業を思い描いて気持ちが暗くなってくる。しかし、この資料を作成したのは緒方先生ではない。高校見学会の準備で忙しい緒方先生に代わって、フミ姉ちゃんが作ったのだ。協力者を募れば、何とかなるかもしれない。とたんに気持ちが軽くなる。

窓辺に立ったまま資料を見ていると、チョンチョンと肩を突っつかれる。顔を上げると、美幸の赤ら顔が目の前にある。

「先生、ちょっといいですか？」

「なあに？」

「本当に、今日のリーダー研修でみんなが組体操やマスゲームに反対すれば、体育会から組体操やマスゲームが消えるんですか？」

思い出した。七月の職員会もこの件で紛糾《ふんきゅう》した。常に生徒の意見を重んじるフミ姉ちゃんは、リーダー研修で「体育会と合唱コンクールのプログラム構成を生徒の目から見直す」ことを提案した。反対の急先鋒は佐久間先生だった。「生徒に決めさせれば、楽な方向に流れます。その結果、体育会も合唱コンクールもまるで内容のないものになります」と、佐久間先生はフミ姉ちゃんをにらんだのだ。

フミ姉ちゃんは「生徒も立派なものを作りあげたいと考えるはずだから」と主張し、結局、和泉校長の鶴の一声で、原案通りに決まったのだった。

「執行部の意見は、どうなの？」

美幸は肩をそびやかして言った。

「組体操やマスゲームのない体育会なんて、魚が泳いでない水族園と一緒ですよね。誰も見たくない。意味ないもん」

亜美は驚く。そういえば、一学期の終業式の日に、「組体操とマスゲーム」に関してクラスで話し合いが行われた。女子はマスゲームを今年もやろうとの意見が大勢を占めたが、体育委員の谷帆乃香《たにほのか》の意見に引きずられたのだろうと思っていた。谷帆乃香はハデなことが大好きだし、存在感が半端ない生徒だったからだ。実際、男子は組体操をやらなくて済むならラッキーといった意見だった。

亜美自身はこれを機会に危険な組体操や練習の大変なマスゲームがなくなればよいと考えていた。女性教員はマスゲームの指導を担当するのだが、女子全員に複雑な動きを覚えさせるのは大変なのだ。昨年のマスゲーム「友愛の花」はとてもキレイだったが、西脇沙織《にしわきさおり》がどうしてもダンスの振りを覚えられなかった。柔道女子の西脇沙織は巨体を持て余していて、ダンスが大嫌いなのだ。何の因果か今年も西脇沙織は亜美のクラスにいる。

九時きっかりにリーダー研修は始まった。校長のあいさつやら全市の生徒会代表が参加した「いきいき生徒会会議」の報告やらで、亜美はまたも眠気におそわれる。しかし、生徒たちは誰も寝ていない。さすが、各クラスのリーダーたちだ。やがて、司会の生徒会長が緊張気味に口を開いた。

「では、本題に移ります。男子の組体操、女子のマスゲームは今年も実施しますか」

みんなが机の水色の表面を眺め始め、重苦しい沈黙が流れる。やがて沈黙の重さに耐えきれなくなった三年の男子生徒が手を挙げて立ち上がる。

「組体操でケガをする生徒が多いため、全国の学校で問題になっています。やめる方がいいという意見がクラスの話し合いで出ました。僕もやめた方がいいと思います」

「はい」

杉本慎也が丸い顔をまじめくさってかしげ、手を挙げている。慎也の声は天使のソプラノからオジサン声に変わってしまっている。

「組体操で危険なのは、ピラミッドとか三段以上のタワーです。それを避けて、ぜひ組体操をしたいです。女子がマスゲームをするのに、男子が何もしないのは、なんか情けないっていうか……」

先ほどの三年生が反論する。

「女子のマスゲームも見直すことになっています。地球温暖化で気温が上がっているのに、外での練習は熱中症になります。組体操もマスゲームも、やめたらいいと思います」

三年生の女子が勢いよく手を挙げる。

「どこのクラスも三年女子は、誰もマスゲームに反対している子はいません。去年からどんなマスゲームにしようかって、ものすごく楽しみにしているのに、組体操と一緒に取りやめなんて、誰も納得しません」

小谷陽菜子《こたにひなこ》が遠慮がちに手を挙げる。小谷陽菜子は亜美のクラスの副委員長だ。

「小谷さん」

会長が指名すると、二、三年生の男子が一斉に陽菜子の方に顔を向ける。陽菜子はアイドルそこのけの美少女だ。陽菜子は長いまつげをパチパチさせながら、ゆっくりと立ち上がった。

「わたし個人としては、大変なマスゲームを暑い時にやる必要はないと思います。でも、マスゲームは立花中の伝統で、見に来られる保護者も毎年、素晴らしいと言ってくださいます。クラスの女子たちも、三年生になったらマスゲームの実行委員になりたいと思っている子がたくさんいます。取りやめということになると、二年生、三年生の女子は納得しないと思います」

陽菜子が自分から意見を発表するのは珍しい。おそらく、同じバスケ部の谷帆乃香に「お願い」されたのだろう。ともかく、帆乃香はマスゲームに固執《こしゅう》していた。

陽菜子がしずしずと席に着くと、間髪《かんはつ》を入れず山下澪《やましたみお》が小柄な体を精いっぱい伸ばして手を挙げる。澪はフミ姉ちゃんのクラス、二年四組の副委員長だ。

「陽菜ちゃん、いえ、小谷さんの意見に賛成です。熱中症もケガも、そうならないように十分対策をとればいいと思います。マスゲームも組体操も、うちの親はとても楽しみにしています。担任の森沢先生も、『体育会は生徒の皆さんの成長を親に見てもらう機会です』と言っています。わたしはクラスのみんなと一緒に、素晴らしいマスゲームを作って、ママたちに見てもらいたいです」

前田美幸が大きな手をパチパチとたたくと、二、三年の女子たちが一斉に拍手し始める。しかし、マスゲームの経験がない一年女子は、わけがわからずきょとんとしている。

立ったまま満面の笑みで周囲を見回した澪は、亜美に向かってVサインをしてみせる。澪はバレー部の現部長で、亜美の大事な「お友達」なのだ。しかし、当然のように亜美もマスゲーム実施を支持していると思われているのには戸惑《とまど》う。隣に座るフミ姉ちゃんが意味ありげに亜美を見て笑っている。フミ姉ちゃんは亜美がマスゲームや組体操を嫌っていることを知っている。

やっとフミ姉ちゃんの魂胆《こんたん》がわかった。生徒たちが「やらされている」のではなく、自分たちが「やりたくて選んだ」という形にして、体育会を盛り上げようということなのだ。二年女子に負けてなるかと思ったのだろう。三年生の女子たちが入れ替わり立ち替わり「マスゲームの実施」を訴える意見を述べる。

「では、マスゲームの実施に反対のご意見はありませんか」

会長が聞くと、図書室は静まりかえる。

「今年の体育会では、全校女子のマスゲームはプログラムに入れるということでいいんですね。では、男子の組体操はどうしますか?」

一瞬にして図書室は喧騒《けんそう》のチマタと化す。各人が一斉に「感想」を述べ始めたのだ。

「組体操が危険でダメって、ネットじゃ常識だろ」

「危険なのはサッカーも野球もおんなじなんだから、テニス部に場所をゆずれば」

「そうよねえ。男子はみんな危険を避けて、文化部に入ればいいじゃん」

「組体操も立花中の伝統だよな」

「やりたくねえよ。あんなの」

「去年とおんなじことやるんでしょ。ラクじゃん。マスゲームは毎年変わるんだよ」

「女子がマスゲームしてんのに、男子が何もしねえってのはよう。なんだかだよなあ」

「オレは好きだぜ、組体操。パシッと決まると気持ちいいじゃん。四段タワーもやりてえなあ」

「スワ中は『よさこい』を踊るってよ。『よさこい』はどうかな?」

「よさこいやるんなら、組体操の方がラクだろう」

会長が咳払いをしてから怒鳴る。

「意見は手を挙げて、指名されてから立って言ってください」

一同は背筋を伸ばして沈黙する。白板に意見を要領よくまとめて書き並べていた美幸が手を挙げる。

「はい、はい、はい」

ハスキーな低音が図書室に響く。

「マスゲームは女子だけがするものではないので、男子も一緒にマスゲームをやるのはどうですか。ダンスコンテストだって男子も出場するし……」

確かに、この頃は体育科の正課に男女とも「リズムダンス」の授業がある。しかし、男子も女子も一斉に「えっ」と不満の声を上げる。男子はマスゲームなどまっぴらごめんだし、女子は男子と一緒にやりたくないのだ。

「はい」

三年一組の男子だ。

「昨年通り組体操をしましょう。タワーとか、危険なことはやらないで……。見栄えしない分、太鼓を合図に鳴らすとか、演出を考えるということで……」

一組は体育科の大庭《おおば》先生が担任なので、頃合いを見て「組体操実施」に落としこむように言われていたのだろう。執行部もリーダーたちも大勢が組体操実施に傾きかけたが、強硬な反対論を述べ立てた生徒たちはやはり不満そうだ。短い沈黙が図書室の空気を重くしていた。その時、並木祐哉が遠慮がちに手を挙げた。

「並木くん」

生徒会長が指名する。祐哉はゆっくり立ち上がって言った。

「組体操という名前が問題なら、変えればどうでしょうか。太鼓に合わせるなら、ビートドラム体操とか……。太鼓をたたくは英語でビート・ア・ドラムだと思うので……。少しでも危険のあるものはやめにして、太鼓の数を増やしたらどうですか。たたき手がハデなハッピでも着れば、十分にマスゲームに対抗できます。太鼓は近くの湊《みなと》高校から借りればいいと思います。湊高校には華鼓団《かこだん》っていう太鼓の部活があるし……」

組体操反対派の中心になっていた生徒の顔が輝いている。彼はブラスバンド部で打楽器を担当しているのだ。

「ビートドラム体操、いいね」

全員が手をたたいている。

「今年の体育会は、男子はビートドラム体操に、女子はマスゲームということですね」

亜美は自分のクラスのリーダー、祐哉と陽菜子に目をやる。陽菜子はまじめくさってうなずいているが、祐哉は意味ありげな笑いで亜美を見ている。祐哉はこの会議の流れがあらかじめ意図したものだとわかって、その方向に押したのだろう。

フミ姉ちゃんも教えてくれていたらよかったのに。「体育会で生徒の成長を保護者に見せるため、組体操とマスゲームは実施すべき」と言われれば、「なるほど」と納得がいったに違いない。いや、そもそも「暑くて疲れるからマスゲームはなくなればよい」という発想自体が、教師としては失格なのだ。「自分の気持ち」ではなく、「生徒の成長に何が必要なのか」を優先すべきなのだろう。

落ちこんだ気分で図書室を見渡す。奥の窓際に佐久間先生が座っている。佐久間先生は憤《いきどお》りをこめてフミ姉ちゃんをにらんでいる。マスゲームも組体操も佐久間先生が望んでいたように、今年も実施されることになったのだ。なぜ佐久間先生はあんなに怒っているのだろう。

問題児

夏休みが短くなっていることを、教師になってから初めて知った。八月終わりの一週間は、授業日になっている。文部科学省が設定している授業時間を、なにかと行事の多い中学校ではクリアできないのだ。教育委員会も校長も、「授業時間の確保」を合い言葉のように唱《とな》える。そこで、各教室にエアコンが入ったこともあって、夏休みが短くなってしまったらしい。

「明日から授業が始まります。教頭から保護者に一斉メールを送りますが、問題のありそうな生徒の家庭訪問をお願いします」

朝の打ち合わせの最後に、徳永先生が言った。亜美の右隣に座る高橋先生が顔を寄せて耳打ちする。

「竹山《たけやま》くんのところ、一緒に行きましょうか？」

「いいです。三日前に行っていますし……」

「それって須磨署《すましょ》に補導された件ですよね」

「ええ、須磨海岸でお酒を飲みながら花火を打ち上げました。今、自宅謹慎《きんしん》中です。ちゃんと家にいるかどうか確認に……」

「学校が始まると伝えたとは思いますが、都合の悪いことはすぐに忘れますよ。改めて明日から登校すること、直接言った方がいいですね」

　さすが高橋先生だ。竹山真《まこと》の心理に精通している。

　左隣でガチャンと音がする。誰かが席に座ったのだ。左はスクールカウンセラーの席なので、夏休み中は空席だ。振り向いて見れば、君塚《きみづか》先生だった。君塚先生は常に教師スタイルを崩さない。今日も白いカッターシャツに涼しげなブルー系のネクタイを締めていた。

竹山真の件かなと思ったら、果たしてそうだった。

「竹山真はちゃんと謹慎していますか？」

「家庭訪問をした時にはいました。電話連絡もしていますが、スマホなので、家にいると言い張りますが、本当のところはわかりません」

　君塚先生は立花中の生徒指導を担当している。須磨署が補導した件で竹山親子を校長室に呼んだ時にも同席していた。

　亜美のクラス、二年二組の一番の問題児は竹山真だ。学年一の問題児は一組の英ちゃんこと吉田英敏なのだが、英ちゃんは昼夜逆転生活が続いて、学校に姿を見せることがほとんどなくなってしまっている。そのため、真が学年一問題の多い生徒になっていた。この五か月の間、立て続けに服装違反、指導不服従、喫煙、バイク盗、無免許運転、恐喝《きょうかつ》まがいの行為、他校生とのトラブル等々の事件を引き起こしていた。そのたびに竹山真宅に家庭訪問をする。実のところ、立花中の次に頻繁《ひんぱん》に訪れる場所が真の家だ。

「竹山の母親について、この間中央署《ちゅうおうしょ》でちょっと気がかりなことを聞きました。竹山佐《さ》知子《ちこ》という名前でしたよね」

君塚先生は問題を起こした立花中生のために中央署や湊署《みなとしょ》、また家庭裁判所や児童相談所などの関係機関と常に連絡を取っている。警察官や相談員に知り合いがたくさんいた。

「ええ、竹山佐知子さんです」

竹山佐知子は三宮《さんのみや》でスナックをやっていて、キレイでド派手な人だ。立ち居ふるまいが一般の人とどこか違って見える。この一年半で、亜美もヤクザとか風俗とかに少しは詳しくなった。「あちらの世界」の住人であることはなんとなくわかる。

君塚先生はややためらいながら言った。

「大規模なデリヘルの元締《もとじ》めらしいんですよ」

亜美は首をかしげる。

「デリヘルって……」

君塚先生が言いよどむので、デイパックからスマホを取り出して検索にかける。

「ウィキペディアにないんですね。なんか怪しげなサイトが並んでいるから、風俗のお店ですね」

「いやあ、ソープランドを知らなかった亜美先生には、難易度の高い語彙《ごい》ですね」

おかしそうに徳永先生が向かいから口を出す。

立花中の校区には全国有数の歓楽街「幸原《ゆきはら》」がある。去年初めての家庭訪問で幸原を訪れた際に、ソープランドなるものがこの世にあることを初めて知ったのだった。

周り中がクスクス笑っている。

「亜美ちゃんは純粋ですれていないのに、地域のことを知ろうと努力しています。それなのに、新米ほやほやの頃のことを持ち出すとは……」

高橋先生がプンプンしながら言う。亜美は内心、擁護《ようご》してくれる高橋先生に申し訳なく思う。天文オタクだったたし、マイペースなため世間の常識を欠いているだけなのだ。徳永先生はと言えば、高橋先生の口調に恐れをなしている。徳永先生は恐妻家で、妻の次に高橋先生が怖い。

「いやいや、失言でした。亜美先生、デリヘルというのは、デリバリーヘルスの略です。和製英語でしょうが……」

徳永先生は英語を教えている。

「デリバリーって宅配のことですよね」

もう一度検索すると、幸いなことにウィキペディアに載っていた。

「売春の宅配版？　これって、違法じゃないの？」

亜美は高橋先生にささやく。

「違法と合法のすれすれで営業しているのでしょうけれど、中央署が問題にしているなら、摘発の可能性もあるってことでしょうね」

高橋先生が亜美の目を見つめながらささやく。一方、君塚先生は情報がやっと「正確」に亜美に伝わったことに安堵《あんど》しながら運動場側にある自分の席に戻っていく。

「もう一つ。竹山くんの父親のこと」

高橋先生がためらいながら言う。

「刑務所にいるんですよね」

「知っていたのね」

「フミ姉ちゃんから聞きました」

ふいに高橋先生が笑いだした。

「亜美ちゃんと竹山くん、対極にいるのに、仲がいいですよね。亜美ちゃん、竹山くんのことが好きでしょ？」

「ええ、真は妙にやさしいし、妙にかわいいんです。どうしてかな？」

「お母さんは、お仕事はなんだか怪しげですが、愛情は豊かなんでしょうね。かわいがられて育った子供はかわいいんですよ。それに、竹山くんも亜美先生のことが好きなのね。愛情は伝わるから」

竹山真は市営椿《つばき》野《の》住宅十四号棟に住んでいる。菊水川《きくすいがわ》沿いの高層団地だ。玄関ホールに入ると少しヒンヤリとはしたが、蒸しあがるような暑さの中を歩いてきたので、汗がしたたり落ちる。立ち止まってタオルで顔や首を何度もぬぐう。あたりを見回すと、カラフルな宣伝ビラが郵便受けからはみ出してホールの床に散乱していた。

亜美は腕時計に目をやる。五時少し前だ。真は不在かもしれない。一応、須磨署の件で「自宅謹慎」ということになってはいたが、きちんと守るとは思えない。ただ、今日は母親が家にいるはずだから、自宅謹慎のフリぐらいしているかもしれない。

あたりをキョロキョロと見渡し、怪しげな同乗者がいないことを確認してからエレベーターに乗りこむ。エレベーターの中は排泄物《はいせつぶつ》のニオイが立ちこめていて、思わず息を止める。真の部屋は十二階だ。

一二〇九号室のブザーを押す。室内で低いブザーの音が鳴っている。しばらくするとカチャッとカギのはずれる音がして、竹山修《おさむ》のにこにこ顔がのぞく。

「亜美ちゃん先生だぁ」

竹山修は真の弟で、保育園の年長さんだ。亜美が二か月ほど前に訪ねたら、修が一人ぼっちで留守番をしていた。腹ペコだという修にラーメンを作って食べさせたのだ。それ以来、親戚のお姉ちゃんくらいに思っているのか、満面の笑みで迎えてくれる。

両手を広げて飛びついてくる修を思わず抱き上げる。

「まあ、先生。申し訳ありません。サムくん、ダメダメ。重いし暑いでしょ。お兄ちゃんに先生が来られたから出てくるように言ってきてね」

真の母親が出迎える。火曜日は営業しているスナックの休業日なのだ。化粧気のない顔に淡い水色のサングラスをかけTシャツにハーフパンツをはいている。

「こんにちは。お休みの日にお手間を取らせて、申し訳ありません」

丁寧《ていねい》にあいさつをすると、母親は恐縮《きょうしゅく》して両手をさかんに振る。

「先生、いらっしゃい。申し訳ないのはこちらの方です。うちの不出来な息子のために、わざわざ足を運んでいただいて……。どうぞおあがりください」

真の母は玄関横のダイニングに案内し、椅子を引いて勧めてくれる。家の中はいつ来てもきれいに片付いている。冷蔵庫の上にある年代物のエアコンがガーガーと冷気を吐き出していた。

「お兄ちゃん、お兄ちゃん。亜美ちゃん先生が来ているよ」

「わかった、わかったから、そんなに引っ張るなよ」

真が不機嫌な顔でふすまを開けて出てくる。真のカーゴパンツにまといつくように修も顔を出す。

「ママくん、先生にあいさつ。ママたちはお話があるから、サムくんはあっちでテレビを見ていてね」

真の母には妙な迫力があり、基本的に竹山兄弟は母親の言うことに逆らえない。修はこうべを垂れてふすまの向こうに消える。真はと言えば、仕方なしにソフトモヒカンの頭を下げながら上目遣いに亜美を見る。つりあがった細い眼がキョトキョトと落ち着きなく動いている。まるでキツネが悪だくみを考えているようだ。

「ちゃんと自宅謹慎しているのね。感心、感心」

真の顔がぱっと輝き、うれしそうに母親の隣に座る。

「校長先生にちゃんと言っといてくれよな。言いつけを守っているって」

母親ともども校長室に呼ばれて、校長直々に自宅謹慎を言い渡されたのは、先週の火曜日だった。その折、君塚先生から、「審判に呼ばれるかもしれません」と言われたことがだいぶ気になっているようだった。家庭裁判所の「審判」次第で、少年院に行かなければならない事態に陥ることもある。

真の母は立ち上がり、ミルで豆をひき、コーヒーをいれている。

「どうぞ」

目の前に置いてくれる。いつも手をつけないのだが、わかっていながら出すのだ。なんだか申し訳ない気分になるのだが、そこを狙っているのかもしれない。

「オレにもコーヒー」

真がおずおず要求すると、母親は強烈な一瞥をくれる。それでもマグカップにコーヒーを注ぎ、真の前に置く。真の横に並んで腰掛けると、落ち着き払って言った。

「ちゃんと謹慎しているかどうかの確認と明日から学校が始まる件ですか」

いつもながら舌を巻く。真の母は素晴らしくカンも頭もいいのだ。

「教頭先生からのメールをご覧になられたんですね」

母親はうなずきながら、真に言った。

「マアくん、明日は遅刻しないで学校に行くのよ。九時に始まるから、行けるでしょう」

真はコーヒーを飲み干すと、眉間にしわを寄せてぼやき始める。

「夏休みなのに、授業があるっておかしいとオレは思う。第一、オレんところにばっかり、なんだかんだ言ってくるって、先生は不公平だよ。パワハラで教育委員会に訴えてやる」

母親は真に向き直ると、強い口調で言った。

「マアくん、ママがいつも言っているでしょ。栗崎先生の言うことは絶対に聞くこと。こんなに一生懸命にあんたのためにやってくれる先生は、どこにもいません」

真はうつむいて空《から》になったマグカップを見つめながら、不満そうに頬をふくらませている。一方、亜美はいつもながらの母親の言葉に落ち着かない気分になる。真の母は亜美の

「親戚のお姉ちゃん」的好意を見ぬいている。その気持ちを真のために最大限利用しようとしているのだろう。乗せられていることを意識しながらも、なんだか真のために頑張らねばという気になってしまう。

「マアくん、先生はこんなに何度も家に来てくれたり、サムくんの面倒まで見てくれているけど、いくら家庭訪問をしても、遅い時間まであんたの指導をしても、何の得にもならないのよ。あんたの面倒を親身に見てくれるのは、先生のボランティアなの」

真は顔を上げると、キツネ顔にきょとんとした表情を浮かべる。

「えっ、本当なの？　オレの家に来ても、お金をもらえないの？」

真は亜美が家庭訪問を繰り返すのは、何らかの手当をあてにした行為と取っていたらしい。亜美はキッと真をにらんで言った。

「なに言っているの。財政難の市がそんなお金を払うわけがないでしょ。お金には関係なく、クラスの子供たちの面倒はちゃんと見たいと思っています。自分でも不思議なくらい頑張っているの」

真の母は自分のマグカップにもコーヒーを注ぎ、ゆっくりと飲んでいる。

「先生に出会っていなかったら、この子はいずれ、鑑別所か少年院に行くことになったでしょう。いいカッコつけたがるくせに、てんで頭も要領も悪いですからね」

「そんなこと、あるわけないだろ」

真はふてくされているが、体は母親の方に傾いている。真の母はともかくも愛情深い母親であり、真はかなりマザコンなのだ。

ますます落ち着かない気分で、亜美は話題を変える。

「この間、修君がアンパンマンの絵本を読んでくれました。まだ小学校にあがってないのに、スラスラ字が読めるんですよ。本当に賢いです」

「真は教科書も読めないでしょう。真と修は父親が違うんです」

サラリと母親が言い、真も平然と聞いている。

「真の父親は、そりゃあいい人で……。真は、頭は父親に、性格はわたしに似たのね。父親は亡くなったんです。真が三歳の時でした。その後、再婚して生まれたのが修。だから、八歳も違います。弟ができて少し心配しましたが、真は結構修をかわいがってくれます。ね？」

真はうなずく。

「先生はいつまで立花中にいるんですか？　できたら、サムくんも担任してもらいたいですが……」

亜美は危うく咳こみそうになって、座り直しながら言う。

「お申し出はありがたいですが、無理なんですよ。初めて勤めた学校には長くいられないことになっていて……」

「まあ、残念です」

母親は本当に残念そうに言った。

「良かったじゃん。こんなうるせえ先公に持ってもらったら、サムもかわいそうだろ」

真の母はすごい勢いで真の頭をはたく。

「イテ、こういうのを虐待《ぎゃくたい》っていうんだよな。先生」

亜美はあきれて真の顔を正面から見て言う。

「じゃあ、こども家庭センターにお泊まりしなきゃね。今から行こうか」

「えっ」

真は本気でどぎまぎしている。一方、母親の方はつぶやくように言った。

「こども家庭センターね。確かポートランドにあったわね」

真の母は少女の頃、こども家庭センターとかかわったのかもしれない。

「先生のご実家はお寺さんなんですってね。いいご家族の中で、大きくなられたんでしょうね」

誰かが同じことを言った。そうだ。中原元子《なかはらもとこ》だ。

中原元子は、亜美のクラスの女生徒、牧田由加《まきたゆか》の「保護者」だ。愛人の子である由加に元子は家事労働をさせていた。去年、教師になったばかりの亜美は、元子にどう対応すればよいかさんざん頭を悩ましたものだ。

その元子がさも憎々しげに語ったと同じことを、称賛の響きをこめて真の母親は言ったのだ。由加に愛情を持っていない元子は亜美に批判的だが、真を深く愛している母親は亜美にも好意的なのだろう。

「真くんが踏みとどまっているのは、わたしのせいではありません。お母さんが頑張っておられるからだと思います」

母親の目を見つめながら言った。真の母は決して目を合わそうとしない。必ず微妙に視線を外《はず》すのである。母親はテーブルに視線を落としながら、亜美に向かってさかんに右手を振っている。

「じゃあ、マアくん。明日の朝会いましょう。お邪魔しました」

亜美はいとまを請い、玄関に向かう。靴を履いていたら、修が飛び出してくる。帰らないでという修の泣き声に送られて、亜美は一二〇九号室をあとにする。

母親も真も修も懸命に生きているのに、なにかと苦労の多い人生に見える。のほほんと生きてきた二十三年を思うと、もっと頑張らないと、と申し訳ない気分になる。蒸し暑い大気が亜美にまとわりついてくる。重い気持ちのままエレベーターに乗りこむ。玄関ホールから眺めると、町は夕焼けの光を浴びてほんのりと赤く染まっていた。

委員選挙

「また、どうしてこんなにキンキンに冷やしているの。エアコン、何度設定になっているのかな」

教卓に両手を置きながら亜美が言う。

「二十二度かな」

教室の中ほどの、やや後ろに座っている柴田秀也《しばたひでや》がまん丸い顔をかしげて答えている。

小柄ですばしっこい秀也は教室を縦横無尽に駆け回って、エアコンの温度設定も自分の体感温度でこまめに調整する。秀也は妙に勘が鋭くて、亜美の目がつりあがりそうになるとちゃっかり座席にすまし顔で収まるのだ。

「だから、あたしが言ったっしょ。亜美先生はトシだから、冷えてよくないんだよ」

隣に座る谷帆乃香が秀也に言い放つと、日に焼けた細い左腕を伸ばし秀也の頭を小突いている。帆乃香はショートヘアに鼻筋の通った印象的な少女だ。

「ホーちゃん、立花中の先生の中で、わたしは一番若い先生なんですよ。いつも言っているでしょ。エアコンは二十六度以下にはしないように。適正温度は二十八度です」

ホーちゃんこと谷帆乃香は、「へええ、一番若いんだ」と亜美に笑顔で手を振ってみせると、両手でVサインを作って突き出す。亜美は優雅にお辞儀を返すと、窓際の棚に置いてあるリモコンを取り上げてピピピッと温度を上げた。

「熱中症になったらどうしてくれるんだよう」

小島和樹《こじまかずき》が不平そうに頬をふくらます。和樹は成績も性格も悪くないのに暴力的で、すぐに腕力をふるいたがった。大柄で受け口の顔がゴリラに似ていて、気の弱い生徒は決してそばに近づかない。

「昌弘《まさひろ》、そうだよなあ」

和樹は隣の、これまた体のデカい太田《おおた》昌弘に同意を求めている。窓際の最後列に座る昌弘は、先ほどから退屈そうに外を眺めていたが、和樹の呼びかけにおもむろにうなずいている。

この二年二組の教室は西館二階にあり、窓の向こうは通りを隔てて西村《にしむら》工務店のビルがそそり立っていた。夏の気配をたっぷりと残した太陽がガラスのかたまりのような西村工務店ビルを照らし続け、あたりに光をまき散らしている。

「グラウンドの方が熱中症の危険度は高いのよね。和樹と昌弘は熱中症になったら困るから練習には参加できないって、楢原先生に言っとくね」

亜美は澄まして言い放つ。和樹と昌弘は野球部新チームの主力メンバーだ。ただいま、野球部は秋の新人戦に向けて猛練習の日々を送っている。二人は野球をするために学校に来ているので、教室ではなるべく安楽に過ごしていたいのだ。そうしただらけた態度は、野球部顧問の楢原先生が最も嫌う行為だ。

昌弘は「はい」と言って手を挙げるとサッと立ち上がった。

「オレたちは、冷房がなくてもかまいません。和樹は二組のみんなのことを心配して言ったのです。そうだよな、和樹」

昌弘は和樹の椅子を蹴りあげながら座席に戻る。和樹は何度もうなずきながら、「そう、そう」と相づちを打っている。

「ゴリラはもともとアフリカに住んでいるんだから、熱中症になるわけないよな」

田中流斗《たなかりゅうと》が前に座る竹山真に同意を求めている。ひょろりと痩《や》せた流斗は体も頭も心も口も軽かった。

「流斗、てめえ」

和樹が立ち上がってわめく。なるほど、檻《おり》の中で叫ぶゴリラにそっくりだ。

「オレは別に和樹のことを言ったんじゃあないんだけど」

流斗は言うが、すがるような目つきで亜美を見ている。流斗の席は最前列に座る真の後ろで、教卓に陣取る亜美のすぐ前だ。和樹がおそいかかってきたら、亜美の後ろに隠《かく》れるつもりなのだろう。

「キリンもアフリカに住んでいるから、熱中症にはならないよな」

昌弘が野太いオジサン声で流斗に向かって言う。確かに流斗は少し首が長い。

「お友達を動物にたとえるのは、良くありません。それに、アフリカは暑いところばかりではありません。高原状の涼しいところも、温帯の気候もあります。お友達やアフリカに失礼になるような言い方はやめましょうね」

亜美は流斗と昌弘を等分に見ながら言う。やさしい言い方だが声は妙に低い。

「オレ、流斗に言ったわけでは……」

昌弘の言い訳を亜美がさえぎる。

「やかましい」

とたんに教室が静まりかえる。これは亜美が「怖い」からではない。「やかましい」と言った口調が、亜美の不機嫌になる前兆だからだ。亜美はいつも「機嫌の良い」教師で、機嫌さえよければ生徒たちは自由にふるまっても一向にお咎《とが》めがない。二組は常に騒がしいクラスなのだが、子供たちも亜美もそれが「自然」だと思っている。

「はあい。ムダ口はよして、始業式の日ですよ。委員選挙をやんなきゃ。委員長と副委員長は一学期の終わりに決めたから、ほかの委員の選挙をしますよ」

亜美はフミ姉ちゃんの忠告「いつも笑顔で」を思い出して、にこやかに話す。一斉におしゃべりが始まる。

「もう、学校、始まっているのに、始業式は九月一日って変だよな」

「課題テストも、八月に済んじゃってるし。あのテスト、最悪」

「夏休みの宿題も、八月中に集めるって、どうよ」

「やっぱ、二十八度って暑くないか」

「先生、もっと温度下げてくれないと、沙織死んじゃう。ホーちゃんも言ってくんない」

帆乃香の隣に座る西脇沙織が太い声を響かせる。かわいい口調と声がミスマッチだ。

「ニッシー、あんたが死んだら、教室の温度が下がっていいよ」

帆乃香は冷淡だ。しかし、九十キロを超えたニッシーこと西脇沙織の巨体から湯気が立ちのぼるような気がして、亜美は急いでリモコンを取り上げ、温度を二度ほど下げる。

「やっぱり亜美先生だ。沙織のことを愛してくれてるんだ」

この夏、小学生の頃からプールを拒否して泳げない沙織を、鈴木《すずき》美香《みか》たちと何度か市民プールに連れて行った。どんなトラウマがあるのか、学校のプールは絶対にダメだというのだ。そんなこんなで沙織は亜美を叔母か姉と思っている。

「先生はクラスのみんなを愛しています」

亜美が言う。

「ブッブー」「マジかよ」「気持ち悪い」「愛していると、にらむのかよ」「鳥肌立った」は男子。「きゃあ」「先生、デートしよう」「今日もイケメンだぁ。かっくいい」「ヒューヒュー」は女子。一斉に声が飛び交う。

「はあい」

両手をパンとたたきながら叫ぶと、教室は静まる。

「まずは文化委員の選挙です」

言いながら投票用紙を配布しだす。文化委員にふさわしい男子と女子の名前を書くのだ。

「後ろから集めてね」

折りたたまれた投票用紙が教卓の上に散乱する。選挙は一種のイベントなので、子供たちはウキウキと楽しげだ。「学級イベントには、生徒の参加が望ましい」というのが、フミ姉ちゃんの意見だ。

「開票、誰か手伝ってくれないかな」

「はーい」と叫びつつ柴田秀也が手を挙げると、スックと立ち上がっている。田中流斗が続き、仕方なく岸本正樹《きしもとまさき》が前に出て来る。三人はサッカー部員だ。突拍子もない秀也と流斗はサッカー部顧問沢本《さわもと》先生の悩みの種で、岸本正樹が二人のお守り役を命じられている。正樹は五郎池町《ごろういけまち》にある寺の息子だ。正樹の祖父は亜美の祖父と親しいらしい。しかし、本人は知っているのかいないのか、亜美には常によそよそしかった。

流斗が折りたたんである投票用紙を開く。少しかすれた声で名前を読み上げてから、用済みの用紙を亜美に手渡す。秀也が男子の名を、正樹が女子の名を黒板に書き、その下に「正」の字を一画一画、票が入るごとに書きこんでいく。漢字の苦手な秀也はひらがなで「きしもと」などと殴り書きしたが、正樹の方は寺の跡取りにふさわしく「鈴木」と端正な楷書で書いた。

開票を終えると、三人は意気揚々と席に戻る。

「文化委員は岸本正樹くんと鈴木美香さんです。岸本くん、鈴木さん、立ってください」

正樹は面倒くさそうに、美香はうれしそうに立ち上がる。

「二学期はいろいろと文化委員の仕事が多い学期なので、頑張ってね」

二人はペコリと頭を下げ、クラスみんなが拍手をする。

美化委員に図書委員、保健委員と開票事務を買って出るメンバーを入れ替えながら、選挙は「順当に」進んでいた。子供たちはそろそろあき始めて、教室には弛緩《しかん》した空気が流れ出した。机に突っ伏して居眠りを決めこむ者や、ノートに何やら落書きする者もいる。今日の部活予定といった情報の交換や夏休みの思い出話が飛び交う。

「はあい。体育委員選挙の開票、誰か手伝ってくれる人」

開票事務を志願する者も、五番目の体育委員選挙になるとさすがにいなくなる。困った時にはバレー部員だ。亜美が顧問を務めるバレー部員は四六時中一緒にいるので、「お願い」すればたいていのことは引き受けてくれる。秀也の後ろの席に座る鈴木美香を見つめ、次に流斗の隣に座る長岡綾音《ながおかあやね》を見る。美香はアニメの実写版風の小柄な少女で、綾音はピンクの頬をしたスレンダーな少女だ。

美香がサッと立ち上がり、沙織と綾音を引き連れて前に出て来る。沙織はふくれた頬をさらにふくらませ、「沙織はバレー部じゃないのに」とつぶやいている。しかし、いつも面倒を見てくれる美香には逆らえない。綾音は面倒なことは大嫌いだが、目立つことは好きなので、しぶしぶ出て来る。クラス一小柄な美香とクラス一大柄な沙織に挟《はさ》まれた綾音は、新チームのアタッカーだけにすらりと背が高い。見た目も妙なトリオだが、亜美と一緒に開票を始める。

「えーっ」

帆乃香の叫びが教室に響く。ざわめきは一瞬でやみ、子供たちの視線が黒板に走る。

亜美は沙織から読み終えた票を受け取っていた。美香に強引に誘われて「お手伝い」している沙織は、投げやりに名前を読み上げる。亜美はミスがないかチェックに没頭していて、選挙の行方《ゆくえ》にまで気が回っていない。亜美も含めた四人は一斉に手を止め、黒板を見つめる。

綾音が書きだしている女子委員はきわめてまっとうだ。ちゃらんぽらんな綾音の字とは思えない几帳面な漢字で「谷」とある下に「正」の字が並んでいる。一学期も体育委員は谷帆乃香だった。帆乃香が女子体育委員になるのは自身を含めて想定済みだろう。綾音は不思議そうに帆乃香を見つめ、美香が担当する男子の方に目をやる。綾音がうなずき、クラス全員も帆乃香が叫んだ理由を理解した。

美香はクラス全員の視線を浴び、困り顔で亜美を見つめた。頬が赤く染まり、チョークでチョンチョンと「竹山」の字をたたいている。竹山真の票が一番多い。

緊迫度を増した重い空気の中で開票作業が続き、男子体育委員は竹山真が選ばれた。

「おかしい。おかしいよねえ」

帆乃香は後ろを向いて、小谷陽菜子に同意を求める。陽菜子は副委員長の立場にあるし、帆乃香の所属するバスケ部の部長でもある。帆乃香はなにかと陽菜子をあてにしていた。

陽菜子は優雅にうなずく。大輪の百合が揺れるようだ。学年一美しい陽菜子は教師以上に杓子定規《しゃくしじょうぎ》で、問題行動を繰り返す真が体育委員になることなど許せるわけがなかった。

陽菜子は落ち着き払って言った。

「男子、まじめに投票しているの。すぐに体育会の練習が始まるのに」

陽菜子は花の顔《かんばせ》から鋭い刃のような非難を繰り出し、男子の良識派や女子はその言葉にうなずいている。確かに陽菜子の指摘は核心をついていた。

体育会は言うに及ばず、体育の授業時にも体育委員は前に出てラジオ体操と「立花体操」を指導することになっている。立花体操とはこの学校独自の体操なのだ。真は疲れることをいっさいしない。果たして、立花体操を覚えているのだろうか。

「マアくん、立花体操できるの?」

美香がかわいいアニメ声で聞く。マアくんは竹山真の通称だ。

「いっくら、マアくんでもそれぐらい覚えているよな」

秀也があせり気味に口を挟む。

「秀也、まさかマアくんに入れてないよね」

帆乃香の口調に軽い殺気が混じりこむ。

「五組の松沢《まつざわ》くんと一緒に、体育委員をする約束をしたんでしょ。でも、松沢くんは体育バッチリだし、マアくんとは全然違うのに……」

美香が帆乃香に言っている。松沢賢治《けんじ》は真の幼なじみだ。

「選挙の結果にあれこれ文句をつけるなんて、人権無視だよなあ」

流斗が前に座る真の背中を軽くたたきながら言う。ずっとうつむいていた真は流斗の励ましにやっと顔を上げた。真は怒るべきか、かしこまるべきか、決めかねているようだった。つりあがった細い眼がキョトキョトと落ち着きなく動いている。

「それで、竹山くんはちゃんと委員をする気があるのかな」

亜美が聞く。真が体育委員として頑張れば、それはそれで結構なことだ。見学を決めこむだろう真をいかにして体育会の練習に参加させるか、頭を悩ましていたからだ。すぐ前に座る真の顔を教卓からのぞきこむ。

「もちろん、オレ、頑張るっす」

真はうれしそうに言う。笑うとまったくのキツネ顔になる。いやいや、動物にたとえてはいけないと、今言ったばかりなんだけど……。

「信じられない。マアくんがサボるとあたしが困るのに」

帆乃香が金切り声を上げる。確かに真と一緒に体育委員をすれば、しわ寄せがくることは目に見えている。

「まあまあ、本人はやる気があると、言っているわけだし……」

亜美がなだめても帆乃香は首を振っている。

「甘い。先生ったらマアくんに甘いよ。どうして?」

綾音が鼻にかかった声で言いつのる。

「それは生き別れた姉弟《きょうだい》だから」

ぼそっと昌弘が言う。

「昌弘!」

亜美が叫ぶ。一瞬教室が静まりかえる。和樹がハデに笑いだし、亜美もつられる。

「ほんとう?　ほんとうなの?　先生とマアくんは姉弟《きょうだい》だったのかあ」

沙織が叫ぶと、クラス中が笑いだした。二組は喧騒《けんそう》のチマタと化している。

昌弘と綾音の指摘は亜美の心を刺した。真は確かにクラスの中で一番かかわりの深い生徒だろう。次から次に起こすトラブルのたびに、亜美は真宅に家庭訪問をする。母親も不在がちなので、毎日のように連絡している。なんとなく親戚関係みたいになっていた。

喧騒の中で真の体育委員就任が既定事実化しつつある。たぶん、美香の言う通りなのだ。松沢賢治と一緒に体育委員をやりたかったのだろう。賢治は真の幼なじみで、同じ椿野住宅十四号棟に住んでいた。それで、選挙の前に男子に頼みこんだのだ。おそらくその話に秀也や流斗がのった。退屈な選挙が面白くなるからだ。

夏休みの最中に起こった、サッカー部と野球部のトラブルも関係したに違いない。新チームになった両部はグラウンドの使用をめぐって、もめたのだ。秀也や流斗たちサッカー部員は野球部に腹を立てていた。それで、野球部の昌弘が体育委員になるのを邪魔したのだろう。順当なら昌弘が体育委員になっていた。一学期の体育委員は昌弘だったし、昌弘の運動能力は群を抜いていたからだ。

パン、パン、パンと亜美が手をたたく。静かになった教室で真と向き合う。

「竹山くん、体育委員はラジオ体操と立花体操をみんなの前でやるんだよ。わかっているよね」

真は神妙にうなずいている。

「体育会の入場式の時も、先頭で行進するのよ」

やや不安そうにうなずく。

「体育会の練習も中心になってやるのよね」

表情に後悔の影が差しだす。

「体育委員会にも、体育会の準備にも出席するのよね」

首をかしげて眉根を寄せるが、亜美の目つきを見てさかんにうなずいている。

「みんな安心してください。竹山くんはまじめに委員活動をすると約束しました。でも、もしサボった時には、選んだ皆さんにも責任がありますよね。代わりに体育委員のお仕事をしてもらいましょう」

流斗が視線をさまよわせながら言う。

「誰がマアくんに投票したのかは、わかりません」

亜美はにっこり笑うと、乱雑な字で「たけやま」と書いた用紙を流斗に突きつける。流斗はたちまち元気がなくなる。

「先生はクラス全員の字を知っているよ」

美香が注釈を加える。実は立花中には「タチバナ・ノート」なるものがあって、毎日の連絡や行動の記録、感想を書いて担任に提出することになっている。担任教師の空き時間はノートを見ることですべて消えるが、おかげで各自の性格や悩み、そして字の特徴も頭に入っていた。

「マアくんがまじめに体育委員をするから、大丈夫でしょ。はい。では、谷さんと竹山くん、立ってください」

帆乃香は真をにらみながら決然と立ち上がり、真はノロノロ立つ。教室はヘンに静まりかえっている。亜美は手をたたきながら言った。

「拍手しましょう。すぐ体育会の練習が始まるのよ。今月、一番大変な委員じゃない。リユーくんも一押しの体育委員が決まったんだから、応援の拍手をしないと」

リユーくんこと流斗は恨みがましく亜美を見ると、パチパチと手をたたき始める。拍手が止み二人が席に座ると、教室はまた静まりかえる。チャイムが響きだすと、陽菜子が花のようにほほえみながら言った。

「マアくん、信頼して入れてくれた友達を裏切るようなことはしないでね」

陽菜子は帆乃香のためにくぎを刺したのだろう。

真は頭を抱えこんでいる。亜美はチラリと並木祐哉を見る。祐哉はポーカーフェイスを崩しもせず立ち上がりながら号令をかける。

「起立！　礼！」

それにしてもと、亜美は思う。なぜ、祐哉は真に投票したのだろう。いつもは、ギリギリの線で「良識的な」立場に踏みとどまるのが祐哉なのに。

練習の始まり

「部活、部活」

教室に飛びこんで来た昌弘が叫ぶ。ジャンケンに負けた昌弘が本日のゴミ当番だった。ゴミを校庭の片隅にあるコンテナに捨てに行く係だ。ゴミ缶を置くと机の上のカバンを持ってあわてて出て行く。

「窓の戸締まりは済んだの？」

教室の戸口で亜美が叫ぶと、美香がカバンやサブザックをまとめながら「はーい」と返事をしている。

「ホーちゃんは？」

続けて聞くと、綾音が頬をふくらませて不満そうに言う。

「マスゲームの練習が始まるからって、図書室に行きました。掃除の途中だったのに。あれって、サボりですよね」

ホウキを持ってうろうろしているだけの綾音より、ホーちゃんこと帆乃香の方がよっぽど働いていた。教室にカギをかけながら亜美が言う。

「綾音も早く着替えて、グラウンドに出なくっちゃ。今日の部活、君塚先生が見てくれるから」

「ええーっ、今日は君塚先生なんですか。アタックばかり、打たされるんですよ。脚《あし》が太くなったらどうしよう」

「蹴りが強くなっていいでしょ。綾音くらいキレイだと、脚を太くして、身を守らないとね。先生は図書室でマスゲームの練習を見るの。美香、早くミス・バレー部をグラウンドに連れてってよ」

綾音は両親と二人の姉にどっぷり甘やかされて育っているので、少しお人よしのところがある。だから、イヤミがまったくわからない。白い陶器のような顔に満面の笑みを浮かべて喜んでいる。美香は吹き出しそうになりながら綾音の腕を引っ張っていく。


体育会の練習が来週から始まる。そのため、男子の「ビートドラム体操」と女子の「マスゲーム」の競技説明会が、今日の放課後、開かれることになっていた。男子体育委員が体育館に、女子体育委員が図書室に集合する。

「ビートドラム体操」は基本的に組体操なので、毎年実施しているものとそうは違わない。それで、男子体育委員に要項を配布し簡単な説明で終了する。ブラスバンド部の男子部員中心に編成している太鼓隊は、緒方先生が引率して湊高校に出向き練習を始めていた。

マスゲームについては、曲もダンスも新しく創作する。リーダー研修のあと、三年女子のリーダーたちが曲とダンスの振り付けに取り組んでいた。卒業生の母親で、駅前のカルチャースクールでジャズダンスを教えている方《かた》が指導して、短期間のうちにちゃんと仕上げたらしい。

亜美が図書室に入っていくと、帆乃香が目ざとく見つけて、ハデに手を振ってくる。いつもは机と椅子が並んでいる場所は広々とした空間になっていた。後ろの書架と書架の間に机と椅子を下げているのだ。

三年生の女子たちが何人かのかたまりになっておしゃべりをしていた。三年生は各クラス四名で「マスゲーム実行委員会」を作っているから、人数が圧倒的に多いのだ。実行委員の中には、生徒会の前田美幸をはじめバレー部員が五人もいる。美幸は愛想よく亜美に手を振るが、他の四名は知らん顔だ。しかし、いつもは茶髪で薄くファンデーションを塗っている彼女たちも今日はスッピンだし、体操服もきちんと着ていた。

運動部では、夏の大会を最後に三年生たちは引退する。すぐに入試の準備にかかる子供も多いが、勉強に打ちこめない子たちは時間を持て余して問題行動に走るようだ。二学期の行事はこうした子供たちを学校にとどめる役割を持つのだと、高橋先生が教えてくれていた。

確かに「マスゲーム実行委員会」のメンバーはこの一週間、朝から夕方まで練習に励んでいた。それも、楽しそうに。なんでも、マスゲーム実行委員になりたい者はたくさんいて、かなりの競争を勝ち抜いたメンバーなのだそうだ。

二年三組の体育委員勝野悠希《かつのゆうき》が姿を見せる。亜美の顔を見ると、パッと笑顔になって駆けよってくる。悠希は、入学式で「チョー、カッコいい」と担任の亜美に大向こうから掛け声をかけてくれた生徒だ。去年一年間、新米教師の亜美をなにかと助けてくれていた。

「栗崎先生。久しぶり」

ガラガラのオバサン声だ。

「悠希、昨日もそう言ってたじゃない」

「そうだっけ。そんなことより、今日の上杉先生の服、メッチャ、ヤバかったですねえ。どこで買ったのか知っていますか」

悠希の今の担任はウエちゃんだ。

「上杉先生に聞けばいいじゃない」

「上杉先生はキレイすぎて、なんか聞きづらいんです。親友の栗崎先生なら、知っているでしょ」

「悠希ちゃん、栗崎先生に何聞いてんの？　先生はきっと上杉先生がスカート姿かパンツ姿かもわかっていないと思うけど」

二年一組の体育委員長谷川望《はせがわのぞみ》だ。

「失礼ねえ」

と言ってから、亜美は言葉が詰まる。確かにウエちゃんがどんな服を身に着けていたのか皆目思い出せない。

「ほらほら、あたった」

望は得意げに笑い、両腕を伸ばして打ちこむまねをする。望は全市に聞こえた剣道少女だ。亜美は望の腕の先にあるらしい幻の剣に向かって右足を蹴り上げる。これは内緒だが、亜美と望は体育館で早朝、空手対剣道の「果たし合い」をしたことがあった。一年以上も前のことだが、それがきっかけでかなり親密にしていた。

「なかなか素晴らしい演武ね。お互いのことをよく理解していて、仲のいい武道家姉妹ですこと」

ウエちゃんだ。亜美と望が同時に叫ぶ。

「違います」

亜美はウエちゃんの身なりを確認してみる。ウエちゃんはシャレたスポーツウエアに着替えている。

「戸口にいると、一年生が入れません。二年生はちゃんと並びましょう。ほら、三年生をごらんなさい」

フミ姉ちゃんの鈴を振るような声があたりに響く。両手を突き出して、亜美たちを追い立てている。確かに三年生は奥にあるマガジンラックの前に、いつの間にか並んで座っている。その横に、佐久間先生が亜美たちタチバナ・シスターズをにらみながら立っていた。ブランド物のスポーツウエアを着て、手にはファイルを持っている。

「はーい、ここ。一組」

フミ姉ちゃんの指示に、望があわてて三年生の横に駆けつけ、気を付けの姿勢で立っている。すぐ後ろに帆乃香が続く。望と帆乃香は犬猿の仲なので、やや間を開けて立つ。たちまちのうちに二年の女子体育委員五名が整列し、フミ姉ちゃんが両手で合図をすると、パッと同時に座っている。

一年の四名がおずおずと入室する。まだ子供っぽい女の子たちは、少し緊張した表情を浮かべて二年の横に整列している。

「全員そろったようなので、立ってください」

前田美幸の迫力ある声が図書室中に響く。「マスゲーム実行委員会」の代表は生徒会書記の美幸なのだ。

「整列、前にならえ」

一糸乱れず二十五名が動く。

「気を付け、礼」

二十五名が一斉に叫ぶ。

「お願いします」

「最初に佐久間先生からお話があります」

　佐久間先生の落ち着いたアルトが図書室に流れ始める。

「夏休みの間、三年生の実行委員は毎日のように登校して、今年のマスゲームを作りあげました。テーマも話し合って決めました。『希望』です。とても素晴らしいテーマだと思います。中学生の皆さんは、どんな大人よりも『希望』をたくさん持っていますよね。マスゲームの題名は『希望の光』です。三年生の最後のマスゲームが成功するように、一、二年生の皆さんは、協力してくださいね。三年生の教師として、先生も皆さんにお願いしたいと思います。まずは、三年生に実演してもらいますので、よく見てください。前田さん、指揮をお願い」

　美幸が再登場する。

「では、今年のマスゲーム『希望の光』を、わたしたち三年生が最初からやってみます。三年生は前に出て、マスゲームの隊形に整列してください。ええと、デッキ、デッキ」

　三年がワラワラと前に出て来る。一方、美幸はカウンターの前でデッキを電源につないでいる。

「二年の誰か、ああ、ゾミちゃん、ちょっと来て」

　ゾミちゃんこと長谷川望が悠希を連れてデッキに駆けよっている。

図書室の空間に三年生十六名が等間隔に並んで立つ。前田美幸が手をたたいて合図すると、最初のポーズを一斉にとった。かがみこんで左足を曲げ右足を伸ばし、両手を上半身と一緒に右足方向に伸ばしている。よほど練習したのだろう。ポーズをピタリと決めて、バレリーナのようだ。

悠希が音楽を流し始める。スターウォーズの荘重な旋律が流れ出した。この曲も美幸たちがブラスバンド部や放送部と協力して作ったオリジナルCDだ。ダンスの動きと表現内容にふさわしい曲をつないで作っていた。

旋律に合わせて、手を上にあげながら立ち上がっていく。身を起こすと、ステップを踏み始める。一糸乱れぬ動きだった。真ん中で踊る少女の動きがとりわけ優雅だ。思わず亜美は見とれてしまってから、その少女がバレー部の秋本友里《あきもとゆり》であることに気がついた。控えのセッターだった友里はわからないように化粧をして、常に無表情のまま緩慢に動いた。その友里が軽やかにステップを踏んでいる。

やがて、美幸が手をたたく。

「ここからは、隊形移動が入って、学年やクラスで動きが違ってきますので、運動場で全体練習の時、やることにします。今日はここまでを皆さんに覚えてもらいますね」

帆乃香たち二年生は、キラキラした瞳で三年生の動きを追っている。来年は、もちろん実行委員になって、自分たちのマスゲームを作りあげるつもりなのだ。

一年は三年の熱意に当惑気味で、不安そうな表情を浮かべている。複雑なステップは到底覚えられそうになかったし、仁王立ちの美幸も怖いのだろう。

美幸は一年ににっこり笑ってみせる。笑うと愛嬌《あいきょう》がある。

「一年の皆さん、三年生が教えますから大丈夫ですよ」

練習態勢が組まれ、女生徒たちは団子状になって騒然としている。見ていると、やさしそうな三年生はにこやかに一年につき、こわもては二年についている。前田美幸の配慮なのだろう。思わず美幸に称賛の笑顔を送ると、美幸はVサインを返してくる。


肩をたたく者がいる。振り返ってみると、フミ姉ちゃんだ。

「廊下に一組の早川《はやかわ》君が来ているわよ。栗崎先生に用があるらしいけど……」

あわてて廊下に出る。早川康平《こうへい》が居心地悪げに亜美を見つめて、モジモジしている。康平も亜美のクラス、一年二組にいた生徒で、亜美にひどくなついていて、「舎弟」と言われていた。久しぶりに会う康平は、また少し背が伸びていた。

「康平、どうしたの。何か先生に用があるのかな」

亜美の問いに、困り顔の康平は廊下の天井を見上げて黙っている。重ねて問う前に、康平が話しだした。

「二組の竹山くんが、体育委員の集まりに来ていません。担任の先生に知らせて来いって、楢原先生が……」

　亜美の表情が変わったのだろう。康平は後ろに飛び退《すさ》っている。

　油断した。最初の体育委員会に、真は神妙に出席していたので、今日は大丈夫と信じこんでいた。

「五組の松沢くんは来ているの？」

　亜美の問いに康平は何度もうなずいている。

「楢原先生に伝えてね。探し出して、絶対に連れて行きますって」

　きびすを返した康平は飛ぶようにかけていく。見送りながら、真の居場所を知っていそうな生徒を思い浮かべてみる。やはり、田中流斗だろう。サッカー部の流斗はグラウンドにいるはずだ。

真の居場所

　グラウンドに出ると、汗が吹き出てくる。とうに四時を回っている。太陽はすでに西に傾きかけていたが、強烈な熱をあたりに放射していた。

　流斗はランニング中だ。顧問の沢本先生は体育委員会に出席しているので、副顧問がついていた。亜美は許可を取って、流斗をグラウンドの片隅に連れて行く。

「リューくん、今日、体育委員会があることは知っているよね」

流斗は亜美の顔色をうかがいながら、ぎこちなくうなずいている。

「リューくんのお友達、マアくんの姿が見えないんだって」

流斗は情けない顔で、もう一度うなずくと言った。

「オレが代わりに出なくっちゃいけないの？」

「まさか、体育委員のお仕事なのに、リューくんが出なくてもいいでしょう。マアくんのいる場所を教えて欲しいのよ」

流斗は両手を振って言う。

「オレ、マアくんがどこにいるかなんて、マジで全然わかりません」

「ほんとうなの？　ウソをつくと、神様に叱られるよ」

流斗の両親は熱心なクリスチャンだ。教会に行けなくなるから日曜日の練習や試合は組まないで欲しいと、沢本先生に厳重抗議したこともあった。しかし、サッカーが大好きな流斗は教会よりサッカーを優先させていて、両親も少しあきらめ気味のようだった。

神様の叱責も怖くないらしく、「知らない」の一点張りだ。亜美は別の方法をとることにした。

「この頃のリューくんの様子、沢本先生に報告するね。もうすぐ、新人戦だよね。立花中のMFはリューくんが一番ふさわしいと思うけど、沢本先生はどう判断するのかな」

流斗は真っ青になって言った。

「ヨッシーのマンション」

「ヨッシー？　ヨッシーって、誰のことなの」

「三組の津村良彦《つむらよしひこ》くんです」

三組の授業を思い出してみる。窓際に所在なげに座っている小柄な少年が、確か津村良彦だった。いつもハトが豆鉄砲を食らったような表情を浮かべてこちらを見ていた。そういえば、良彦はサッカー部員だ。

「ありがとう」

「オレが言ったって、内緒にしといて欲しいんだけど」

「大丈夫よ。もし、リューくんがバラしたってわかったら、栗崎先生に脅されたんだっていえば、みんな納得するでしょ」

流斗は大げさなため息をつく。

「うん、みんなかわいそうにって、言ってくれるかも……」

一瞬カッとなったが、ここで時間を取るのはまずい。まずは図書室に戻って、ウエちゃんを呼び出そう。良彦の担任はウエちゃんだ。

ウエちゃんと連れ立って、すぐに学校を飛び出した。少し不安がある。ウエちゃんはひどい方向音痴なのだ。職員室で住所録と地図を見て来るべきだった。

心配は杞憂《きゆう》だった。良彦のマンションは学校から三分とかからない場所にあった。学校から丹波《たんば》街道を越えて進み、一つ目の角を南に曲がる。そこが良彦の住む「パークハイツ西観音《にしかんのん》」だ。

パークハイツは豪華なマンションでオートロック方式になっていた。

「ウエちゃん、ヨッシーくんは何号室なの」

ウエちゃんは澄まして答える。

「津村くんは今まで何の問題もなかった生徒なのよ。何号室かなんて知るわけがないでしょう」

「ここまで来て、どうするの」

「亜美ちゃん、何のためにスマホを持ったのよ。スマホで教頭先生に聞きなさいよ。教頭先生のところに全校生の住所録が置いてあるわよ」

「スマホは職員室のデイパックにあると思うけど……」

ウエちゃんは肩をすくめると、ポケットからスマホを取り出し学校を呼び出す。そうして、呼び出し音の鳴っているスマホを亜美に差し出した。

「家庭訪問のことも、教頭先生に伝えてね」

家庭訪問の際には教頭の許可を取ることになっていたが、軽いパニックに陥っていた亜美はすっかり忘れていたのだった。

「津村宅は五〇三号室だそうです」

うなずいたウエちゃんはインターホンに五〇三の数字を入れた。

「はい」

ノドに何かが絡まったような低い声が答える。ウエちゃんは端的に言った。

「開けなさい」

すぐに解錠された。ウエちゃんに遅れないようにあわててエレベーターに急ぐ。観葉植物が並ぶ玄関ホールは一流ホテルのラウンジのように見える豪華なマンションだ。

ウエちゃんがドアチャイムを鳴らす。チェーンをかけたまま良彦が顔をのぞかせる。日に焼けた丸い顔に丸い眼を見開いて、ウエちゃんのキレイな顔を見つめている。

「津村くん、こんにちは。二組の竹山くんが来てるんでしょう」

良彦の表情が泣きそうにゆがみ、激しく首を振っている。

「竹山くんの担任が、どうしても竹山くんに会いたいそうですよ」

ウエちゃんが後ろを振り返り、亜美を指さした。良彦の顔がさらに青くなった。

「まず、ドアを開けてね。さもないと、栗崎先生がドアを蹴破るかも……」

こんな頑丈そうなドアを蹴れば、確実に骨折するに違いない。腹立たしい気分でウエちゃんの後頭部を見つめる。軽くウエーブのかかった長い髪も美しかった。

良彦はサッとドアを開けた。薄茶の毛糸玉状のものが転がり出て来る。ポメラニアン種の小犬だった。小さく吠えながらウエちゃんの足もとにまとわりつき始めた。嫌いと称していたが、ウエちゃんは動物と子供に非常に受けが良かった。無造作に抱き上げると、犬は盛大にウエちゃんをなめている。

室内は冷房が効いていて、冷気があたりを満たしている。玄関土間に目をこらす。乱雑にさまざまな色合いの靴が脱ぎ散らかっている。しかし、白い運動靴は一足だけだ。真の靴ではない。真の運動靴はまだ新しいナイキの靴だ。良彦の言う通り、誰も来ていないのだろうか。いや、流斗の情報が間違っているはずはない。

リビングに続いているらしい廊下を見る。丸めたティッシュ、表紙の破れたマンガ雑誌、広告ビラにお菓子の包み紙、弁当のから、コンビニの袋などが散乱して床が見えない。異臭が漂っていた。生ゴミの悪臭に犬の排泄物のニオイが混じっている。きっときれい好きの真は汚れることを恐れて、靴のままあがりこんだに違いなかった。

「あがってもいいかしら」

ウエちゃんが言うと、情けない顔つきのまま良彦はうなずいている。ウエちゃんはあがりかまちに自分の靴をそろえておくと、脱ぎ散らかった靴を素早く整理し始める。あわててしゃがみこむと亜美も手伝う。足の踏み場を探しながら、ウエちゃんの後を追う。このシャレたマンションの部屋をどうすればここまで汚せるのか不思議だ。

リビングはカーテンも家具も一流品らしかったが、ホコリとゴミで悲惨な状態になっていた。大型テレビの前に真と平井《ひらい》厚志《あつし》が座りこんでいる。テレビゲームの最中らしかった。タバコのニオイがしたが、タバコ自体は見当たらない。インターホンにウエちゃんの顔が映し出された瞬間、あわててどこかに隠したのだろう。

「亜美ちゃん先生、久しぶり」

手を振りながら厚志がにこやかに言う。厚志は一年の時に亜美が担任していた。厚志と話したのは夏休み前だったから久しぶりの対面ではある。厚志は現在、二年三組、つまりウエちゃんのクラスにいた。

「アッちゃん、まっすぐ帰るように言ったよね」

ウエちゃんは犬をそっと床に下ろしながら言った。厚志と真はサッカー部だったが、一年次の五月に早々と脱落していた。二人は「帰宅部」なのだ。

「はい、申し訳ありません」

アッちゃんこと厚志が言う。こんな丁寧な言葉遣いは聞いたことがなかった。ウエちゃんの厳しい指導で身に付けた言葉なのだろう。ウエちゃんのところに駆けよろうとする犬を、良彦があわてて抱き上げている。

「土足でよそさまのお家にあがりこむって、どういうことなの。靴を脱いでらっしゃい」

怒りを押し殺した声でウエちゃんが言う。厚志と真は案の定、運動靴のままあがりこんでいたのだ。二人はあわてて立ち上がると、玄関に走りだす。

「逃げ出したら、必ず探し出すからね」

亜美が怒鳴る。厚志と真は戻って来るとウエちゃんの前に正座している。ウエちゃんがため息をつきながら聞いている。

「タバコはどうしたの」

真が首を振り、言い訳を始める。

「あんまり部屋が臭かったから、ヨッシーのおばちゃんのタバコに火をつけてニオイを消したんです。吸ったわけではありません」

ウエちゃんが肩をすくめる。亜美が口を挟んだ。

「マアくん、ねえ。タバコは吸わないと煙は出ません。火をつけただけではニオイ消しにはならないでしょ。詳しいことは学校で聞きます。学校に戻って、まずは体育委員会に出席しないとね」

亜美の目的はあくまで真を体育委員会に連れて行くことなのだ。自分の受け持ち生徒が、「保護者不在の家で触法行為に及んでいた」ことに頭にきていたウエちゃんも、亜美の目的を思い出したらしい。また、お嬢様のウエちゃんはこの「汚部屋」から早く脱出したかったのだろう。ウエちゃんが言った。

「みんなで学校に戻りましょうね。津村くんは、サッカー部に顔を出すこと。平井くんには事情を聞きます。なぜ津村くんのお家に寄り道したのか、ここで何をしていたのかとかね。竹山くんは体育委員会に行ってください。ともかく、学校に戻りましょう」

妙な五人組はパークハイツから出ると、学校へ歩きだした。丹波街道は車の数が増え始めていて、強い日差しに五人の影がアスファルトに長く伸びていた。

疑惑

「もう、委員会は終わっていると思うけど……」

校門を入りながら、真が言った。

「終わっていたら終わっていたで、楢原先生にごめんなさいを言わないと……」

渋る真を促しながら、本館二階の体育館に駆けあがった。

西日の入らない体育館は思ったよりも涼しい。今しがた、体育委員会は終わったようだった。楢原先生と沢本先生、それに大庭先生が後片付けの指示を出している。三人ともこわもての体育教師なので、委員たちはコマネズミのように働いていた。

亜美は真を連れて楢原先生に近づいた。

「楢原先生、二組の体育委員、竹山くんを連れてきました」

「さすが、栗崎先生。よく居場所がわかりましたねえ。お疲れさまでした」

楢原先生に向き合うと、深々と一礼をする。

「楢原先生、誠に申し訳ありませんでした」

「いやあ、真だけに誠に申し訳ないですよね」

楢原先生はオヤジギャグが大好きだ。

「マアくん、突っ立ってないで何とか言ったら」

亜美の剣幕に真はおずおずと頭を下げる。

「サボって、すいませんでした」

あたりにちらちらと目をやりながら、真は消え入りそうな小声で謝《あやま》っている。周囲では体育委員が集合して終わりのあいさつをしていたし、バスケット部員が練習の準備を始めていた。楢原先生はおかしそうに真を眺めながら言った。

「いやいや、二組は代理が来ました」

誰にも代理は頼んでいない。亜美は怪訝《けげん》な顔で楢原先生を見つめる。楢原先生は体育館の奥を指さした。並木祐哉が一年生部員と一緒にボールの入ったかごを押していた。

「並木くんが出席したんですか」

驚いて亜美が聞いた。

「ええ。並木ほど有能な委員はいませんから、大助かりでした。男子の背丈順を聞いても、みんな覚えていないんですよ。一組と二組の分は並木が全部覚えていました。あとのクラスは書いて提出ということに……」

祐哉ならどうということのない作業だったろう。祐哉は一度チラッと見ればたいていのことを覚えていた。

バスケットボール部の祐哉は部活に出るために体育館に来ていたらしい。真がいないことを知って代理を申し出たのだと、楢原先生が話す。

「委員長として見過ごしにはできなかったのでしょう」

杉本慎也ならいざ知らず、祐哉にそこまでの責任感はない。おそらく、真に投票したのを理由に代理を言い渡される前に、先手を打ったのだろう。

代わって仕事をしてくれた祐哉にも謝らせるべきかなと思って真を見た。真の顔つきが険しくなっていた。他の体育委員やバスケット部員の前で引っ張り回されることに腹を立てているのだ。ヤンキーのプライドにかかわると思っているのだろう。真が「切れる」とかなり困ったことになる。普段の真はごく小心で、それなりの気遣いもできる。しかし、切れた真は凶暴な獣《けもの》と化してしまう。すべての理性が吹き飛んで、何かが取りついた状態になる。こんなところで真を相手に大立ち回りは避けたかった。

真と少し距離を置き、落ち着いた声音《こわね》で話しかける。

「祐くんがマアくんの代わりをしてくれたようだし、体育委員会も済んでいるわけだから、下に行きましょうか」

真の目が普通に戻りだす。うなずくと、亜美に従って階段を下《お》り始めた。

「アッちゃんは上杉先生とお話ししているから、マアくんは先生と話しましょう。いいよね」

厚志を置いて逃げるのは仁義にもとると思ったのだろう。真は仕方なくうなずいている。玄関横の小会議室に入り、亜美と向き合って座った。頬をふくらませ、猫背になってだらりと腰掛け、上目遣いににらんでいる。亜美が下手に出ているので、横柄《おうへい》に構えているのだ。だんだん腹が立ってきて、机をこぶしでたたくと、真をにらみすえた。真はあわてて背筋をしゃんと伸ばし座り直す。

「いつから津村くんのおうちに行っているの？」

「えっと、いつからかなあ」

とぼけているわけではない。本当に思い出せないのだ。

「夏休み中からかな。それとも夏休みの前かな」

「うーんと、前、前。夏休みの前」

「もう暑くなっていたかな。まだ、長そでを着ていたかな」

「七分のトレーナー。チャコに汚されそうになってあせった」

「チャコって、誰のこと?」

「ヨッシーの犬、犬の名前」

「チャコに汚されそうなトレーナーって、あの白いオシャレなトレーナーのことよね」

「うん、それそれ」

身なりに凝る真は、服装の記憶だけは鮮明だった。いつどこで何を着ていたかはきっちり覚えているのだ。それで、真の服装にはできる限り注意を払うことにしていた。真が白い七分そでのトレーナーを着ていたのはゴールデンウイークの前後だった。

「どうして津村くんのおうちに行くことになったの?」

「アッちゃんがヨッシーのところに行こうって誘ったから。おばちゃんはいないし、学校から近いし、テレビゲームとかいっぱいあるし……。いいよって……」

「泊まったこともあるの?」

「いいや、あの部屋に泊まると服が汚れる」

それはそうだろう。

「タバコは何本吸ったの?」

「だから、ニオイを消すためだって……」

あくまでもしらを切るつもりらしい。

ドアがノックされた。立ち上がると同時に生徒指導部長の君塚先生が顔を出す。右手を挙げて亜美を手招いている。

後ろ手でドアを閉めると、君塚先生の顔を見つめる。君塚先生はあたりをうかがいながら、向かいの事務室の入り口あたりに誘導すると、困惑の表情でささやくように話し始めた。

「津村良彦の母親から電話があったんですが……」

良彦の母親が帰宅後、あの部屋の状況を見て、抗議の電話を寄こしたのだろうか。しかし、あの部屋の状態は今に始まったものとは思えないのだが。亜美が不思議そうに聞いた。

「津村くんのお母さんは何と言ってきたのでしょうか」

「大金を息子の友人である竹山真に盗られたと言い張るんですよ。教頭先生にうかがったら、上杉先生と栗崎先生が先ほど津村くんのうちに家庭訪問に行った、とおっしゃっていました。その後、タバコを吸っていたらしい竹山くんと平井くんを学校に連れ戻って、話を聞いているということなんですが、それらしい話がありましたか」

「津村くんのおうちの人は誰もいらっしゃいませんでした。わたしは体育委員会に出席しなかった竹山くんを呼びに行っただけです。その時にタバコのニオイがしたので、その件について聞いているところなんです」

君塚先生はしばらく考えこんでいた。出張から戻ったばかりらしく、半袖のカッターに涼しげな柄のネクタイを締めている。

「一方的な話で、生徒を犯人扱いはできません。竹山を連れて来いと、お母さんはえらい剣幕なんですが。竹山くんと平井くんには学校に待機してもらいましょう。ところで、津村くんはどこにいますか」

「サッカー部の練習に参加しているはずです」

君塚先生は慎重にゆっくりと話しだした。

「ともかく、津村さんの家に家庭訪問をする必要がありますね。津村くんと担任の上杉先生、事情を把握している栗崎先生、それにわたしで今すぐに行きましょう」

「竹山くんと平井くんのことは、どなたが見ていてくれるんでしょうか」

「学年生徒指導の楢原先生に任せましょう。野球部の方は誰か別の先生についてもらえばいいでしょう」

グラウンドから汗をふきながら楢原先生が駆けつけてくる。君塚先生と亜美に右手の人差し指と親指で丸を作ってうなずくと、いきなり小会議室を勢いよく開けた。

「竹山、栗崎先生と交代します。生徒相談室に平井もいるから、レッツゴー」

真は楢原先生が大好きなのだ。

「栗崎先生より先生の方がやさしくていいよ、オレ」

と、答えつつドアから出て来る。そこに亜美が立っているのを見ると、真は実に具合悪そうにうつむき、そそくさと相談室に向かっていく。大金を盗るくらいのことは、チャンスがあれば真ならやるだろう。しかし、今の様子なら盗ったとは思えない。だまそうとする時の独特の感触がなかった。

四人で学校を出ようとしたら、校長室に呼ばれた。良彦を玄関に残して、校長室に出向く。和泉校長は背筋を伸ばして机越しに三人を見ている。濃紺のスーツ姿の校長はハンカチと扇子を握りしめている。二十八度という市が設定した温度は、校長には暑すぎてハンカチと扇子が必需品らしかった。

「教頭先生から聞きましたが、相手のお母さんは大変な剣幕だそうですね」

君塚先生がうなずく。

「ええ、学校の対応いかんでは警察を呼ぶとのことでした」

「どうしてもとおっしゃるなら、警察に任せるのが良いと思います。最近こうした事例は警察に入ってもらうのが普通です。ですが、無実の生徒を守るのは学校の仕事ですから」

校長も真が犯人とは思っていないのだ。何を理由にそう思うのか聞いてみたかった。しかし、日ごろの言動を顧みると、校長と話す機会はできるだけ減らした方が無難なように思えた。

君塚先生と少し離れ、ウエちゃんと並んで歩く。その後ろに、体操服姿の良彦が従って来る。もう六時近いのに、相変わらず日差しは強烈にあたりを照らしていた。

真犯人

良彦が五〇三号室に入った。しばらくしてドアが開く。玄関に足を踏み入れて驚く。あたりがきれいになっていたのだ。ニオイ消しスプレーで鼻がツンツンする。

グレイのパンツスーツの女が立ってこちらをにらみつけていた。良彦の母親らしい。少し太り気味だが、まず美人の類《たぐい》に入るだろう。しかし険しい表情が魅力を相殺《そうさい》していた。まとめてアップにした髪型が服装と似合っていない。突っ立ったまま一言も話そうとしなかった。

「お電話をいただきまして、参上した次第です。立花中の生徒指導を担当しております君塚です」

君塚先生が差し出した名刺を無造作に受け取ると口を開いた。

「竹山はどこにいるんですか」

それが津村八重子《やえこ》の第一声だった。ゆがめた口から甲高い神経に障《さわ》る声がもれてくる。

君塚先生はにこやかに応じている。

「わたくしどもが、詳しいお話をお母さんからお聞きします。竹山くんは未成年ですし、学校におります間は、わたくしどもが保護者ですので」

「竹山をかばうんですか」

「いえ、いえ。証拠もなく犯人扱いをして、もし間違っていたら慰謝料を請求されるようなことも起こりえます。学校は一方の肩を持つことはありません」

八重子の目がやや正気に戻る。慰謝料という語彙が軽いショックを与えたようだ。

「どうぞおあがりください」

三人はダイニングテーブルに腰を落ち着ける。テーブルの周りはキレイに片付けられていて、ガラスの一輪挿しに赤いバラが生けてある。とても先ほどと同じ部屋だとは思えない。しかし、冷蔵庫の前にはパンパンにふくらんだゴミ袋が積まれている。そこら中のものをゴミ袋に詰めこんだのだろう。だからこんなに早くきれいになったのだ。

一瞬犬のチャコもゴミ袋に詰められたかと思っていたら、どこからか猛然とウエちゃんのところに駆けよってきた。ウエちゃんも同じことを考えていたらしく、明らかにホッとしていた。

壁際に君塚先生とウエちゃんが座り、向かい側に八重子と亜美が座った。良彦はチャコを抱き上げると、ウエちゃんのそばに丸椅子を置いて腰掛けた。

八重子がお茶をいれだす。流れるような所作で香りのよい煎茶を差し出した。

「どうぞ」

硬い表情のまま八重子が言った。

「いくら、どこに置いてあって、いつなくなったことに気づかれたのですか」

君塚先生の問いに八重子はテーブルの上に籐《とう》製の筒を置いた。籐で編んだ筒状のゴミ箱らしかった。

「この中に紙袋に入れた百万円の札束を入れ、ボードの上に置いたんです。あそこ、アルバムを並べた横に」

言いながら八重子は、リビングに置かれた大きなボードを何回も指さした。

「今日、ちょっと必要があって開けてみたら、ないんです。片付けながら探してもない。竹山が盗ったんです」

八重子は籐カゴに右手を突っこみ、紙袋を取り出す。紙袋からは銀行の帯封がちぎれて、からまった札束が出て来る。八重子は札束をたたきながら言った。

「七十三枚しかない。二十七枚、盗られています」

聞いた瞬間、真の仕業ではないと直感する。真なら百万円全部をいただいていくだろう。少しだけちょろまかして、あとは手をつけないといった「良心的な」行動を真はとれないのだ。

君塚先生がまなざしで亜美に問いかける。かすかに首と右手を振ってみせる。

「お金があることを確認されたのはいつのことですか」

君塚先生の問いに八重子は少し首をかしげた。

「八月十六日に良彦と一緒に博多から帰ってきました。その時には確かにありました。それ以後については……」

「竹山くんが疑わしいという理由をお聞かせいただけたら……」

君塚先生の重ねての問いに八重子は一瞬ひるむ様子を見せた。右手でこめかみをグッと押している。

「十日ほど前のことなんですが、夜、家に帰ってみたら良彦の遊び仲間が来ていました。がんがんロックをかけて、ビールを飲んで、タバコを吸っていました。みんな土足であがりこんでいて、叱り飛ばしたんです」

そこで八重子は言葉を切る。テーブルに置いた手が小刻みに震えている。

「そうしたら」

八重子の顔が怒りで赤く染まる。

「そうしたら、あの竹山という子が言いました。おばちゃんがずっと帰ってこないから、津村くんはすごく寂しがっている。僕らが来て慰めてあげているのに何が悪いのかって」

ふーん、真もたまにはまともなことを言うんだと内心思うが、言葉にはしない。

「それからこう言った。カッターとか体操服とか、もっと洗濯してやれよ。僕の母さんはやっぱり夜の仕事だけど、ちゃんと毎日洗ったカッターを着せてくれるし、体操服も洗ってくれるよって。カッとなって張り倒したのよ。そうしたら、ものすごく陰険な顔でにらんできた。お金は竹山が盗ったに決まっている」

君塚先生は少しあきれた表情で切り出した。

「ご事情はわかりました。わたしどもは警察ではありませんので、捜査するわけにはいきません。どうしてもとおっしゃるなら警察に……」

そこでウエちゃんが口をさし挟んだ。利口なウエちゃんはこんな時にはいつも黙っていた。亜美は少し驚く。

「良彦くん、お母さんがお友達を警察に訴えると言っているのよ。あなたの立場はどうなるの」

いつも高飛車なウエちゃんが、静かなやさしい口調で言った。良彦が下を向く。ウエちゃんが両手を伸ばすと、良彦はチャコを渡した。チャコは大喜びだ。

「残っている分を持ってきなさい。お母さんが怒るより、友達に仲間外れにされる方が嫌でしょう」

場が凍りつく。良彦がノロノロ立ち上がり、姿を消す。母親が叫んだ。

「なんですって、うちの子を疑っているの。言うに事欠いて……」

八重子が立ち上がったので、亜美も立ち上がる。八重子がウエちゃんに危害を加えるなら、その前に蹴りを入れるつもりだ。君塚先生が八重子を押しとどめるように両手を挙げ、亜美に首をかすかに振ってみせる。

「まあまあ、お母さん落ち着いてください」

良彦が戻ってきてテーブルに紙幣を置いた。八重子は立ったままサッと手を伸ばして紙幣を数えだす。二十二枚あった。

「良彦、残りはどうしたの。五万円。五万円は？」

丸椅子の上で縮こまった良彦は上目遣いに母親を見ながら首を振る。

「あんたって子は」

母親が良彦に近づき、手を振り上げる。その瞬間、良彦の前にウエちゃんが立ちふさがった。ウエちゃんに抱かれたチャコが八重子に向かってうなる。八重子は憎しみのこもった眼でチャコをにらんだ。

「お母さん、年端《としは》もいかない子供を放置して、目の前に大金を置けばどうなるのか考えてみてください。良彦くんもこれに懲《こ》りて、もうこんなことはしないでしょうし」

ウエちゃんは良彦に向き直った。チャコを良彦に渡しながら、謝りなさいとささやいている。

「ごめんなさい、お母さん。もう二度とこんなことはしません」

君塚先生が立ち上がり、深々と八重子に頭を下げている。

「本校の生徒がお母さんの許可もなく、ご自宅に入りこんだことはお詫び申し上げます。また、中学生にあるまじき飲酒や喫煙に及んだことも、申し訳なく思っています。今後、このようなことがないよう、学校で厳重に指導いたします」

あわててウエちゃんと一緒に頭を下げる。八重子は困惑の表情を浮かべながらすとんと腰を下ろし、虚空に目を泳がせながら言った。

「いえ、もとはと言えばうちの息子が悪いのです。ご迷惑をおかけしました」

君塚先生はかすかにほほえむと、重ねて言った。

「息子さんとよく話し合われて、友人との交際のあり方やお金の使い方等をご指導くださ い。ところで、竹山くんと平井くんですが、無断でここにあがりこんだことについて謝りに来させましょうか」

八重子は手を振った。

「結構です。二度とここに来ないようにお伝えください」

マンションから出ると、ウエちゃんと同時にフーッと息を吐く。君塚先生はスマホを握りしめて学校に簡単な連絡を入れている。

ウエちゃんが聞いている。

「母親の職業は自営業となっていましたが、小料理屋でもやっているんでしょうか」

「そうでしょうね。髪型が和服向きでしたからね。こんな豪華なマンションに住んでいますし、雇われている感じではありませんからね」

君塚先生が小声で答える。

「あのお金は税金対策なんでしょうか」

君塚先生は答えを保留した。立花中の生徒たちが向こうからやってくるのが見えたからだ。すでに下校時間を過ぎていた。

カギの在処《ありか》

学校の玄関で君塚先生が言った。

「わたしは校長先生に報告します。上杉先生と栗崎先生は楢原先生とご一緒に指導していただいて、なるべく早く二人を帰宅させてください。保護者への連絡をお忘れなく」

相談室に入ると、真も厚志も穏やかな顔つきで楢原先生と話している。

「アッちゃん、今日は何が悪かったのかわかった？」

楢原先生の隣に座りながら、ウエちゃんが尋ねる。厚志は机の上に置かれたザラ紙を指さす。

「ちゃんと反省文を書きました」

「マアくんも反省文を書いたの?」

亜美の質問に真が得意げにうなずいている。

亜美はウエちゃんの隣に座りながら真の反省文を取り上げる。真の字は意外にも読みやすくて几帳面な字なのだ。箇条書きで反省点があげてある。寄り道をしたこと、保護者のいない家にあがりこんだこと、ニオイ消しのためとはいえタバコを吸ったこと、土足であがりこんだこと、体育委員会をさぼったこと、と書き並べていた。亜美は厚志の反省文も気になる。昨年担任した折に、苦労して厚志に「ひらがな」を教えこんでいたからだ。

「アッちゃん、どぞくってなあに」

ウエちゃんが聞く。

「ええええっ、ああ、どぞく、どぞく」

「いやあ、一応チェックしたんですがねえ。ひらがなばかりなので……」

楢原先生が笑う。

「やっぱり、国語の先生は違う」

厚志が得意げに言う。厚志は担任の「美人すぎる国語教師」が自慢らしかった。亜美はなんだか少し寂しい気分になる。

控えめなノックの音がして、君塚先生が顔をのぞかせる。

「上杉先生、栗崎先生。指導中申し訳ありませんが、ちょっと」

廊下に出ると、君塚先生が思案顔で言った。

「また、津村さんから電話がありましてね。いえ、いえ。今度はすごく低姿勢なんですが、銀行の貸金庫のカギがないっていうんですよ。息子は知らないようだって言うんです。平井くんや竹山くんが盗るってあり得ますか」

ウエちゃんがさかんに右手を顔の前で振りながら言う。

「平井くんは興味のあるものなら手を出すかもしれませんが、カギには絶対に興味を持ちません。平井くんではありませんね」

亜美はピンときた。真は陰険なところがあって、他人の物を隠すことがあった。カギがないのは、盗難ではなく隠したのだ。真は誰かに腹を立てると、物を隠すのだ。一学期に真は流斗のスパイクを隠したことがあった。流斗が言ってはいけないことを言ったからだ。流斗は「マアくんのお父さんは、連休にどこかに連れて行ってくれたの」と、しつこく聞いたのだ。真の継父は今刑務所にいるので、父親の話題はタブーだった。良彦の母親が理不尽な理由で真を張り倒したなら、大事なものを隠すことは大いにあり得た。

「竹山くんは、カギを盗りはしないと思いますが、隠したのかなと……。津村くんのお母さんをだいぶ恨んでいたみたいなので」

君塚先生はうなずいている。

「竹山くんにカギがどこにあるか聞いてくださいますか」

亜美はうなずくと相談室に戻る。真の前に座り、ジッと顔を見つめた。

「なんだよう」

どぎまぎしながら亜美をチラチラ見ている。

「ヨッシーのおばちゃんの大事なカギはどこにあるのかな」

「カギ？　なんだよ。それ」

真に限らず生徒たちは実によくウソをつく。最初は振り回されたのだが、そのうちウソにも子供によってパターンがあることに気がついた。一番単純なウソは反対を言う。「黒」を「白」と言う類だ。真のウソはもっと巧妙で、ほとんど真実を並べながら肝心な部分を少し外《はず》すのだ。見極めるためにはできるだけ真にしゃべらせるに限る。聞いて違和感のある部分にウソが隠されていた。

「マアくんが、気がつかないうちにカギに触れて、カギが動くこともあるよね。ヨッシーのおうちでマアくんが触ったものを思い出してみてね」

「えーと、チャコのエサ、缶詰とかドッグフード」

「マアくん、ドッグフードを食べてやんの。チャコ、すごく怒っていたよなあ」

楽しげに厚志が言葉を添える。さぞ、チャコには受難の日々だったことだろう。

「オレ、腹減ってたんだよう。でも、すげえまずかった」

「チャコがらみはいいから、ほかのものは何かな」

「あああ、オーディオとCD。テレビとゲーム機。おばちゃんの化粧品と香水。すげえの、夜間飛行まであったんだぜ。でも、見ただけで触っていないよな」

厚志が微妙な表情でうなずく。二人で夜間飛行を振りかけたのだろう。そういえば、教室にやけに良い香りが漂った日があった。夏休みの直前ごろだ。

「それから、化粧台のところにあったオルゴール。開けると音楽が鳴って人形の踊るやつ」

かすかな緊張が真の眼もとに走る。これだなと亜美は思った。

「それで、カギは見てないのね」

「うん、カギみたいなのはなかった。ていうか、気がつかなかった」

「じゃあ、ヨッシーのおばちゃんにはそう言うね」

校長室に入ると、校長の机の前に君塚先生とウエちゃんが並んで立っていた。

「この十日間、あの母親は一度も戻っていないんです。マンションに息子を捨て子しているんです」

ウエちゃんが憤然と話している。校長が厳しい顔で言った。

「お母さんは別に暮らしているんでしょうねえ。たぶん、男の方と一緒に」

「えっ、そうなんですか」

入ってきた亜美が驚愕の表情で言った。しかし、驚いているのは亜美だけだった。校長が亜美を見てにっこりと笑ってから、君塚先生に向かって言った。

「君塚先生、こども家庭センターに通知をお願いします。ネグレクトということで……」

ネグレクトは養育放棄のことだ。それから、校長は亜美に向かって言った。

「栗崎先生、お疲れさまでした。カギの件は何かわかりましたか」

「詳しいことは津村さんに聞かないとわからないのですが、電話で聞いてもいいですか」

校長はデスクの上にある受話器を指さした。

「ここの電話を使ってね。電話番号は君塚先生が住所録をお持ちです」

呼び出し音三回で八重子が出た。打って変わった疲れた声だ。あいさつもそこそこに本題に入る。

「化粧台にオルゴールが置いてありますか」

「ええ、白鳥の湖のオルゴールがあります」

「それです。そのオルゴールの中を見ていただけますか」

電話が保留になる。しばらくして、八重子の声が流れた。

「中には何も入っていませんけど」

真は見つけられないと思ってオルゴールの中に隠したのだろう。

「そのオルゴールの中に引き出しとかありませんか」

「ええ、外からはわからない引き出しがあります。でも、開け方はわたししか知らないんですよ」

「開けてみてください」

真は手先が器用だし、妙に勘がいいところがあるので、秘密の引き出しを見つけてカギをしまいこんだに違いなかった。しばらくしてまた八重子の声が電話に響く。

「ございました」

「竹山くんは大事なもののようだったのでそこに入れたと申しています。盗ったわけではありませんので、お間違いなくお願いします」

「重々わかっております。お騒がせいたしました。ありがとうございます」

営業用の声なのだろう。声音が丁寧で美しかった。

電話を置くと、みんなが一斉にため息をついた。ウソの嫌いな亜美は結局真をかばってウソをついてしまったことになる。なんだか気が重い。

「これにて一件落着ですね」

校長が快活に言った。

「いやあ、よく竹山くんがしゃべりましたねえ」

君塚先生が驚きの声で聞く。

「いいえ、ウソばかり並べていました。でも、真のウソはわかります」

亜美が答えるとすかさずウエちゃんが言った。

「生き別れた姉弟《きょうだい》ですものね」

「なんですか。それ」

と君塚先生が面白そうに尋ねる。

「クラスの子の冗談です。先生がマアくんばっかりかばうのは、生き別れた姉弟だからって……。お互いにこんな姉、こんな弟はいらないって思っているのに。それはそうと、校長先生は最初から津村くんが怪しいと思っていたようですね。どうしてですか」

「子供の友人が盗ったという場合、当の子供が無関係ということはまずありません。よくあるのは恐喝の被害にあっていて、親の金を持ち出す場合です。でも、親がこわもての場合は恐喝の対象にはなりません。あそこの親はうるさいからやめようとなる。今一つは子供が盗ったのに親が認めたがらない場合です。だから、無意識に友人のせいにする。津村さんは強気の方なので、息子さんが犯人なのかなと……もっとも盗癖のある子が友人宅から現金や物を盗む場合もありますが、結構まれですね」

「子供が犯人と思われる場合は警察にお任せした方がいいのです。親族相盗は罪に問えませんからね。しかし、さすが津村くんの担任です。上杉先生の判断が正しかったと思います。津村くんのこれからの人間関係を考えれば、本当に的確な判断でした。自分の盗みを友達のせいにして、警察に訴えたとなると、卒業するまで孤立することになるでしょうからね」

君塚先生が補足する。親族相盗は刑法上のきまりで、「親子間では窃盗罪は成立しない」のだそうだ。

「今回、二つの問題点がありますね。津村家の事情。これはこども家庭センターに任せましょう。もう一つの問題は津村さん宅がたまり場になっていること。タバコの火で火災でも起こしたら大変です。当分、ローテーションを組んで家庭訪問をすることですね」

校長が思案顔で指示を出す。

「竹山くんと平井くんは先生方が付き添って家まで送っていってください。そして、親に会えたら、事情をきちんと話してください。それにしても、十三歳の子供が一人暮らしを余儀なくされるなんて、なんとも痛ましいですね」

校長は珍しく母親の顔になっている。

廊下に出ると、ウエちゃんにささやく。

「すごいよね。ヨッシーのことを本気で考えていたのは、ウエちゃんだけだったね」

ウエちゃんは困り顔だ。受け持ちの子供のことを親身に考えるのは当たり前だと思っているのだ。やがて、ウエちゃんはいたずらっぽく笑って亜美にささやいた。

「亜美ちゃんはわたしのために、津村さんに手を出そうとしていたよね」

大切な友達をかばうのだって当たり前のことだ。語気を強めて言った。

「手を出そうとはしてないのよ。足で蹴りをいれようとしたの」

佐久間先生の事情

「先生からのお話です」

山下澪の低い声が夕暮れの体育館に響き渡る。二年十二名、一年八名のバレー部員が整然と居並んで、亜美を見つめている。

バレー部の新しい部長は順当に澪が引き継いだ。セッターの澪は身長が百五十三センチと、リベロの美香に次いで低い。澪の目下の悩みはこの伸び悩む身長だ。確かに運動能力の並外れて高い澪に背丈があれば鬼に金棒だろう。

「新人戦は十月最初の土曜日です。いろいろ気になるとは思いますが、まずは一週間後の体育会を頑張ってください」

流れる汗をタオルでぬぐいながら亜美が話す。新人戦は新チームの初めての公式戦だ。相手校はどこなのかとか、ゼッケンは何番をもらえるのかとか、気になることは山ほどあるだろう。しかし、校長から学校行事を優先するようにとのお達しが出ていた。

「マスゲームはちゃんと踊れますか。踊れる自信のある人は手を挙げましょう」

四分の三ほどがサッと得意げに手を挙げている。綾音は周りをキョロキョロ見回してあわてて手を挙げた。一年の二人がおずおずと手を挙げ、結局全員の手が挙がっている。亜美はこうした運動部の同調圧力が気に入らない。しかし、自分の質問自体が同調圧力を誘発したかもしれない。そう考えて次の言葉を吐き出してみる。

「踊れなくてもいいのよ。それなりに頑張ればね。でも、前の部長、美幸先輩が実行委員長なんだから、みんなで協力しようね」

「はい」

全員が声をそろえて返事している。

「明日は九時に登校。九時半から練習です。何事も基本が大事です。サーブとレシーブをしっかり練習しようね」

明日は土曜日だが、たいていの運動部が活動することになっていた。亜美は澪に目配せする。澪がかすかにうなずいてから叫ぶ。

「起立、礼」

二十名が一斉に叫ぶ。

「ありがとうございました」

隊列が崩れ、二十名が片付けと戸締まりを始める。いつもの通り澪と大崎《おおさき》多恵《たえ》がコマネズミのように働きだす。二人は背丈もほぼ同じで、コートの両脇に立ってネットをサッと外《はず》し、ポールを抜いたかと思うと運んでいる。澪と多恵は家庭でも常にかいがいしく家事を手伝っているのだろう。あたりを歩き回ってお茶を濁す綾音とは対照的だ。

体育館は両サイドの遥《はる》か上部に細長いギャラリーが設けてあった。部員たちは通学カバンや着替えをギャラリーに置くことになっていた。もっとも、今は体操服で登校していて、着替えの必要はなかった。体育会の練習が行われるこの時期には、生徒たちは一日中体操服で過ごしていた。

二十名がカバンを肩にギャラリーから下《お》りて来たので、澪に声をかける。

「先生は体育館にカギをかけるから、先に出てね。急がないと下校時間を過ぎてしまいそうだから早くね」

少女たちはまるで小鳥がさえずるような甲高い声でおしゃべりを交わしながら、体育館をあとにしている。

体育館の隣には体育準備室があった。運動用具置き場兼教官控え室になっている。戸締まりの確認に入っていくと、いつもは無人の準備室に人の気配がした。跳び箱やマットが置かれた隅に机や椅子が置かれていたが、そこに誰かが座っているのだ。夕暮れの薄暗がりの中で、その人は微動だにせず座りこんでいた。

「どなたですか」

尋ねると、はじかれたように立ち上がる。

「ごめんなさいね。お邪魔して……」

佐久間先生だ。亜美はあわてて照明のスイッチを入れた。マットや鉄アレイなど体育用具の散乱した中に、ピンクの体操シャツが埋もれている。佐久間先生は体育教師なので、準備室にいても何ら不思議はない。しかし、このホコリっぽい雑然とした部屋は佐久間先生に最も似つかわしくない場所のような気がした。

「忘れ物を取りに来たのよ。そのついでに休憩していて……」

言いながら再び座りこむと、そばのパイプ椅子を指さした。言われるままに腰を下ろしたが、なんだか妙だ。いつもの敵愾心《てきがいしん》を全身から発しているような寄りつきがたい感じがまったくなかった。

「亜美ちゃん、すごいのねえ。一年でちゃんとバレー部の指導者になったわね。ハンドシグナルで審判もできているみたいだし……」

ハンドシグナルとは審判が手で示す合図だ。バレーボールの有名な指導者でもある君塚先生から特訓を受けて何とか覚えたのだ。四月の末にあった市民大会で審判デビューを果たしていた。君塚先生に褒めてもらった時は、大学に合格した時よりうれしかった。

改めて佐久間先生に評価してもらうとうれしくはあったが、なんだかお尻がこそばゆい。佐久間先生が「亜美ちゃん」と呼ぶのも初めてのような気がする。思わず言った。

「佐久間先生、どうされたんですか。どこかお具合が悪いのでは……」

佐久間先生は肩をすくめ両手で口を覆《おお》うと、ウフフと笑った。そういえば、佐久間先生の笑い声を聞くのも初めてだ。

佐久間先生は高校から大学にかけて、テニスの名選手だったらしい。試合に出場すると、少なからぬ男性ファンが駆けつけて声援を送っていたという。これはフミ姉ちゃん情報だ。まるっきり信じていなかったが、この笑顔ならモテモテ伝説も納得がいく。

「そうよねえ。亜美ちゃんたちには嫌なことばかり言っているものね。突然褒められてもリアクションのしようがないわよね。でも亜美ちゃん、わたしが何か言っても、はいってお返事だけはいいけど、まったく無視していますよね」

「へへへ……、ばれていましたか」

「そうねえ、考えてみると一方的にわたしの意見を押しつけているみたいで……。規格外のあなたに規格を押しつけても意味ないって、そのうちに気がついたの。亜美ちゃんの聞き流し方があんまり見事で、なんか感心しちゃったわ」

そこで言葉を切ると、佐久間先生はにっこり笑った。少し寂し気な笑顔だった。

「結局、あなたたちの若さをうらやましく思っていたのよね」

「先生も十分お若いと思いますけど……」

十六も年上の人にこう素直に本音を語られると、どう答えていいのかわからない。

「気がつくと、職員室の片隅であなたたちの活躍ぶりを苦々しく見ていた。それって、十分に頑張った若い頃の自分に申し訳ないなあって、考えるようになったの」

佐久間先生はすがるような眼で亜美を見つめながら言葉を絞り出していた。

「先週、竹山くんの指導をしたって聞いたんだけど……。竹山くんって、陰険な目つきをしているでしょう。怖くなかったの？」

「いいえ。先生は生徒が怖いんですか」

「わたし、久しぶりの担任なのね。子供が小さいってことで、ずっと配慮をしていただいていて……。でも、この四月に上の子も中学二年生になったし、下の子も五年生になったし、もう大丈夫ってわたしも校長先生も考えたのね。それで、三年二組を担任することになったのよ。難しい生徒は大庭先生や緒方先生が引き受けてくれて、本当にどうってことのないクラスなのに、コントロールができていないの」

佐久間先生は何が言いたいのだろう。なんだかよくわからない。佐久間先生も自分の言葉が伝わっていないことにもどかしさを感じるらしく、右手をこめかみに当てて目をつぶる。しばらくして目を開け、ゆっくりかみしめるように言葉を紡《つむ》いだ。

「子供たちが無反応なの。冗談を言ってもシラッとしていて笑い声も起きないのよ。注意をすれば、クラス全体が反抗的な嫌な雰囲気になる。子供たちとわたしの間に分厚いガラスがあるような感じがする。若い頃受け持ったクラスで経験した一体感がないの。一緒に喜んだり、悲しんだり、怒ったりっていうことがまったくない。わたしと子供たちとの間に共感するものがないのよ」

亜美の中に佐久間先生の言葉がすとんと落ちた。確かに自分が毎日楽しく日々を送っていられるのは、生徒との一体感のおかげだろう。クラスの子供たちともバレー部の子たちとも運命を共にしているという一体感がある。

おそらく、佐久間先生もかつては強い絆でクラスの子供たちと結ばれていたのだろう。十数年後には、自分も子供たちと分厚いガラスにさえぎられて、疎外感に苦しむことになるのだろうか。

「高橋先生に相談したのよ。そうしたら、教師はなにも生徒と同じ場所にいる必要はないと言われたの」

「同じ場所にいる必要がないって……」

「教師は生徒をサポートするのが仕事なのだから、たとえガラス越しであっても、やるべきことをきちんとやれば子供たちはそれなりの評価をするって……」

亜美はうなずく。確かに一体感は大事だが、教育の目的は教師と生徒が一体感を持つことではない。さすが高橋先生だ。いつも物事の本質をきちんと見ている。

「高橋先生はあなたたちのこと、タチバナ・シスターズの話もした」

「えっ」

驚きの声を上げると、佐久間先生は苦笑いを浮かべながら言った。

「タチバナ・シスターズを気にしすぎるって、おっしゃった。若い頃には体力が勝負で、やみくもに学校内外を駆けずり回るんだけど、あれは初心者の教育方法なのよって。あなたもわたしも新任の頃はわけがわからず、朝から晩まで学校にいて頑張ったでしょうって。あれは基礎トレなんだから、タチバナ・シスターズのドタバタは笑ってみていなさい。それが大人の態度ってものよって……」

そういえば高橋先生はいつも愉快そうに亜美たちを眺めていた。そして、帰宅する間際にコーヒーをいれてくれたり、お菓子をくれたりするのだ。

そっと腕時計をのぞきこむ。すでに下校時間の六時半を回っていた。窓の向こうは薄紫の闇に夕焼けの緋色が流しこまれたように広がっている。早く職員室に戻りたい。そう親しくもない先輩教員の打ち明け話はどうにも居心地が悪いのだ。

立ち上がろうとして、ふと佐久間先生の手元が目に入った。震える手でピンクのハンカチを握りしめている。居住まいを正して座り直す。

「主人がやめろと言うの。やめて家にいたらどうかって……」

逃げ出したいと心から思った。しかし、佐久間先生の手はますます強くハンカチを握りしめている。まるで両手をつかまれている気分だ。

「亜矢子《あやこ》が、娘が不登校になってしまったの。五月の半ばから……」

佐久間先生の眼のふちに涙の粒がふくらんでいく。ノドから絞り出す声は悲鳴のようだった。

「夏休みになって生活が普通に戻ったの。登校日にも行っていたのよ。だから、新学期になれば登校するって思っていた。わたしも母も……」

そこで先生はしばし黙ると、ハンカチで目もとをふいた。

「うちは実家の隣なの。母がずっといろいろ助けてくれていて……。それで、主人が子育てを母に任せっぱなしにしたせいなんだから、やめてうちにいれば、亜矢子も落ち着くって言いだして……」

なぜ佐久間先生は自分ごときにこの深刻な話を打ち明けるのだろう。きっと万策尽きたのだ。また、頼りになりそうな年長者のアドバイスは、多少とも佐久間先生の子育てへの批判を含むものに思えたのだろう。娘の不登校に十分傷ついている先生にとって、非難がましい言説は受け付けることができなくなったのだろう。だから亜美なのだ。

確かに十六年後の自分も実家の寿洸寺に子供を預けっぱなしにして教師稼業《かぎょう》に励む可能性はかなり高い。その結果、我が子が不登校になることも大いにあり得るだろう。

佐久間先生は正面に置かれた跳び箱をにらみながら黙っている。亜美も一緒に跳び箱をにらみ始める。さて、我が子が不登校に陥ったらどうすべきなのか。後ろに下がれば「敵」はひたすら追い詰めてくる。ここは正面突破して攻撃あるのみだ。この場合「敵」は誰なのか。もちろん亜矢子ちゃんが通っている中学校だ。何が原因にしろ、ともかく学校に行けないのだ。学校の何かが亜矢子ちゃんを不登校にしたのだ。

「先生、亜矢子ちゃんの通っている中学校にプレッシャーをかければいいんですよ。文句言って、抗議して、怒鳴りまくればいいんです」

佐久間先生の目が泳ぐ。やがて、ゆっくりと焦点が定まると、うるんだ瞳で見つめてくる。

「わたしにモンスター・ペアレントになれって言っているの？」

ゆっくりとうなずく。

「我が子を守るためにはモンスターだろうが、生霊《いきりょう》だろうがなればいいじゃないですか」

「それはできません。教師のわたしがモンスター・ペアレントになるなんて」

「何を言っているんですか。この立花中では確かに教師ですよ。でも、亜矢子ちゃんの中学校ではただの保護者です。だいたいモンスター・ペアレントが増えたのは、学校に要求を通す方法として一番効果があるからじゃないですか。これを使わない手はありません。わたしたちをにらんでいた先生は十分に怖かったですよ。持てる武器は何でも我が子のために使うべきです。最強のモンスター・ペアレントになって亜矢子ちゃんのために戦ってください。先生ならできます」

口をぽかんと開けて佐久間先生はじっと亜美の目を見つめている。暗い蛍光灯の下でも先生の顔にみるみる生気が戻るのがわかった。

「亜美ちゃん、すごいわ。実家はお寺だったわね。でも亜美ちゃん、極楽浄土には行けそうもないわね。せっかく阿弥陀様から名前をもらったっていうのに」

ベストアンサーを提示したのに、その評価はいかがなものだろう。でも、まあこれで職員室に戻ることができそうだ。

早朝練習

「おはようございます」

「おはよう、栗崎先生。今日は早かったわね」

フミ姉ちゃんが鈴を振るような声で答える。あたりは秋の涼やかな空気に満たされ、朝日に照らされて古びた校舎もそれなりに立派に見える。立花中の正門は閉ざされたままだ。体操服にクォーターパンツ姿の生徒たちに小柄なフミ姉ちゃんが埋もれている。

「早く開けてください」

叫んでいるのは亜美のクラス、二年二組のグッチこと矢口洋輔《やぐちようすけ》だ。洋輔は昨年も今年もずっと理科係で、「亜美先生の舎弟」と祐哉たちに呼ばれていた。

「矢口くん、まだ七時にはなっていません。昨日言われたでしょう。七時より早く来ないようにって。矢口くんは六時半には来ていましたね」

フミ姉ちゃんは洋輔に注意すると、亜美の耳元にささやく。

「早朝練習は七時半から、登校は七時から。時間厳守でと、ちゃんと注意しましたか、栗崎先生。矢口くんの担任はどなたですか」

大きな金属音がして南京錠が解錠する。管理員さんが扉を押し開け、秒速で数を増していた生徒たちが門に吸いこまれていく。歩きながらフミ姉ちゃんにささやき返す。

「わたしには早く来いと言ったくせに」

「体育会前の早朝練習は自由参加なんですよ。それを、栗崎先生の二組と上杉先生の三組は全員来ているでしょう。それなのに、担任が七時半ぎりぎりに来るのはダメよね。上杉先生はちゃんと七時に来ていましたよ」

亜美はあたりを見回して言う。

「上杉先生のお姿は、残念ながら見当たりません」

職員室にデイパックを置いて更衣室に向かう。ドアを開けようとしたら、着替えたウエちゃんが出て来る。亜美とフミ姉ちゃんにさわやかな声で「おはようございます」とあいさつをする。

「いつの間に……」

驚いた亜美がつぶやく。にこやかにあいさつを返したフミ姉ちゃんが言った。

「亜美ちゃん、あいさつぐらいちゃんとしなさい」

ウエちゃんは華やかに笑う。

「お先に、栗崎先生も早く着替えていらしてね」


グラウンドに出ようとしてカバンにつまずく。登校後は教室にカバンを置いて出るように指導はしているが一向に守られていない。戸口の前はカバンだらけだ。もっとも、教室の位置が一番遠い三年生のものがほとんどだ。

昨日より生徒の数が増えている。都会の真ん中にしては広いグラウンドだが、少し狭くなったように感じてしまう。学年ごとに場所を割り振っていて、校舎に近い場所は三年生の領分だ。東館で朝日がさえぎられているから、運動には最適だ。

「亜美先生、ラーブ」

ガラガラ声が聞こえたと思ったら、後ろから抱きつかれる。生温かくて湿った物体が背中に張りつく。反射的に蹴りをいれそうになって、危うく踏みとどまる。この太い声はバレー部前部長前田美幸だ。

「三年生にはレスリング競技があるのかな?」

「騎馬戦はプロレスです。先生が得意で、あたしが好きな格闘技。三年三組の総大将なんです、あたし。うちのクラスが優勝候補ですよ。すごいでしょ」

「騎馬戦ごときで死にたくないものね。誰も美幸に勝てないよ」

美幸は一瞬考えこんでいたが、褒め言葉と判断したらしい。得意げにふんぞり返っている。

「応援するから、頑張ってね」

亜美が手を振ると、美幸は満面の笑みで投げキッスを返し、仲間の群れに帰っていく。


二年生はグラウンドの真ん中、プールの前が割りあてられていた。秋の日差しが照りつけて白い体操服が目にまぶしい。

見渡すと、亜美のクラスは昨日と同じ場所にいた。プールの外壁沿いに二組の子供たちが群れている。その群れからやや離れた場所に小谷陽菜子が立っている。同じ半袖の体操服にハーフパンツを着ていても、ともかく陽菜子は目立つ。模範生の陽菜子は規則通りに体操服の裾をハーフパンツに入れ、きちんとハチマキまで締めている。それでも紺のハーフパンツから伸びる形の良い脚や細い首に載る花の顔《かんばせ》におのずと目が行った。

副委員長の陽菜子は体育委員の帆乃香と一緒にマスゲームの特訓をしているのだ。巨体を持て余して、なかなかマスゲームの手順を覚えられない沙織に、複雑な振り付けをマスターさせるのは何といっても大ごとだ。

「おはようございます」

目ざとく亜美を見つけた帆乃香が声を張り上げてあいさつをすると、周りの女生徒たちが口々にあいさつを寄こしてくる。

真ん中に西脇沙織と牧田由加が立っていた。ダンスが苦手な沙織は亜美の顔を横目で不満そうに見る。血色の悪い顔にかすかな笑みを浮かべた由加は、ほんの心持ち頭を下げている。相変わらず家でぞんざいに切りそろえたらしいおかっぱ頭だ。由加はダンスが不得意というわけではない。ただ欠席の多い由加は振りを覚えきれていないのだ。

沙織には美香と綾音がついている。美香はかわいいアニメ声で二倍以上の大きさの沙織に真横から、要領よくダンスの振りを教えている。沙織の前には綾音がフニャリとだらしなく立っている。綾音の太さは沙織の半分だが、背はやや高い。人差し指を耳の横でくるくる回す合間に、沙織の動かすべき手や足を面倒くさそうに手でチョンと突いている。

「綾音ちゃん、痛いってば。いちいち突っつかなくても、沙織は踊れるんだから……」

「そおなのぉ?」

綾音が陶器のような白い顔をかしげている。

由加には帆乃香と豊田《とよだ》かおりがついていた。おかっぱ頭のかおりは要領の良い優等生で、亜美が頼んだわけではないのだが、由加の面倒を実によく見てくれていた。どうも服部優《はっとりゆ》紀子《きこ》に頼まれているらしい。優紀子は昨年亜美が受け持った一年二組の副委員長で、由加の世話をこまめに見ていた。優紀子とかおりは同じブラスバンド部でとても仲が良かった。

「陽菜ちゃん、由加ちゃんはもうちゃんと踊れると思うよ」

かおりが落ち着いた声で断言した。

「うん、あたしもそう思う。陽菜ちゃん、通しでやってみようよ。かおりちゃんとあたしが一緒に踊るから……」

帆乃香が早口でまくし立てる。負けず嫌いの帆乃香は二組女子全員が完璧にマスゲームをマスターすることが当面の目標なのだ。

「じゃあ、最初から行くね」

陽菜子がきまじめな様子で声をかける。

「はい、はい、はい。ニッシーはここ。あたしの後ろね。あたしの踊りをまねしたらいいからね。由加ちゃんはこっち。かおりちゃんの振りを見て踊ってね。陽菜ちゃん、お願い。美香ちゃんは音楽係」

帆乃香の気合に全員があたふたと位置につく。

「一、二、三、四、このリズムよ。ニッシー、由加ちゃん、いいわね」

手拍子を打ちながら陽菜子が確認する。汗まみれの沙織と由加がうなずいている。対する陽菜子は汗一つかかず、朝日をスポットライトのように浴びて立っていた。

陽菜子が音頭を取ると、横に立つ美香がデッキの代わりをし始める。美香のかわいい口から「ラララ」「ルルル」「ムー」と曲が流れ出している。美香はかなり上手にピアノが弾ける。音程は確かだし、声は無類にかわいい。

「ここで旗を持つ」

陽菜子が叫ぶと、四人が両手で旗を持つポーズを決めている。

「歩きだして、円を描く」

四人が歩き始める。帆乃香とかおりは必要以上にメリハリを利《き》かせて踊っている。由加はまったく間違えずに踊っているが、沙織は頻繁《ひんぱん》に間違え、足や手をじたばたさせてもがいている。美香の奏《かな》でる曲が最高潮に盛り上がったところで、四人は旗を掲げ最後のポーズを決める。

「由加ちゃんは満点。合格よね？　ホーちゃん、どう思う?」

陽菜子が帆乃香に聞いている。

「うん。いいと思うんだけど、由加ちゃんはあたしの後ろにいるから、全部は見えない。美香ちゃん、どう?」

「うん、由加ちゃんは二組の中でも上手な方に入ると思う」

美香がアニメ声で答えると、かおりが手をたたきだし、亜美も手をたたく。血色の悪い由加の顔がバラ色に染まってにっこり笑っている。

「沙織だって踊れているもん……」

沙織が胴間声《どうまごえ》を張り上げる。

「ニッシーはちょっと……」

美香が言いよどむ。

「うーん、ニッシーはもうちょっと頑張ろうよ。あと少しで踊れそうだから、頑張って練習しようね」

陽菜子がピシっと言う。陽菜子は自分にも他人にも容赦がない。また、陽菜子の花のような唇から音楽のように流れ出す批判や注意には誰も逆らえないのだ。沙織も情けなさそうな顔でうなずいている。

「由加ちゃん、おめでとう。ニッシー、頑張ってね」

亜美は言い残すと、徒《と》競走《きょうそう》の練習をしている子供たちの群れに向きを変える。

作戦

立花中の体育会はクラス対抗戦だ。全員が何らかの徒競走に出る。結果に応じて点数がカウントされ、学年順位が決まる。リレーの場合は配点が大きい。

「祐くん、どう？　順調？」

群れの中心にいる祐哉に聞いた。

「はい、グッチはもう、バッチリです」

祐哉はトラックを指さす。グッチこと矢口洋輔がきれいなフォームで走っている。

「そりゃあ、グッチは去年の体育会も千五百はブッチギリの一位だったもの。千五百メートルだけは配点がリレー並みだしね。他《ほか》の子たちは？」

祐哉は手に持ったＡ４の用紙を見せる。パソコンからプリントアウトしてあって、正しいバトンパスの仕方が記してあった。周囲を指さしながら、祐哉は淡々と説明を始める。

「リレーはスタートとバトンパスです。スタートがうまいやつを先頭にして、バトンパスの練習をすれば多少スピードが劣っていても勝てます」

あたりではリレー参加者が等間隔に並んでバトンパスの練習をしている。説明する祐哉の背は亜美を追い越している。

「徒競走も大切だけど、学年競技はどうするの。配点がやたらに高いから、学年競技を頑張らないと……」

「学年競技って、『タイフーン』ですよね。あれを練習するんですか？」

パッと亜美は指をさしてみせる。西館の北にウエちゃんが立っている。サンバイザーを深くかぶって、杉本慎也と熱心に話しこんでいる。その周りを三組の子供たちが長い棒を持ってワイワイ騒いでいた。「タイフーン」の練習中なのだ。

「タイフーン」は四人で長い棒を持ってスタートし、前方のコーンを回り戻って来ると、二人組になって棒を低く持つ。そうして、クラス全員が前から順に移動する棒を飛び越し、最後尾に達すると棒を高く持ち替え、今度は後ろから前にクラス全員の頭の上を棒が通過するという競技だ。そして、先頭に来ると次の四人組に棒をバトンタッチする。

「慎くんも大変だなあ。アッちゃんは走り回っているし……」

祐哉は仲の良い慎也を気遣っている。

「ほら、厚志のやつ、上杉先生に叱られているぜ。あんなに美人なのに、どうしてあんなに怖いんだ」

バトンパスの動作を繰り返しながら、昌弘が野太い声で言う。

「なんか、『タイフーン』の練習って、カッコ悪いよな。オレたち、あんまりやりたくないぜ。先生、あれはパスしようぜ」

秀也がバトンを振り回しながら叫んでいる。

「ダメよ。『タイフーン』は一位になると三十点も貰《もら》えるのよ」

亜美があせる。

「ふーん、先生。よっぽど上杉先生のクラスに負けたくないんだ」

祐哉があきれたように言う。

「それは上杉先生に顔で負けているから……」

「昌弘、先生のどこが負けているのよ」

怒鳴ると竹山真と小島和樹が声をそろえて笑っている。真は流斗と秀也、それに岸本正樹に引きずられるようにして登校していた。正樹の寺は保育園を経営していて、真はその「五郎池こどもの里」に預けられていたらしい。無口で不愛想な正樹はひどく面倒見のいい生徒で、保育園児の時には真を、立花中生の今は流斗と秀也の面倒を見ている。変に義理堅い真はオネショの世話までしてくれた正樹の言うことはしぶしぶ聞くらしかった。

真と和樹の馬鹿笑いをやめさせようと一歩出たところで、誰かが右腕をツンツンと指で突いて来る。振り向くと、走り終えた洋輔だった。洋輔は息も乱していない。

「上杉先生より先生の方が、ずうっと美人だと思います」

真顔で断言する。洋輔は本気だ。教師としてはまっとうな審美眼を教えるべきなのだろうか。

「先生は美人ではなくイケメンです。絶対にジャニーズに入れます」

美香が息を切らせながら澄まして言う。横で同じくハアハアいいながらかおりがうなずいている。

「カレシにしたい男子、ナンバーワンです」

亜美は不審げに美香とかおりを交互に見る。二人はサッとプールの壁際を指さす。プールの外壁に突っ伏して沙織が泣いていた。

亜美はうんざりする。沙織が泣き叫ぶとまるで五、六歳の幼児のようで、思いっきり叱り飛ばしたくなるのだ。その気配《けはい》を察してか、亜美が近づくと余計に声を張り上げて泣くのが常だ。頭を抱えた亜美は祐哉に任せることを思いつく。一年生の野外活動の折、祐哉が企画したリレーが沙織のワガママから思わぬ成り行きになったことがあった。勝つはずのリレーに負けてしまったのだ。それ以来、沙織は祐哉に頭があがらない。

祐哉の体操服の袖を引っ張る。

「なに？」

祐哉が驚いて振り向く。

「ニッシーをなだめて欲しいんだけど。祐くんの言うことだけは聞くし……」

祐哉は迷惑そうに眉間にしわを寄せながらも、持っていた用紙を正樹に渡して歩きだす。

「ニッシー」

亜美が声をかけると、案の定泣き声のボルテージが一段階あがる。祐哉を手招きすると、祐哉は仕方なさそうに沙織のかたわらに立った。

「ニッシー」

祐哉の呼びかけに驚いた沙織は、しゃっくりを一つすると、泣き止んで祐哉を見た。涙と鼻水で顔がグチュグチュだ。後ろで手を腰にあて黙って立ちつくしていた陽菜子が数枚のティッシュを沙織の顔にかぶせている。沙織はごしごしと顔をぬぐっている。赤い顔を上げると、ところどころよれたティッシュが張りついている。美香が張りついたティッシュをこすり取り、かおりが沙織の投げ捨てたティッシュを拾っている。

「ニッシー、イヤならもうマスゲームはやめろよ」

祐哉が落ち着き払って言う。沙織は心からホッとしたらしく、ニタッと笑っている。

「でも、立花中生はマスゲームかビートドラム体操かどちらかには出るので、ビートドラムの方に出ろよ。昌弘と体格が釣り合うやつがいないんだけど、お前ならちょうどだろ。幅は何だけど、背は釣り合うよな」

沙織はキョトキョトと視線をさまよわせている。

「でも、沙織が出ないと、陽菜ちゃんたちも困ると思うんだけど……」

「いいよ。マスゲームの方にオレが出るから」

ふんと沙織は鼻をならした。

「祐くんは簡単に言うけど、マスゲームは太鼓でごまかしたビート何たらと違ってすごく難しいんだよ」

祐哉はいきなりしゃがみこんでポーズをとると、マスゲームを出だしから踊りだした。録画画面の早回しのようにテンポは速いが複雑なステップも確実に踏んでいる。沙織は口を真一文字に引き結ぶと祐哉の目の前に右手を突き出した。

「ストップ、もういい。沙織は女の子なんだから、マスゲームを頑張る。亜美ちゃん先生みたいなオトコ女にはならない」

亜美の目がスーッとつりあがる。かおりが沙織との間に割って入る。

「先生、先生。落ち着いて、深呼吸。深呼吸」

後ろからポロシャツの袖が引っ張られる。祐哉だ。

「もうすぐ八時です。みんなに終わりの指示を出してください」

祐哉が西館の壁に据えられた大時計を指さす。我に返った亜美はゴホンと咳払いをすると、大声で叫んだ。

「皆さん、早朝練習は終わります。教室に戻りましょう」

同時に合図のチャイムが鳴りだす。戸口に向かいながら祐哉は肩を震わせて笑っている。亜美も仕方なく笑いだす。

「先生」

祐哉が立ち止まって振り向く。

「なに?」

「明日、体育会の予行ですよね。学年競技はきちんと通しでやりますよね」

「そりゃあ、予行はタイムスケジュールの確認のためなんだから、きちんとやると思うけど……」

「予行で、ほかのクラスの様子を見ましょう。そのあとで、軽く特訓をすれば勝てますよ」

　祐哉は自信たっぷりに言う。ひょっとして、祐哉が担任で自分は委員長になっていないかと、亜美は自問する。

「体育委員さん、クラスで使ったものは体育倉庫に返してね。あとの人はみんな早く教室に帰って、朝の読書の用意をしましょうね」

　フミ姉ちゃんの澄んだ声がグラウンドに響き渡る。見渡すと、流斗と秀也、それに正樹が帆乃香と一緒にバトンとコーンを体育倉庫に運んでいる。すでに真の姿は煙のように消えていた。


　グラウンドを埋め尽くしていた生徒たちは、水が吸いこまれていくように校舎に入っていく。巻き上げられた砂ぼこりと刺すような太陽光線が急に耐えがたい圧力を加えだしている。

　かおりが拾い残したティッシュの切れはしを集めながら、しばしプールの外壁沿いを見つめていた。ゆっくりとフミ姉ちゃんが近づいてくる。

「栗崎先生、早くしないと職員朝集に遅れますよ」

　あたりを見回すと、戸口の近くに数人の三年生がカバンを取り上げているだけだ。

「ねえ、森沢先生」

改まった口調にフミ姉ちゃんが亜美の顔をのぞきこむ。

「森沢先生はなぜクラス全員を朝練に参加させないんですか。森沢先生がほのめかせば、全員がたとえ五時でも登校するのでは……」

「うーん、たとえば亜美ちゃんが立花中の生徒だったとして、朝練に参加したいですか」

「まっぴらごめんですね」

「そうでしょう。クラスにはいろんな子がいるでしょう。あんまり一方的に引っ張るのは好きじゃないの。来たい子は来ればいいし、来たくなければ来なくていいのよ」

「ウエちゃんやわたしのようなやり方は間違いなんですか」

「いいえ、そうじゃない。来たくなくても、参加することによって成長する子もいるの。並木くんもそうだと思う。やりたくないことをさせるのも教育だと思う」

亜美はわけがわからず、じっとフミ姉ちゃんの顔を見てしまう。フミ姉ちゃんは少し寂しそうににっこりと笑う。

「学校では勉強とか、スポーツとか、歌とかいろいろなことを学ぶでしょう。勉強が嫌いな子は大勢いるけど、スポーツや歌が嫌いな子もいる。でも、学校は嫌いな子にも様々なやり方でカリキュラム通り強制的に学ばせる。そうして学んでみたら、面白かったり得意だったりして、自分の適性を見つけていく。強制することは悪いことではない。でも、子供たちの中には、そうした強制で心に傷を負う子もいる。そんな弱い子のそばに寄り添える教師になりたいと思っているの。信念をもって全員参加で行くもよし、そうではないわたしのような教師がいてもいいんじゃあない？」

言いながらフミ姉ちゃんはポケットから折りたたんだ紙を取り出す。

「米沢《よねざわ》さんから預かりました。米沢さんは栗崎先生のクラスですよね」

「ええ、でも、担任のわたしに渡してくれればいいのに」

「朝一番にもらったのよ。栗崎先生はまだ登校していなかったし、米沢さんは一年の時にはうちのクラスにいたし……」

米沢梨絵《りえ》は容貌、体格、成績、何もかもが平均値の少女だ。まじめでおとなしく目立たない。しかし時々すがるような眼で亜美を見つめていることがあった。その眼の力には尋常ならざるものがあって気にはなっていた。

紙を受け取って広げてみる。パソコンで打ち出した大きな赤い印字がまがまがしく踊っていた。文面は「立花中学校へ　ただちに体育会を中止せよ」とある。

「なに、これ。米沢さんが打ったの？」

「本人は拾ったと言っています。これだけでは、なんとも言えません」

背中から水を浴びせられたような気分だ。梨絵の行動や考えを推測しようとしても、何一つ頭に浮かんでこない。梨絵は亜美の視界に入っていない少女だった。

「君塚先生に知らせておくことね。その紙も君塚先生に保管してもらった方がいいと思うわ」

続きがあるということだろうか。その時は、その時で考えれば良いだろう。

ランチタイム

「お茶はもういいですか」

クラス全員が突っ立っているので視界が悪い。亜美もつい大声を張り上げる。

体育会当日の昼食はなかなか大変だ。椅子はすべて観覧用に運動場に持ち出している。だから、教室での昼食は立ち食いになる。

もっとも陽菜子は立ち食いを拒否して、ビッグサイズのピクニックシートを持参していた。帆乃香が叫ぶ。

「机は窓際の方に押して場所を空けてよね」

「おい、オレたちがいるんだぞ」

昌弘が文句を言うと、帆乃香の目がつりあがる。

「やかましい。ちゃんと自分の場所も作れるように、昌弘も机を動かしなさいよ」

見かけと違って少し気の弱い昌弘は、帆乃香が怖い。「わかった、わかった」と、机を運んで配置しだしている。

大きな空き地ができると、かおりがサッとキティちゃんのシートを端に敷きながら叫ぶ。

「はーい、陽菜ちゃんのシートをみんなで持って、こっちに引きよせてね」

女子全員が靴を脱いでシートにあがっている。初めは弁当とお茶の入ったカップを持ってシートの上をウロウロしていたが、そのうちに三々五々腰を下ろし始めた。

流斗や秀也たちサッカー部グループは真も一緒に教室の後ろに陣取っている。教室の後方壁際《かべぎわ》には棚を四角く区切ったロッカーが設置してある。生徒個人の道具を置くためのロッカーだ。その上板《うわいた》をカウンター代わりに弁当を置いて、背中を並べている。

「今日の日番さん。いただきますをしてね」

日番は全員が日替わりで当たる。お茶の世話や戸締まりといった教室の雑務を担当する係だ。日番の腕章を巻いた昌弘が立ち上がって教卓に歩みよる。

「それでは皆さん、カップをお取りください」

セリフが違う。「おあがりなさい」と言うべきなのだ。全員がえっという表情で昌弘の老《ふ》け顔を見る。

「イエーイ」

前に向き直った秀也が合いの手を入れて、カップを高く掲《かか》げる。つられて、サッカーグループ全員がカップを掲げて前を向く。ワンテンポ遅れながらもカップをほんの少し持ち上げて下を向いている真の姿に吹き出しそうになりながら、亜美もマグカップを振り上げる。

「学年競技優勝を祝って、カンパーイ」

全員がカンパーイと唱和する。美香と秀也の声がひときわ大きい。陽菜子までが帆乃香とカップを合わせている。この上なくまずい市支給のお茶もなんだかおいしく感じる。みんながお茶に酔いしれながら拍手をしている。

「では、しばらくの間、ご歓談ください」

昌弘の家は居酒屋なのだ。昌弘はかなりの酒豪だと洋輔に教えてもらってはいるが、恐ろしくて真偽のほどは確かめてはいない。

「優勝は祐くんのおかげだよね」

綾音が珍しくはずんだ声で言う。

「あの練習、効き目あったよねえ」

帆乃香が感に堪《た》えないといった様子で言った。

「オレ、予行で四位になった時にはもうダメだと思ったんだけど……」

隣でポーカーフェイスを決めこむ祐哉をチラチラ見ながら、洋輔がしみじみと言う。

「管理員室から新聞紙を持ってきたのはオレだぜ」

和樹が鼻にかかった声で威張る。和樹はこのところ鼻炎に苦しんでいるのだ。

「祐くんに言われたから、持って来ただけじゃねえか」

流斗が言う。

「なんだと、このキリシタン野郎」

血相を変えて叫ぶ和樹の首に、昌弘が太い腕を巻きつけて言った。

「めでてえ席に水を差すもんじゃあねえって」

「キリシタン野郎とか南無阿弥陀仏の亜美ちゃんとか言ってると、神様か仏様の罰が当たるから」

亜美が半ば本気で言うと、たちまち教室は静まりかえる。

「でも、確かに祐くんの考えた練習は物理学に合った動きだったよねえ。丸めた新聞紙をタイフーンの棒の代わりにして、四人組の練習を一斉にやるなんて、うまく考えていたと思うなあ」

「どこが物理学なんですか」

かおりが興味深げに聞く。

「足の速い子を外に力の強い子を中にして回るところが、物理の理論と合うのよ」

「すごい。さすが二組の委員長。みんなで胴上げをしよう」

昌弘が言いだすと、黙って食べていた祐哉が驚いて顔を上げて、逃げ場を探すようにキョロキョロとあたりを見回している。

「やめてよ。胴上げなんかしたら、ホコリが立つじゃない」

陽菜子が眉をひそめて言う。

「それにまだ二組が学年優勝したわけでもない。やっと、首位にはなったけど、午後からのリレーで一組に勝つのは難しいんだよ。わかっているの？」

帆乃香の言うことはもっともだ。祐哉は胸をなでおろして食事に専念している。


天気予報通り晴れ渡った体育会日和《びより》だ。開会式の行進も気合が入っていて、真もまじめに歩いていた。学年競技も頑張り、上々の出だしと言いたいところだが、亜美の心はすっきりしない。

梨絵の欠席が気になった。例の「脅迫状」には君塚先生も教頭もあっけにとられるほどあわてていた。脅迫が続くようなら、体育会の延期や中止も視野に、会議を開く必要があると言ったのだ。それで、放課後に梨絵を残して根掘り葉掘り質問した。梨絵は「ただ、拾っただけだし、大変なことだから先生に渡しただけなのに」と繰り返し、涙を浮かべた目で亜美を恨めしそうに見つめた。あわてた亜美は何度も梨絵に謝り、機嫌を直した梨絵を自宅まで送っていったのだった。

梨絵は昨日まできちんと登校してきたし、「脅迫状」の新たな動きもなかった。亜美は一件を忘れかけていた。それなのに、梨絵が欠席している。

亜美は急いで弁当を平らげると、女子の群れに歩みよった。女の子たちはしゃべる合間に箸を口に押しこみ、カップのお茶で流しこんでいる。それでも、まだ半量以上が弁当箱に残っている。市の「給食」は業者の配送する弁当なのだが、量は一律でかなり多い。総じて食べるのが遅く少食の女子は家庭から各自、弁当を持参する。母親手作りの弁当は、いつにもましてカラフルなおかずが詰まっている。近頃の親は弁当をアート作品と心得ているらしい。

「米沢さんのところが空くけど大丈夫なの？」

帆乃香がうなずく。

「かおりと由加ちゃんの間だから、由加ちゃんが前に詰めればいいんです。由加ちゃん、大丈夫だよね」

コンビニのおにぎりをほおばっていた由加は、隣のかおりと顔を見合わせてうなずいている。

「マスゲームは午後の三番目です。みんな、あんなに頑張ったんだから、ママやパパにきれいに踊っているところを見てもらおうね」

少女たちがうなずくと、つやつやした髪がサラサラ、フワフワと動く。

「米沢さん、走るのも、マスゲームもイヤだから休んだんだよ。沙織も休めばよかった」

ご飯を飲みこみながら、沙織が言う。沙織は女子でただ一人「給食」弁当を食べている。

隣の美香が沙織の背中をポンポンとたたきながら言った。

「ニッシー、あんなに練習したんだよ。上手に踊っているところを高橋先生に見てもらおうよ」

母親のいない沙織は高橋先生のことが大好きなのだ。

「米沢さんは体調が悪くて欠席しています。お母さんから連絡もあったのよ。マスゲームが嫌だからではありません」

亜美が説明する。

「ふん、どうだかね」

沙織はあくまでも懐疑的だ。

「先生、二組、優勝できるかな」

美香が心配そうに聞く。

「千五百メートルではグッチが学校記録を更新したし、学年競技は一位だったたし、このままの勢いで行けば何とかなるでしょう」

担任が士気の下がるような発言はできない。

「去年だって優勝したんだから今年も大丈夫だよ」

帆乃香が断言する。帆乃香は去年も亜美のクラスの体育委員として、体育会には大活躍だったのだ。しかし、亜美は懐疑的だ。一年の時のクラスより運動能力のない生徒が格段に多いからだ。

「四組があんなに頑張るとは思わなかった」

かおりがナシをほおばりながら嘆息《たんそく》する。フミ姉ちゃんのクラスの四組は、体育会直前の二日間には全員が朝練に参加していた。

「委員長の提案で、クラスで話し合ったら、全員参加しようってことになったらしいよ」

美香が淡々という。

「ほんと、タイフーンはヤバかったよね。グッチと昌弘が頑張らなかったら、四組に負けていたよね」

帆乃香が眉間にしわを寄せて言う。帆乃香は食事を終えて、弁当箱をウサギ模様の巾着にしまっている。

「午後の部はさあ、リレーがあるよね。一組、速い子が多いし。このまま首位をキープするのは厳しいかも」

綾音がまずそうにリンゴをかじりながら言う。帆乃香は綾音をキッと見据えた。

「綾音ちゃん、スウェーデンリレー頑張ってよね。四百メートルリレーはなんとしても取るから」

言い終えると帆乃香は陽菜子の方を向いた。

「陽菜ちゃん、ゆっくり食べていたら、部活動行進に間に合わない。久しぶりにセンパイも来るから、また文句言われるよ」

大きくうなずいた陽菜子はまだ半分以上が残っている弁当をしまう。それをきっかけに、女の子たちは渡り鳥の群れのようにバタバタと飛び立つ準備を始める。午後一番のプログラムは「部活動行進」だ。たいていの生徒はどこかの運動部に所属していた。だから、ユニフォームに着替えて部ごとに並ばなければいけないのだ。

「昌弘、ごちそうさましてね。戸締まりは先生がしといてあげる」

あっという間に教室は空《から》になる。カギを握りしめ閑散とした教室を見渡しながら思う。今頃、梨絵はどうしているのだろう。母親の言う通り「貧血気味で」寝ているのだろうか。それとも、沙織の言う通り「サボった」のだろうか。

マスゲーム

一昨日の午後に降った雨が一気に秋を連れてきた。四、五日前の暑さがウソのように、校庭は秋の大気と光に満たされていた。

生徒席に女子がいない。空《から》っぽの席の後ろに立って、妙に静まりかえった男子の席に目をやってから入場門を見つめる。全校女子によるマスゲームが始まるのだ。

二組の先頭は綾音だ。白くて長い脚《あし》がひときわ目立つ。モデル並みのプロポーションなのに、猫背で足を引きずり面倒くさそうに歩いている。綾音の後ろに沙織がいた。亜美の目は沙織にくぎ付けだ。

沙織は綾音の動作に合わせながら、何とか間違えずにステップを踏んでいる。沙織の特訓の総仕上げは祐哉に頼んだ。「何とかなるよ」と祐哉に言われて、一番喜んだのは帆乃香だった。

遠目にも沙織の顔が汗でびっしょり濡れていることがわかる。大きな顔の中に埋まった目をいっぱいに見開いて懸命に踊っている。丸太のような手足を振り回して、なんだか大きな赤ん坊のようだ。見つめるうちに胸が詰まってくる。

昨日の夕方、板宿《いたやど》に住む沙織の祖父母に会いに行った。沙織の祖父母は古色蒼然とした喫茶店をやっていた。コロコロと太った祖母は足が悪いらしく、「店があるし、こんな体ではとても体育会には……」と、申し訳なさそうに言った。夜遅くには沙織の父親とも話した。「この業界は土曜日も仕事でしてねえ」との返事だった。

あんなに頑張っているのに、沙織を見ているのは亜美一人だ。両親のみならず祖父母にまで応援されて、上機嫌に手を振っている綾音や美香たちを目にしたばかりだ。亜美は涙で前が見えなくなる。

亜美の手に誰かがハンカチを握らせた。ウエちゃんだ。ウエちゃんは記録係で、ずっと本部に詰めていた。自分のクラス、三組の様子を見に来たのだろう。いつの間にか亜美の隣に立っている。

「やっぱり、ニッシーの家族は誰も来ていないの？」

ウエちゃんがささやく。昨日、沙織の祖父母宅にはウエちゃんも付き合ってくれていた。いつになく、ウエちゃんも「西脇さんはすごく頑張っていたので、ぜひご覧いただきたいと思うのですが……」と、言葉を添えてくれたのだった。

「うん」

亜美がうなずく。

「他の子も見てやりなさいよ。ほら、小谷さんのキレイなこと」

「うん」

同じように紺のクォーターパンツと白い体操服を着ていながら、陽菜子は断然目立った。脚も腕も髪も顔もすべてのパーツがキレイなうえ、姿勢がいい。退場門の横に並ぶ三年男子の視線は陽菜子にくぎ付けだ。

「谷さんも牧田さんも頑張っているわよ」

「うん」

帆乃香の口がかすかに動く。「一、二、三」と前にいる沙織に号令をかけているのだ。

曲想が変わった。全員が駆け出す。後ろに置いた旗を取って戻る。整然と並び終えると、一斉に旗を左右に振り始める。

高く澄んだ青空を背景に学年ごとに違った色の旗が幻想的な空間を作り出す。二年の旗は学年色の青にちなんだ水色だ。旗を掲げながら隊形移動を始める。綾音を先頭に二年一組、一年四組と一緒に円形を作り始める。目の前に少しいびつな円形ができあがる。曲の合間に帆乃香の号令が聞こえ、時計回りに行進を始める。十六拍を数えると、クルッとターンする。ザワッと一斉に旗が空間を切り裂く音がする。

綾音は眉間にしわを寄せながら、すらりと伸びた脚で軽やかに地面を踏んでいる。由加は晴れやかに顔を上げて歩いている。先ほど、父親の牧田聡《まきたさとし》の顔を保護者席の中に見つけていた。こちらは電話作戦が功を奏したことになる。美香は鼻歌でも歌っているかのように楽しそうだ。相変わらずクラスで一番背が低いのだが、昨年に比べれば格段に背丈は伸びていた。

マスゲームの表題は「希望の光」だった。十年後、この子たちが世の中で活躍する頃には景気が良ければいいのに。二十年後、この子たちが家庭を持つ頃には世界と日本が平和で繁栄していればいいのに。五十年後、この子たちが老いを迎える頃には安心して暮らせる世の中になっていればいいのに。

隣のウエちゃんをチラリと見る。ウエちゃんは自分のクラス、三組をじっと凝視している。

「みんな、頑張っているよね」

つぶやくようにウエちゃんが言う。

「うん」

深くうなずく。

曲が打楽器のリズム音に変わった。最後の隊形移動だ。三年生はここで旗を引き抜いて、色を変えることになっている。うまくいかずに何度も練習を繰り返した山場にさしかかったのだ。

陽菜子が左手で沙織の旗を握っている。かおりが沙織の背中を押している。帆乃香が沙織の左手をつかんでいる。そのまま四人は団子状になって、頭を低くして移動している。真ん中に三年生が円形に集合し、一、二年生はクラスごとに放射線状に並ぶのである。帆乃香が自分の前に沙織を押しこんで、二年二組の光の軌跡が完成する。シンバルが鳴り響き、弦楽器が荘重な音を奏でる。

三年生の階段状になった旗の列は、ほぼ完璧な円形になっている。一、二年生たちが前に差し出した旗の列もキレイな放射状に連なっている。最高に美しいフィニッシュだった。

拍手が鳴りやまず、子供たちはずいぶん長い間ポーズを決め続けることになった。佐久間先生の笛が鳴ると、みんな一斉に息を吐きながらポーズを解いた。二度目の笛できびきびと移動を始める。旗を自分たちの観覧席前方に置くと、指揮台の前に整列し直す。

毎年マスゲームのあとはちょっとしたセレモニーがある。夏休みを犠牲にしてマスゲームの制作に取り組んだ実行委員をねぎらい、下級生に「立花中伝統のマスゲーム」を引き継ぐための儀式らしかった。

「前にならえ」

前田美幸のダミ声が響く。セレモニーの指揮をとるのはマスゲーム実行委員長の美幸だった。美幸の両脇に十六名の三年生が並んでいる。彼女たちは実行委員会のメンバーだ。

「なおれ。その場に座ってください」

美幸がマイクを握りしめて話しだした。

「ご覧いただいたマスゲーム『希望の光』は、わたしたち実行委員が佐久間先生のご指導で、夏休みから作りあげたものです。終わりにあたって、実行委員から一言マスゲームにかけた思いを述べたいと思います」

美幸の左頬にはばんそうこうが張ってある。騎馬戦による名誉の負傷だ。むろん、騎馬戦は美幸のクラスが優勝している。

最初は三年一組の体育委員だ。

「みんなで素晴らしいマスゲームを作ろうと、夏休みにも毎日登校して来て、頑張りました。今日で終わりだと思うと……」

感極まって言葉が詰まる。下を向き、マイクを握りしめて涙をこらえている。やがて、絞り出すように言った。

「ありがとうございました」

何人かがもらい泣きし始めると、まるで伝染するように三年生のほとんどが涙を浮かべている。

大げさなセレモニーは苦手だ。昨年のマスゲームも同じ幕切れだった。ひどく白けた気分になった。今も気恥ずかしいようないたたまれない気分だ。しかし、三組の体育委員、秋本友里の思いを聞いた時には大きな衝撃を受けた。

「わたしは」

下を向いて話し始めた友里は、キッと前を向いた。

「生まれて初めて、一生懸命になれるものを見つけることができました。生きていることは素晴らしいことだと、心から思えました。佐久間先生、皆さん。ありがとうございました」

友里は目障りな生徒だった。やる気をなくす言動で、いつもバレー部の雰囲気を悪くし、亜美の指示は完璧に無視した。夜の街で派手に遊び、わからぬように化粧をして登校し、かったるい調子で話す少女。

実は亜美のクラスのマスゲームを指導したのは友里だった。帆乃香は「秋本センパイはチョー教え方がうまい」と言うし、美香は「ほんとうのお姉さんみたいにやさしいんだよ」と言う。それで、友里を捕まえて礼を言ったことがあった。その時も友里は無表情に「たまたま二年二組にあたっただけだから」と、投げやりな調子で言い放ったのだった。

友里を見つめながら思った。生まれてから十年と少しの子供たちは、まっさらな器なのだろう。その器を愛情や知識や希望で満たすのが教師の仕事だ。自分は友里を満たせなかった。それなのに、佐久間先生はなみなみと満たしたのだ。

つい先日、佐久間先生の相談に乗っていた。それ以来、無意識のうちに佐久間先生を軽く見るようになっていたのだろう。十数歳年上の先生を実力では数段劣るかのように見なしていたのだ。佐久間先生に対しても友里に対しても、土下座して謝りたい気分だ。

マイクが美幸のもとに戻っていた。

「それでは、感謝の気持ちをこめて、佐久間先生に花束を贈呈します」

友里が指揮台の横に立つ佐久間先生に花束を贈った。これで、一連のセレモニーが終わるのだ。しかし、三年女子の高揚した気持ちは収まらないらしく、美幸が続けた。

「ここで、佐久間先生からお言葉をいただきます」

友里が佐久間先生を前方に引っ張ってきて、美幸がマイクを差し出した。虚を突かれた佐久間先生は花束を両手に抱え困惑して立ちつくしている。

三年生から佐久間先生コールが起こる。美幸が音頭をとって「サークマセンセイ、チャチャチャ」と声をそろえて叫んでいる。意を決して、佐久間先生はマイクを握る。

「ほんとうにいろいろとありましたが、実行委員のおかげで、素晴らしいマスゲームになりました。教えるということは、教わるということだと、改めて感じました。今、わたしの心も希望の光で、温かく明るく照らされているような気がします」

ゆったりとしたアルトの声が少し震え始めていた。

「わたしたちに希望の光を届けてくれた実行委員の皆さんに、盛大な拍手をお願いします」

時間が大幅に超過している。グラウンドに響く拍手の中を教頭先生がしきりに美幸に合図を送っていた。美幸は体操服の袖を引っ張って涙をふくと、号令をかけた。

「退場」

アップテンポの曲が流れ、隊列は退場門に吸いこまれる。二組女子の一団が観覧席に戻って来る。入り乱れて団子状になって席になだれこんでいる。

たいして仲の良くない帆乃香と綾音が抱き合って泣いている。かおりと美香が並んで涙をぬぐっている。陽菜子だけが顔を上げて叫んでいる。

「二組女子。ちゃんと席についてください」

その陽菜子の目もとをよく見ると、赤くはれている。男子は女子の喧騒についていけずに、茫然《ぼうぜん》としている。

亜美はキョロキョロと沙織の姿を探し求める。大きな沙織も集団の中に埋もれていた。やっと、帆乃香と綾音の後ろに沙織を見つける。沙織を観覧席の後ろに連れ出す。

「ニッシー、お疲れさまでした。よく頑張ったね」

沙織はふくれっ面で話しだす。

「先生、ホーちゃんが沙織の手を引っ張るから、まだ痛いんですよ。沙織、ちゃんとやれているのに。陽菜ちゃんたちも押したり引っ張ったり。人権無視です。祐くんがちゃんとできるって言ったのに、信用ないんですかね」

一気に畳みかける。

「まあ、まあ。ニッシーを気遣ってですね……」

言いかけると、沙織の怒りはさらにヒートアップした。

「あんな乱暴が沙織のためだと、本気で先生は思っているの?」

そこまで言うと、急に口をつぐんだ。

「西脇さん」

後ろから誰かが沙織を呼んだ。高橋先生だ。高橋先生は沙織の大きな背中に手を回すと、幼児をあやすように軽くたたいた。

「よく頑張りましたね。とてもステキなダンスを見せてくれて、ありがとう」

沙織の顔が一瞬でゆがむ。目から涙がほとばしる。小柄な高橋先生にすがりつくと、号泣し始めた。

あっけにとられると同時に、腹が立ってくる。

まあいいか。沙織を見てくれていた人がもう一人いたのだ。

優勝の行方《ゆくえ》

「先生、ホーちゃんがまだ来ていません」

陽菜子が硬い表情で亜美に告げる。入場門は女子四百メートルリレー出場者でごった返していた。四百メートルリレーは女子の最強メンバーをそろえたリレーだ。帆乃香は学年一のスピードランナーで、アンカーを担《にな》っていた。

亜美は招集係で、入場門に詰めている。招集係は本来ちょっとこわもての男性教員が担当する。躁状態の生徒たちを入場門できちんと並ばせるのが仕事なので、にらみを利かせる必要があった。

どういうわけか、昨年から招集係に配置されていた。ウエちゃんは記録係で、本部席から演技をゆっくり鑑賞できる。フミ姉ちゃんは会場係で、生徒と一緒に観戦している。なんだか割り切れない役回りだ。そこで、入場門でひそかに二組へ「励ましの言葉」をかけていた。

来ない生徒を呼んでくるのは生徒の招集係がする仕事だ。しかし、直接帆乃香を呼びに行くことにした。緒方先生たちが大声で整列させているのを確認して、その場を離れる。キョロキョロあたりを見渡しながら二年の観覧席に近づく。帆乃香の姿が目に飛びこむ。二組の観覧席の後方の木陰に、秀也と二人してうずくまっている。

「ホーちゃん、入場門」

と、怒鳴ると、はじかれたように帆乃香が立ち上がる。秀也の方を振り返ったり入場門を見たり、足踏みしながら迷っていたが、やがて入場門を目指して駆け出した。

ゆっくり近づいていくと、秀也は足を伸ばしてぺたんと座りこんでいた。右足の膝に包帯がまかれている。直前の男子スウェーデンリレーの最中に転んで負傷したのだ。このアクシデントで二組のスウェーデンリレーは最下位に沈んだ。現在、学年の順位は三位だ。責任を感じた秀也は涙を浮かべていた。帆乃香が慰めていたのだろう。帆乃香は秀也に常にエラそうな口調で話すのだが、面倒もとことん見ていた。

「いつまでもこんなところで、めそめそしないの。男でしょ」

秀也はビクッと肩を震わせると、立ち上がろうとして顔をしかめた。秀也の手を引っ張って助け起こす。立ち上がっても秀也の背は亜美の肩に届かない。亜美の顔をきょとんと見上げると、徐々にいつもの秀也らしい、いたずらっぽい表情を取り戻していく。チチチと秀也は舌打ちをする。

「男だ、女だなんて言うのは差別だって、先生が言ってたじゃん」

「はい、はい。その通りですね。元気が出たなら、二組の席に戻りましょう」

亜美の背に隠れるようにして、秀也は二組の自席に戻る。二組は意気消沈して、まるで元気がない。これでは秀也が気にするはずだ。

「二組の皆さん。これから女子のスウェーデンリレーが始まります。美香ちゃんがスタートを切ります。応援しましょう」

トラックを指さしながら気合を入れる。

「ガッテンだ」

昌弘が怒鳴ると、みんなが口々にオーッと叫んだ。あとはいつもの二組のノリだ。

亜美は満足げにうなずくと、秀也の前にしゃがみこむ。秀也の席は最前列なので前は空いている。

「頑張ったんだから、気にしないでいいよ。ゴチャゴチャ誰かが言ってきたら、先生に言っておいでよ。ちゃんと頑張っている人に対して、文句は言わせません。いい？」

秀也はまじめくさってうなずいている。

「二組の応援は秀也が盛り上げないと、もう一つノリが悪いでしょ。次のスウェーデンリレーは綾音ちゃんも走るんだよ」

秀也は綾音のことが好きなのだ。亜美の肩をトントンとたたくと、真っ赤な顔で「シーッ」とささやきながら右手の人差し指を口の前に立て、顔を前後左右に動かして四方をうかがっている。

ピストルの音が鳴り響き、第一走者が走りだす。

「美香、ファイト」

立ち上がって向き直った亜美が叫ぶ。目をつりあげて走る美香は首位に離されながらも健闘している。

「先生、見えません」

流斗が文句を言う。「はい、はい」と言いながら後ろに下がり、入場門に向かう。後ろで、秀也が音頭を取って美香コールが巻き起こっている。

入場門では四百リレーに参加する女子たちが、緒方先生を気にしながら腰を浮かせて戦況を見守っていた。亜美の顔をいち早く見つけて、帆乃香が手を振った。結局アンカーの綾音が一位でゴールテープを切った。亜美は帆乃香と抱き合って飛び跳ねる。

「ゴホン」

緒方先生が咳払いをしてから言った。

「栗崎先生、二年生を座らせてください」

亜美は顔を赤くして、帆乃香の頭を押さえて座らせる。帆乃香はクスクス笑いながら
「やあい、先生が注意されている」

と耳元でささやく。それから、やおら立ち上がると亜美の手を引っ張って後方に連れて行った。三年女子のスウェーデンリレーが始まったので、今度は三年生が中腰になっている。

「先生、秀也はどうしてる？」

「もう、普通だよ」

入場門の帆乃香のところから秀也は見えない。ずっと気にしていたのだろう。亜美の返答を聞くと、ホッとしている。

「あたし、マアくんのことをちょっと見直したんだ」

「どういうこと？」

怪訝《けげん》な顔で帆乃香を見つめる。

「せっかくマアくんが一番でバトンを渡したのに、秀也が転んだでしょう。でも、マアくんは一言も秀也を責めないで、すごく慰めていたんだよ。一組が内側から抜こうとしたのが悪いんだって……」

確かに真には意外なことに「思いやり」があった。家庭訪問の際に真がグレープフルーツを差し出したことがあった。風邪気味の亜美を気遣ったのだ。けんかの仲裁に入った亜

美に「うるせえ、女は引っこんでいろ」と毒づいた事件のあとだった。家庭訪問をした亜美に「男らしい先生にあんなことを言って悪かった」としきりに謝り、「風邪にはグレープフルーツがいいんだって」と言ったのだ。丁重に断ったが、妙にうれしかった。

帆乃香は入場門を気にしながらも、何か言いたそうだった。やがて、下を向いたままつぶやくように言った。

「秀也は弟とそっくりなんだ。だから、ほっとけないの」

「ホーちゃんには弟がいるの？」

亜美は思わず聞きただす。帆乃香は祖母と二人暮らしのはずだ。

「別に住んでいるの。お父さんのところにいるんだ。小学校の二年生。すんごくかわいいんだよ」

言い終わると帆乃香は駆け戻っている。

帆乃香の母親が交通事故死した話を聞いて、なんとなく父親もいないのだと思いこんでいた。帆乃香は一年生から持ち上がっているから、一年半も毎日顔を合わせている。なにしろ帆乃香は、小学六年生の時には担任を階段から突き落としているのだ。今では、その担任がよほど無神経なことをしたのだろうとは思っている。しかし、理由が何であっても、人を階段から突き落とすのは犯罪なのだ。というわけで、目を離すと何を始めるかわからない帆乃香には常に声をかけていた。それなのに、まだ知らないことがあったのだ。

しかし、帆乃香の話を聞いたら、秀也は怒りだすだろう。「オレは小学生か」とカンカンになって怒るはずだ。これは帆乃香の「ヒミツ」なのだ。それにしても、自分の心が日に日に生徒から告白された「ヒミツ」で重くなっている。公務員には守秘義務があるが、時々大声で心に抱えた秘密を吐き出したくなる。重い足取りで入場門に戻る。

女子四百リレーの入場が始まらないうちに男子八百リレーの招集が行われる。八百リレーは体育会の最後のプログラムとなる。男子の最強リレーで、運動部の精鋭が走るのである。

亜美は大わらわで選手の確認を始める。まずは一年生だ。

「第一走者は立ってください」

亜美が叫ぶと一組から四組までの第一走者が立ち、招集係の生徒が名簿と突き合わせて確認していく。一年生は素直なので、確認作業はスムーズだ。

二年生はうれしそうに手を振ってきたり、話しかけて来るので、多少手間取る。

「第一走者」

と、亜美が叫ぶと、

「先生、久しぶり」

慎也がうれしそうに話しかけてくる。慎也の少しかすれた低音を聞くたびに、キレイなボーイソプラノだった頃が懐かしくなる。背もまた伸びたみたいだ。

「第四走者」

アンカーだ。洋輔が右手でガッツポーズを決めている。横から一組の康平がピースサインを送ってくる。野球部の精鋭をそろえた一組が優勝候補なのだ。

三年生の点呼を取ろうとして少しためらう。三年生は元気者ぞろいで、総じて教師の言うことを聞かない。わけても真のいる椿野住宅の三年男子はつわものぞろいで、「椿連《つばきれん》」と称して毎日のように問題行動を起こしていた。三年生にはかかわりの薄い亜美でも知っている顔ぶれが何人か確認できる。

亜美はチラリと前方を見る。四百リレーはまさに入場態勢に入ろうとしていて、緒方先生はかかりっきりになっていた。三年生を受け持つ緒方先生の助けは受けられそうにない。意を決して点呼に入る。

「第一走者」

勝負の前の緊張感で思いのほか素直だ。点呼と確認がスムーズに進んでいく。少しホッとする。

第三走者を座らせようとして、一組の生徒の肩を押さえる。前方の生徒を大声で冷やかすなど態度が悪いうえ、なかなか座ろうとしなかったからだ。

「何をしやがる」

亜美の手を振り払うと、食いつきそうな顔で叫ぶ。真が「村田《むらた》センパイ」と呼ぶ椿連の中心人物だ。亜美はまっすぐに相手の目を凝視する。

「座らないから、座るように促しただけです」

ゆっくりと言って聞かせる。

「なんだと、オバはん」

二十三歳のうら若き女性に言うに事欠いて「オバはん」とは。逆上した亜美は理性を吹き飛ばして、にらみつける。村田センパイは心持ちひるむ。しかし、怖じ気づいたところを見せまいと、すさまじい形相で仁王立ちになっている。あたりの空間が凍りついた。もう亜美も引くに引けない。

「村田、座れよ。お前が走れなくなって、一組が優勝できなくなったら、大庭先生にどう言い訳するんだ」

リーダー研修で見知った顔だ。確か三年一組の委員長だった。委員長の言った「大庭先生」の一言は絶大な効果を発揮した。村田センパイはたちまちおとなしくなって座っている。そこに緒方先生が顔を出す。さっき昌弘が立って移動していたから、呼んだのだろう。

「何かありましたか」

緒方先生があたりを見回して、小声で聞く。バックに軽快な行進曲が流れている。四百リレーの選手が入場しているのだ。曲に合わせて、亜美は首を振る。

「いえ、ちょっとしたトラブルがあったんですが、大丈夫です」

四百リレーの選手が入場してしまうと、前方が空く。緒方先生は一同を立ち上がらせて前に移動させている。整列させながら、緒方先生は村田センパイをにらんでいる。村田センパイは下を向いたままだ。用具係の生徒がハチマキとバトン、アンカー用のタスキを配り始める。レース前の緊張感があたりの空間を埋めている。

「先生、良かったですね。オヤジじゃあなく、オバはんですからね。村田センパイは先生を女性と認めたんですよ」

昌弘がハチマキを締めながら亜美にささやく。

「危なかった。ありがとう、緒方先生を呼んでくれて」

亜美が答えると、昌弘がにやりと笑う。

「先生ならセンパイに勝てますって」

亜美が「危なかった」のは体罰事件を起こしそうだったからなのだが、さすがの昌弘もそこには考えが及ばないようだ。

男子全員がハチマキとタスキをつけ終わった頃、二年女子の四百リレーがスタートした。四百リレーは二組が勝つことになっていた。陸上部のない立花中では女子バスケット部が群を抜いて速いのだ。部活動対抗リレーの女子の部でもバスケット部が優勝した。二組のメンバーは四人のうち三人がバスケ部なのだ。予想通り、陽菜子が最初からぶっちぎり、帆乃香が大差でゴールインしている。

三年生が四百リレーのスタートを切った。退場門の横に陣取った三年生の応援が華やかに始まる。運動部を夏に引退した三年生は体育会に並々でない情熱を傾けるのだ。ポリエチレン製のテープをほぐして作ったクラス色のポンポンを持ち、応援リーダーが前で音頭を取っている。三年三組の前だけが空いているのは、応援リーダーの美幸が今から走るからだ。

美幸はアンカーだった。三組はバトンパスでもたついて、最下位でスタートを切ったが、二人を抜き去り二位でゴールした。

三年生の歓声がグラウンドに響く中を、誘導係が笛をクルクル回しながらやってくる。誘導係は三年生の体育委員がする仕事だ。誘導係に引き継ぐと招集係の仕事は終わる。亜美は緒方先生に手を振る。先生はうなずいて観覧席を指さす。ようやく、役目を終えてクラス席に戻れるというわけだ。

二年二組の観覧席は騒然としている。

「一組、二組、三組の点数はほとんど同じなんだって。次の八百リレーに勝ったクラスが優勝するみたい」

記録係をしていたかおりが本部席から戻り、現況の報告をしている。

「それ、ほんとなの」

まだ息をはずませながら帆乃香が聞きただす。かおりは何度もうなずいている。帆乃香はペットボトルの水を飲み終わると、まなじりを決して叫んでいる。

「秀也、昌弘を応援するからね。野球部だからイヤとか言ったら、許さないよ。サッカー部も野球部も二組の子なら、みんな一緒。なんとしても勝つように応援するからね」

「栗崎先生」

後ろから呼ぶのは学年総務の徳永先生だ。

「きちんと生徒を座らせてください」

校長か教頭に言われたのだろう。徳永先生はおずおずと亜美の顔をうかがっている。

「はい」

亜美はにこやかに返事をする。

「さあ、自分の席に着きましょう。カウントダウン、五、四、三、二、一」

三と亜美が叫んだ時点で、全員が座っている。別に指示に従ったわけではないのだ。一種のゲームだ。ここで担任の顔を立てて席に座れば、リレーの開始と同時に自由に応援する権利が手に入ると生徒たちは考えている。担任と子供たちが互いの顔を立て合うことで中学生活は成り立つのである。

案の定、一年がゴールを決めると、子供たちはもぞもぞと動き始める。亜美は一組と二組の境界に立つ。フミ姉ちゃんから「一組と二組の間にトラブルが起こらないように、気をつけてね」と、言われていた。サッカー部と野球部の対立が尾を引いているのだ。二組にはサッカー部が多かったし、一組は野球部顧問の楢原先生が担任していて、野球部員が多かった。しかも、二組体育委員の帆乃香と一組体育委員の望は犬猿の仲だ。帆乃香と望は武闘派女子の二大巨頭だ。

トラックでは第一走者がクジを引いている。黄色いハチマキを締めた昌弘は外から二番目のレーンを引いたようだった。トラックの一周が二百メートルなので、四人の走者がそれぞれ一周することになる。

大庭先生のピストルが轟音《ごうおん》を響かせる。昌弘の反応が一番良かった。しかし、スピードランナーがそろっているので、ほぼ団子状になって最初のコーナーにさしかかる。めったにないことだが、昌弘は本気になっているようだった。体を実にうまくコントロールして、コーナーでもスピードが落ちない。一歩ごとに差が広がるのがよく見える。

秀也の音頭で全員が昌弘コールを叫び続けている。後ろにいる帆乃香の声が途切れる。細い指が亜美の肩に触れる。

「先生、見て、見て。昌弘、チョーカッコいい」

スピードそのものは他の子供たちとそうは変わらない。しかし、四つのコーナーを回りきると、昌弘はかなりの差をつけていた。

次は二組のサッカー部で唯一まともな正樹が走る。一組の野球部員にかなり差を詰められているが、何とか首位をキープしている。

「ホーちゃん、どうして三組や四組の女子が正樹を応援してるの」

「担任のくせに知らなかったんだ。正樹はモテモテなんだよ」

「ふうーん」

なんだか今日は初めて知ることが多いような気がする。

心配なのは第三走者の和樹だ。和樹は見かけによらず神経質で、本番に弱いのだ。しかも一組の第三走者は速いとの評判だ。案の定、第三コーナーで抜かれている。いつもは抜かれた時点でやる気をなくし、みるみる大差がついてしまう。しかし、和樹とも思えぬ粘りで一組に追いすがっている。しゃくれたアゴをさらに突き出し、苦痛にゆがんだ顔で追いすがる。さらに、追いすがる。見ている亜美も息が苦しくなる。肩に置かれた帆乃香の指が食いこむ。オシャレにツメを伸ばした指は結構痛いはずだが、痛覚が飛んでいる。

アンカーの矢口洋輔にバトンが渡る。帆乃香と同時に「フー」と息を吐き出す。洋輔はすぐに一組の康平に追いつく。康平は抜かれまいと必死だ。並走が続く。やがて、第四コーナーで洋輔が康平を抜き去っていく。洋輔に勝って欲しいが、康平が抜かれるのもかわいそうだ。なにしろ、康平は洋輔とともに去年の「舎弟」だったのだ。口をぽかんと開けて二人を見つめる。いっさいの物音が途切れる。まるでこの世に生きているのは、洋輔と康平と自分の三人だけのようだった。

洋輔が両手を広げてテープを切り、大庭先生のピストルの音が澄んだ大気に突き刺さる。耳に音が戻ってくる。二組の子供たちが一斉に歓声を上げ、手をたたいている。

「先生、良かったね」

望が興福寺の阿修羅像に似た顔をやや右に傾けながら立っている。一瞬、あたりを見回して帆乃香を探す。帆乃香は陽菜子と抱き合って飛び跳ねている。

「いいなあ。わたしも先生のクラスに入りたかった」

「なに言ってるのよ。楢原先生は先生よりズーッといい先生だよ」

望はいたずらっぽく笑った。

「うん、望もそう思う。でも、栗崎先生は命をかけて頑張っている感じがする。そこがすごい」

そうなのか。祖父、両親、友人たち、星、宇宙物理学、旅行、読書……。好きなものはたくさんある。でも、それだけでは心を埋められない。

「わたしも生まれて初めて、一生懸命になれるものを見つけたんだねえ」

望がまじめくさってうなずく。

「先生、優勝おめでとう」

怪文書事件

窓の外はとっぷり暮れていた。彼岸過ぎから夜はかなり冷えこみ始めている。図書室の時計は七時半を回っていた。

「亜美ちゃん、いい加減にしないと。また、歯が痛くなるわよ」

フミ姉ちゃんが鈴を振るような声で言う。三つ目のカステラに伸ばした手が止まる。

「食欲の秋です。お腹が減って……」

言い訳をすると、カステラを口に入れている。亜美とフミ姉ちゃんに挟まれたウエちゃんがクスクスと笑っている。

「ゴホン」

左隣に座る高橋先生が咳払いをする。

「早く会議を済ませて、亜美ちゃんに晩ご飯を食べさせましょう」

学年打ち合わせの最中なのだ。学年打ち合わせは略して「学打《がくうち》」と呼ばれていて、毎月一回開かれる。それぞれの学年に所属する教員が集まり、毎月の行事や生徒指導について話し合うのである。

　本日の学打は尾高先生が司会で亜美が記録にあたっている。亜美の前に座る尾高先生が眠そうに細い眼を瞬《しばたた》きながら言った。

「最後に生徒指導上の当面の問題ですな。例の怪文書です。来週には中間テストがありますから、ここらでおしまいにしませんと……。で、どうしましょう」

　怪文書と聞いてカステラがノドに詰まりそうになる。あわててウエちゃんが冷えたコーヒーを亜美の口元に差し出し、背中をさする。徳永先生もコーヒーを一口すすると、困惑した調子で言った。

「文書の内容から言って、二年生に違いありませんが……。いったい、誰なんでしょうねえ」

　フミ姉ちゃんの予想通り、怪文書事件はエスカレートしつつ続いているのだ。このところは、毎日のように何枚もの怪文書がまかれる事態になっていた。尾高先生の左に座を占める楢原先生が腕組みをしつつ口を開く。

「牧田由加のようなおとなしい生徒に、何の恨みがあるんでしょうかねえ」

　高橋先生が両手のひらを顔の横に開いて、押しとどめるような動作をしながら話し始めた。

「ちょっとお待ちください。わたしは亜美ちゃんから相談されているので、だいたいのことはわかっています。ですが、全員の方が怪文書事件の詳しいいきさつをご存知ではありませんよね。きちんと説明していただかないと……」

高橋先生は一息置くと、さらに続けた。

「生徒指導は会議で方針を立て、学年の職員全員が共通認識を持って取り組まないと……」

高橋先生は立花中の生徒指導の問題点をついていた。立花中では一部の教師が生徒指導の方針を決めてしまうことが多いのだ。というのも、若手や一部の男性教師が夜遅くまで職員室に居残り続けていて、その場の雑談で情報交換や方針の決定が済んでしまうからだった。このため、居合わせなかった教師は何も知らないまま、ある日突然、保護者から抗議を受けるといった非常事態に陥るのだ。

高橋先生はそのような事態を避けたいと考えていた。また、教師業のかたわら二人の子を育てた先生にしてみれば、教育熱心な先生は夜遅くまで学校で勤務するものという「常識」を変えていきたいとも思っていた。確かに、仕事はテキパキ済ませて、自分の健康や家庭生活を大事にすべきなのだ。

「では、これまでの経過をご説明します」

生徒指導係の楢原先生が大判の手帳を開いて、説明を始める。徳永先生は老眼鏡をかけると、パソコンをスクロールし始めた。会議ではパソコンを使用するように、教育委員会から通達が来ていた。しかし、学打でパソコンを開くのは徳永先生と音楽科の池田《いけだ》先生だけだ。

ウエちゃんもパソコン派なのだが、学校のパソコンの速度が遅いことに業《ごう》を煮やして、自分で「改良」していた。委員会は改良も禁じているので、自分のパソコンを人前では極力開かない。

「最初に怪文書が立花中に届いたのは、体育会の四日前です。二組の米沢梨絵さんが早朝練習の前に森沢先生に手渡しました。本人は登校途中に拾ったと言っています。森沢先生は米沢さんの担任である栗崎先生に渡しました。A４の用紙に赤い文字で、体育会を中止するように要求した文書です。パソコンで打って印字しています。森沢先生、栗崎先生、補足することがあればおっしゃってください」

フミ姉ちゃんはちらっと亜美に目配《めくば》せする。亜美はうなずくと話しだした。

「用紙は土で汚れていましたし、米沢さんの言う通り拾ったもののようではありました。でも、米沢さんは走るのもマスゲームも嫌がっていて、本人がパソコンで打ったことも考えられました。それで、当日の放課後に話を聞きました。菊水神社と福祉センターの間に落ちていたそうです。パソコンを持っているのか聞いたら、上目遣いに涙目で見つめられました。これ以上聞いたら、人権問題になりそうで、話を打ち切っています」

楢原先生はうなずくと、また手帳に目を落とす。

「米沢さんは、体育会当日には欠席しております。母親から貧血でふらつくから休ませると電話がありました」

池田先生が隣の君塚先生に「米沢梨絵さんって、どんな子ですか」と聞いている。池田先生はこの春に立花中に転任してきた五十代の音楽教師だ。一年の時から教えている亜美たちに比べると、生徒とのかかわりが薄い。そもそも音楽の授業は週に一時間しかなく、全校の生徒を教えていた。米沢梨絵のように目立たない生徒は記憶にないのだろう。聞かれた君塚先生も少し首をかしげて、「おとなしくてまじめで目立たない子ですよ」と答えていた。

楢原先生は手帳のページを繰《く》ると、事件の概要をまた語りだした。

「二回目は体育会の代休の翌日です。先週ですね。二組の牧田由加さんを中傷する内容です。百メートル走で二位になったからって、大きな顔をするなと書かれていました。米沢さんは欠席していましたから、牧田さんが二位になったことは知らないと思います。リレーと違って個人競技はあんまり注目されませんねえ。運動が苦手系の子が次々と走りますからねえ。このビラは二十六枚が福祉センターと本校の間の路上にまかれていました。プールの横です。早朝練習で登校していたサッカー部の連中が見つけ、栗崎先生に届けています。部長の杉本くんは内容から人目に触れるとまずいと思ったらしくて、二年の部員全員を動員して、全部回収したと言っています」

楢原先生は手帳から顔を上げると、身を乗り出して右端に座る君塚先生を見る。君塚先生は大きくうなずいている。

「三回目は今週の火曜日。やはり、杉本くんたちに野球部が加わって回収しています。今度は四十七枚です。牧田由加がマスゲーム中に左足を出すのが遅れたのは、二組の恥だという内容でした。マスゲームをじっと見ていた栗崎先生も気がつかなかったミスで、二組の女子に確認したら少し遅かったのは事実だが、それぐらいのミスは誰でもやっていると言っていました。そうですよね。栗崎先生」

　亜美がうなずくのを確認してから、楢原先生は続けた。

「四回目は翌日の水曜日、昨日のことです。中傷がエスカレートしていて、顔がどうとか男に色目を使うとか、気分が悪くなるような内容で、三十二枚。サッカー部員と野球部員、職員で回収しました。五回目が木曜日、今朝です。牧田さんのことには触れず、中間テストの中止を要求しています。枚数も七十一枚に増えました。配布場所も福祉センターの周辺一帯です。早朝、タチバナ・シスターズとわたしで回収しました」

　徳永先生が腕組みしながら言った。

「牧田さんがらみとなると、今の二年二組か去年の一年二組かということになるでしょうね。栗崎先生、心あたりはありますか」

　そういえば昨年、岡部七海《おかべななみ》や坪井英里《つぼいえり》が由加を無視したことがあった。二人を呼んで由加の事情を可能な範囲で話した。七海は自分の悲惨な境遇よりもさらに深刻な状況の由加に同情を寄せていたし、英里は黒い大きな目を涙でいっぱいにしていた。

その後、七海にしても英里にしても由加を傷つける行為は一切していない。亜美は一年の頃を振り返りながら答える。

「牧田さんはいじめられやすいタイプではあります。でも、今のクラスでは豊田さんが面倒を見ていますし、昨年は服部さんが気遣ってくれて、いじめられてはいないと思います。ただ、一年の時は、岡部さんと坪井さんが牧田さんのことを嫌がってはいました。でも、こちらが注意してからはいじめていません。小学生の頃はバイキンと呼ばれて、避けられたことがあると聞いています。いじめたのは男子です」

そこで亜美は言葉に詰まる。由加の境遇を少しでも改善したいと、君塚先生やウエちゃんたちと駆けずり回った昨年のことをまざまざと思い出したのだ。

「牧田さんはご承知のように、複雑な事情を抱える生徒です。両親とは別れ、父親の愛人である中原さんに引き取られています。ちゃんとした世話を受けられず、栄養状態も衛生状態も良くありません。表情にしても顔色にしても、見栄えがいいはずがないんです。それを理由にいじめられるなんてことは、絶対に許せません」

声が震えだした。隣の高橋先生が亜美の左手を握りしめ、背中を撫でながら言った。

「大丈夫ですよ。ビラまき子は、決して牧田さんを傷つけるのが目的ではないと思います」

びっくりして高橋先生の顔をのぞきこむ。先生は静かにうなずいている。

「わたしも高橋先生のおっしゃることに賛成です。確かにビラまき子さんは、体育会や中間テストが牧田さんよりずっと嫌いなんです。だから、体育会が大好きな岡部さんや坪井さんがビラまき子のはずがありません」

フミ姉ちゃんが断定した。

「しかし、岡部七海はともかく暗いし、なんかこう陰険なことをやりそうで……」

徳永先生がためらいがちに言う。

「先生は、岡部さんに英語の採点で文句を言われたことを、まだ根に持っていらっしゃるんですか」

ウエちゃんが鋭く切りこむ。ウエちゃんは七海の今の担任だ。

「わたしも最初は七海の暗さがどうにも嫌でした。でも、父親の家庭内暴力のためにあんなふうになってしまったんです。だから、中年男性には突っかかるか、おびえるかのどちらかです。徳永先生は良い方なので、突っかかられたんです」

「それって栗崎先生。慰めてくれているんですか」

「いや、まあ。七海は何にでも一生懸命で、かわいい子ですよ。マスゲームも上手に踊っていたし、リレーでも活躍していたし、体育会を中止しようなんて、金輪際《こんりんざい》考えるはずがないです」

「坪井さんにしろ岡部さんにしろ、普通の生徒なら『ビラまき』なんてイマドキしませんよねえ。SNSとかツイッターとかを使うのが当たり前でしょう。学校に何かを要求するにしても、友達を中傷するにしても、ビラをまくって、ちょっと考えられませんよね」

フミ姉ちゃんが言う。英里の今の担任はフミ姉ちゃんだ。

「そうですよね。犯人はパソコンを使っているわけですからねえ。本校のホームページにアクセスして脅迫文を表示すれば、効果絶大です。体育会の件にしろ、中間テストの件にしろ、学校側も行事を延期するでしょうし、マスコミも取材に来るような騒動になると思いますね」

池田先生が言い終わると、一同は息をのんで沈黙する。やがて君塚先生が口を開く。

「まあ確かに本校の生徒もSNSやツイッター、ブログなんかはやっていますし、労力を考えればビラよりネットですよね」

フミ姉ちゃんが考え考え話しだす。

「でも、世間を巻きこむ騒動になれば、校長としては威力業務妨害で通報するでしょう。警察が捜査に乗り出せば、通信履歴を調べて犯人がわかりますよね」

君塚先生が首を振る。

「生徒たちは非通知設定にすれば、発信元はわからないと思っています」

その瞬間亜美の頭には米沢梨絵の顔が浮かんだ。フミ姉ちゃんも同じだったのだろう。

「米沢さんの父親は警察官なんです。一年の時、米沢さんの母親は夫がサイバー犯罪対策室勤務になってから帰宅が遅くなって困っていると言っていました」

高橋先生が聞きなれない語彙に戸惑ってゆっくりと話しだす。

「サイバー犯罪って、ハッカーとかネットに侵入して悪事を働くあれですよね？」

警察に詳しい君塚先生が答える。

「そうです。コンピュータを使用した犯罪をサイバー犯罪とよびます」

池田先生が思案顔で言う。

「そういうことなら、米沢さんはネットの発信元がわかるということを知っていたのでしょうね」

徳永先生が口を挟む。

「米沢さんは体育会に出席していないのですよ。可能性は薄いと思いますね。あんなにおとなしい子がこんな大それたことをやるとは、ちょっと信じられません」

「まだ、七海を疑っているんですか」

ウエちゃんはケンカ腰だ。楢原先生がまあまあと取りなして言う。

「いずれにしても、今日で終わらせましょう。捕まえれば犯人はわかります」

尾高先生が楢原先生の方を向いて聞いた。

「今日の夜、みんなで張り番をするんですか」

楢原先生がコクンとうなずく。

「昨日、福祉センターの周りを見回ったのは十時でした。その時にはビラは見つかっていません。まいたのは十時以降ということになります。余裕をみて、九時半から見張りましょう」

正体

九時半になると、君塚先生が運転する軽自動車に楢原先生とフミ姉ちゃん、それに亜美が乗りこんだ。車はゆっくりと学校の塀に沿って移動し、ビラまきの現場である福祉センターの横に駐車した。ビラまき子が現れるのを待つのである。虫の音《ね》が冷気とともに車内に入りこむ。あたりの様子がわかるように、すべての窓ガラスを少し下げてあった。

亜美は後部座席に身を沈めている。隣に座るフミ姉ちゃんが時々指で腕を突いて来る。昨日は遅くまで中間テストの問題を考えていたし、さっきまでコンビニ弁当やコンビニ菓子をたらふく食べ続けていた。つい、ウトウトと眠りに陥りそうになるのだ。

ポケットからスマホを出して、画面をのぞきこむ。まだ九時四十分だ。まだ十分しか経《た》たない。フミ姉ちゃんの腕が伸びてきてコメカミをこつんとたたく。あたりをうかがいながらフミ姉ちゃんの耳にささやく。

「体罰はいけないんですよ」

助手席の楢原先生がささやく。

「シィー、誰か来ました」

前方の街灯に数人の人影が浮かびあがっている。踊りながら歩いているのは柴田秀也だ。田中流斗が足を振り上げ、岸本正樹は流斗のパーカーのフードを引っ張っている。大きな図体の二人は太田昌弘と小島和樹らしい。体育会をきっかけに、二組の野球部員とサッカー部員は妙に仲が良くなっていた。

「あっ、栗崎先生。ちょっと待ちなさいよ」

フミ姉ちゃんの静止する声をあとに置いて、車から飛び出す。楢原先生も助手席から降りている。

「ヤバい、亜美ちゃん先生だ」

流斗がつぶやくと、昌弘の低音が続く。

「別にいいじゃん。オレたちはボランティアで見回っているんだぜ」

「良くないでしょ。あんたたちは夜間徘徊《はいかい》しているのよ」

腕を組んで仁王立ちした秀也が、頬をふくらませて言いつのる。

「オレたち二組のみんなを代表して、卑劣な犯人を逮捕しに来たんだぜ」

「ふうーん、卑劣な犯人って、えらく難しい言葉を知っているんだね。漢字で書けるの？」

秀也や流斗の顔を見るとなんだか余計な一言《ひとこと》を言いたくなる。良くないクセだ。

「ほんとうですよ。谷さんや豊田さんに言われたんです。牧田さんが見る前に、ビラをまいているヤツを見つけて、懲《こ》らしめて欲しいって」

正樹が神妙な顔で言った。

「そうなの？　由加はまだ知らないんだ。良かった」

「差別だ。正樹とオレとでは態度を変えている。それって差別です」

秀也が叫ぶ。

「君たちがクラスや友達のことを思って、ここに来たのはよくわかる」

亜美の背後から楢原先生が声をかける。秀也が子供っぽい笑みを満面に浮かべてふんぞり返る。流斗はヘコヘコと胸の前でもみ手をしている。野球部顧問の出現に昌弘と和樹は逃げ腰だ。新人戦の前に「夜間徘徊」はまずいと思っているらしい。秀也と流斗の監視役で仕方なくついて来た正樹は、憮然《ぶぜん》とした表情で突っ立っている。

「気持ちはわかるが、君たちがいると犯人は逃げ出すよ。そうすれば、捕まえられなくなって、大変なことになる。先生たちに任せて、家に帰りなさい」

正樹はうなずいているが、他《ほか》の子たちはなんだか不満そうだ。

「第一、サッカー部も野球部も今は新人戦の前だろう。夜にウロウロしてなんか事件に巻きこまれたら、試合に出られなくなるぞ」

　子供たちは顔色を変えてうなずき「失礼しました」と叫んで、一斉に駆け出している。

　楯原先生に促されて車に戻る。

「ご迷惑をかけました。ほんとうにすいません」

「いやあ、役に立ちそうもない少年探偵団でしたねえ。栗崎先生、気にすることはありません。牧田さんのためなんですから、思いやりがあっていいじゃないですか」

　おかしそうに楯原先生が言う。君塚先生も含み笑いをしていたが、やがて深いため息をつくと言った。

「今日犯人を捕まえないと、いろいろな意味で困ったことになりそうですね」

　車の中に沈黙が戻る。眠気が吹き飛び、緊張感で背筋が伸びる気がする。

「十時半になりました」

　スマホで時間を確かめたフミ姉ちゃんがささやく。

「広田《ひろた》英数学院の終わる時間ですよね」

　亜美がささやき返すと、フミ姉ちゃんがうなずく気配がする。

「どういう意味ですか？」

　君塚先生が聞く。

「米沢さんが毎晩通っている学習塾です」

ほどなく虫の音に混じってかすかな金属音が聞こえてくる。首をねじって後部の窓から目をこらす。運動場を囲った高いフェンスが見える。そのフェンス沿いに立つ街灯の光の中を無灯火の自転車を押しながら誰かが歩いて来る。プールの外壁のところで自転車を止める。前カゴから紙の束を取り出すと、あたりにまき始める。

飛び出そうとするが、フミ姉ちゃんが両手で力いっぱい腕を引っ張っている。ビラをまき続ける人影が車の前を通り過ぎたところで、君塚先生と楢原先生がドアを開けた。君塚先生は大きな猫のような身ごなしで人影に近づくと、サッと前をふさいだ。人影はあわてて向きを変える。その人影の正面に向かって、楢原先生が手に持った懐中電灯をパッと点灯する。車を飛び出したフミ姉ちゃんと亜美が足早に近づく。

米沢梨絵は両手で顔を覆《おお》って立ちすくんでいた。懐中電灯の光の中で、小さな肩が小刻《こきざ》みに震えている。フミ姉ちゃんがそっと懐中電灯を押さえ、あわてて楢原先生がスイッチを切っている。フミ姉ちゃんが梨絵の肩をポンとたたく。

「米沢さん、先生たちと一緒に学校に行きましょうね」

どこか悲痛でやさしい声音だった。梨絵はうずくまると声を上げて泣きだした。

誰も身じろぎもしない。梨絵の細い泣き声だけが闇の中を漂い続けた。誰かに見られたらまずい。あわてて右手を差し出すと、おずおずと梨絵が手を伸ばす。手を引いて助け起こす。小さくて冷たい手の感触に、なんだか梨絵が哀れでたまらなくなる。思いもかけない感情だった。黙って梨絵の肩を抱くと学校に向かう。泣き止んだ梨絵は肩を落としてトボトボと歩きだした。

校門に近づくと何人かの先生方が飛び出してくる。緒方先生や大庭先生の顔がある。君塚先生が連絡したに違いない。梨絵のまいたビラを拾いに行くのだろう。

生徒相談室で梨絵と向き合う。泣き続けている梨絵にフミ姉ちゃんから借りたハンカチを差し出す。梨絵は首を振り、亜美の隣に置いた自分の手提げカバンを指さす。のぞくとポーチが入っている。ポーチを取り出して掲げると梨絵はうなずいている。カバンもポーチも凝った刺繍がしてあった。母親のお手製なのだろう。

ハンカチで顔をぬぐっているうちに落ち着いたらしく、いつもの無表情の梨絵に戻っている。少しホッとして、できるだけ静かな声で話しかけてみる。

「梨絵ちゃん」

梨絵はパッと顔を上げると、実にうれしそうに笑った。梨絵の笑顔を見るのは初めてだ。着ているピンクのTシャツにはえて普段の梨絵とは別人だ。

「先生に梨絵ちゃんって呼ばれたら、うれしいの？　どうしてなの？」

梨絵は真っ赤になってうつむくと、消え入りそうな声で話した。

「栗崎先生に梨絵ちゃんって、ずっと呼んで欲しかったんです」

「…………」

亜美は完全に虚を衝《つ》かれた気分で黙る。梨絵はサッと顔を上げると、亜美の過失をあげつらうように話しだした。

「牧田由加は由加ちゃんでしょう。ホーちゃん、陽菜ちゃん、美香、かおり。みんな名前で呼んでいるのに、わたしだけはいつも米沢さんって呼ぶじゃないですか」

高橋先生が生徒は苗字に「さん」か「くん」をつけて呼びなさいと、繰り返し注意していた。その意味がやっとわかる。しかし、梨絵の言うことは正しいのだろうか。亜美は頭の中を検索してみる。そうそう、三木珠美《みきたまみ》は「三木さん」だ。珠美は梨絵と同じ美術部員で、孤立気味の梨絵が言葉を交わす数少ない一人だった。

「三木さんのことも、いつも三木さんって呼んでいるんだけど……」

「いいえ、違います」

間髪を入れず梨絵は首を振った。

「夏休みの終わりに宿題を集めましたよね。美術の課題だった風景画を見て、『珠美ちゃんは絵が本当に上手よねえ』って言いました」

そんなことを言ったのだろうか。まったく覚えていない。いや落ち着こう。今は梨絵が亜美を糾弾《きゅうだん》する局面ではない。梨絵の問題行動を亜美が指導する時間なのだ。

「先生が梨絵ちゃんによそよそしかったのは悪かったと思います。ごめんなさい」

梨絵は得意げにふんぞり返る。これでは秀也と同じだ。

「先生がよそよそしいからって、あんなビラをまいてもいい理由にはならないでしょ」

亜美を見据えていた梨絵の顔がみるみる下へ落ちていく。

「だいたい、牧田さんに何の恨みがあるの」

梨絵は下を向いたまま黙りこむ。梨絵のつむじが見える。いつもは学校の規則通り二つに分けてくくっている髪を、ふわりと下ろし、カチューシャをしていた。

生徒相談室は静まりかえった。廊下の足音や戸の開閉音が不協和音のように響いてくる。

亜美のため息を合図に梨絵は頭を上げた。

「陽菜ちゃんはすごくキレイだから、先生がヒイキにするのも無理はないと思います。ホーちゃんはスポーツができるし、豊田さんは勉強がすごくできる。鈴木さんと長岡さんはバレー部だから、先生がかわいがるのもわかります。でも、牧田さんは何の取り柄《え》もありません。顔はうすぼんやりしているし、教科書もろくろく読めない。跳び箱も跳べない。性格は暗い。あんな子をなぜ先生はヒイキするんですか」

梨絵が名前で呼ぶ生徒は同じ小学校の出身者だ。

「先生は別に牧田さんをヒイキしていません」

牧田由加と同じ小学校の出身者や一年二組で一緒だった子供たちは、由加の不幸な境遇をうすうす知っている。なので、亜美が由加を気にかけるのは当然と感じていた。しかし、由加の状況が多少改善されたために、梨絵は亜美の由加への配慮を「ヒイキ」と感じるのだろう。

「じゃあ、なぜ牧田さんは由加ちゃんでわたしは米沢さんなんですか」

梨絵の思考が旋回し硬直しだす。発展性のないグルグル思考は大嫌いだ。気合を入れて梨絵の顔面をにらむ。梨絵はすでに居直っていて、亜美の顔をにらみ返している。

「自分のしたことがわかっているの。体育会を中止しろとか中間テストをやめろとか、それって威力業務妨害でしょう。三年以下の懲役にあたるのよ。牧田さんへの中傷は名誉棄損。刑法にきまりのある立派な犯罪です」

さすがに梨絵は目を伏せる。しかし、すぐにきっと顔を上げた。

「梨絵が大人だったらそうなるかもしれないけど、少年法なら懲役になんかならない」

「じゃあ、家庭裁判所よね。審判を受けて少年院に入るかもしれないよね」

大人げないなあと思いながらも、こうなると我慢できなくなる。梨絵は顔面を引きつらせながらも言い放つ。

「警察はこの事件のことを知らないでしょ。学校が梨絵を警察に引き渡したら、きっと教育者じゃないって言われるもん」

見かけによらず梨絵はなかなかのツワモノだ。亜美は妙に感心する。

「でも、梨絵ちゃん。先生が牧田さんをヒイキにするから腹が立ったんでしょう。だったら、牧田さんではなく先生の悪口を書いてビラをまけばよかったのに……」

梨絵は顔をゆがめハンカチで覆《おお》うと、静かに泣き始めた。亜美はわけがわからず泣き続ける梨絵を呆然《ぼうぜん》と見つめる。泣きながら梨絵が叫びだした。

「牧田さんは大嫌いだけど、先生は好きなの。先生の悪口なんて書けるわけがないでしょう」

「そう、なの」

あやふやにつぶやくと、梨絵は泣きながらしきりにうなずいている。

「でも、梨絵ちゃんは間違っていると思うよ。キレイだとか頭が良いとかスポーツができるとか、人は価値があるから好きになるわけではないもの」

梨絵はしゃっくりを一つすると、泣き止む。ハンカチを机に落とすと泣きぬれた瞳に驚きの表情を浮かべて亜美を見る。

「どういうことですか」

「ブスだけど愛嬌があっていいとか、バカだから安心できるとか、運動音痴なのがかわいいとか……。価値がある・ないと、好き・嫌いはまったく別ですよ」

「じゃあ、人は何を理由に好きになるわけ？」

「好きになる理由なんて、人それぞれなんだと思う。第一出会って知り合わないと、好きも嫌いもないでしょ。世界には七十億もの人間がいる。知り合える人間はその中のわずかな人数だよね」

梨絵は真剣な面持ちで亜美の言葉を聞いている。価値判断と好き嫌いの関係は哲学の問題だろう。理系の亜美には最も苦手な分野だが、これほど真剣な問いにはなんとしても答えるべきだ。

「梨絵ちゃんは、先生が小谷さんを好きなのは小谷さんがキレイだからだと考えているんだよね」

梨絵は大きく目を見開きながらさかんにうなずく。

「小谷さんは確かにキレイだけれど、キレイだと思わない人もいるよ」

梨絵は不思議そうに首をかしげる。陽菜子は、まれな美少女なのだが、まじめで正義感が強く口うるさい。さんざん文句を並べられた和樹が「このブス」とつぶやき、帆乃香に蹴られたことがある。

「梨絵ちゃんは小谷さんのことが好きなのね」

梨絵は天井を見つめて考えこむと、かすかにうなずいた。副委員長の小谷陽菜子はちゃんと梨絵にも気を配っていた。

「キレイだから好きではなく、好きだからキレイに見えるのよ」

「そうなんですか」

「誰かに会って『好き』っていうスイッチが入れば、その人のいいところがたくさん見えてくる。反対に『嫌い』というスイッチが入れば、その人のいいところは見えないし認めたくなくなるんだと思う」

梨絵は小首をかしげて考えこんでいる。

「先生もね、最初牧田さんのことは好きではなかったんだよ」

梨絵は目を丸くする。

「牧田さんのおうちはとても大変なの。とっても気の毒な身の上なのよ。プライバシーがあるのでこれ以上は言えませんけど。その件で牧田さんとかかわっているうちに、牧田さんにすごく同情したの。同情も愛情でしょ。『好き』のスイッチが入ったんだよね。それで、牧田さんがすごく頑張っていることや、控えめなことや、字や絵が上手とか良いところに気がついたのよ」

「気の毒って……」

守秘義務はどの範囲までなのか、どの程度を話せばいいのか常に悩ましい問題だ。しかし、梨絵は黙りこむ亜美の表情から何事かを感じたらしかった。

「わたし、牧田さんにすごく悪いことをしたんだね」

そうだよ、校長と教頭、それに二学年の教師全員が真夜中まで居残るほど悪いことをしたんだよと、亜美は心の中でつぶやく。

「どこのパソコンでビラを作ったのかな」

「パパのパソコン」

亜美はあきれる。これでは日本のサイバー犯罪は取り締まれないだろう。

「古いパソコンをママとわたしのためにリビングに置いているの。パパはヘンな使い方をしていないかチェックしていたんだけど、すごく忙しくて帰りが遅いの。ママはテレビに夢中でわたしがそばで脅迫状を作っていても気がつかない。パソコンには残らないように削除したし……」

「体育会を休んでいたのに、どうして牧田さんが百メートル走で二位だったとか、ダンスのステップを間違えたとか、知っていたの？」

「塾でみんなが話していたのを聞いた」

そういえば広田英数学院にはずいぶん大勢の立花中生が通っていた。

「ねえ、梨絵ちゃんはスマホとかケータイ、持っているの？」

「ママはわたしにケータイを持ったらって言うけど……。塾が終わったらケータイで連絡して来いって。そうしたら、迎えに行くっていうんだ。ママのお迎えは絶対イヤだから、持たない」

たとえケータイを持っていても、ケー番やメルアドを教え合う友人が梨絵にはいないのだ。この怪文書騒動の要因の一つは梨絵の孤立にある。亜美は何度目かのため息をつく。

遠慮がちなノックがコツコツとする。亜美がドアを開けるとウエちゃんが立っている。

「米沢さんのお母さんが校長室に来られています。最初は何かの間違いですと繰り返していたんだけど、『現行犯』と聞いたら泣きだして……。なにしろ、色っぽい美女なので君塚先生は大弱りなの。米沢さんに一通り話を聞いたら、校長室に連れてきて欲しいそうです。もう遅いので、校長先生から一言あったあと、親子でお帰りいただくということだそうです」

「わかりました」

答えて部屋に戻る。梨絵はうつむいて机の上に広げたハンカチを見つめ続けている。

「お母さんが来られたそうです」

「ママが来たの？」

「もう遅いので、校長先生のお話を聞いてから、おうちに帰ることになりました」

「ママとは会いたくない」

「申し訳なくて会いにくいとは思うけど……」

「違う。お芝居みたいにしくしく泣いて、うっとうしいからだよ」

梨絵の母には家庭訪問と保護者面談で会っていた。

「キレイでやさしくていいお母さんじゃないの。このカバンもポーチもお母さんのお手製でしょ」

梨絵は天井を見つめると、頬をふくらませながら体を硬直させている。やがて、亜美に目を戻すと話しだした。

「陽菜ちゃんはキレイだけど、自分がキレイなことを鼻にかけていないでしょう。クラスのこととかすごく考えているし、頑張って勉強して、部活のことにもすごく熱心。ママはキレイなことだけが自慢で、あとは空《から》っぽなんだ。梨絵のことは自分に似ないブスだから大嫌いなくせに、梨絵のためにいろいろすれば、パパが離婚を言いださないからやっているんだ」

目が点になる。何と答えるべきなんだろう。しかし、怪文書事件の本質が見えた気はする。梨絵には家庭にも学校にも居場所がない。それで、心の闇に居場所を定めた。担任としては何とか梨絵を闇から出してあげたい。いや、亜美に好意を持ってくれた梨絵のためには、いささかの努力をすべきだ。

亜美は机の汚れをしばし見つめたあと、おもむろに口を開いた。

「家に帰らないのなら、留置所に泊まりなさい」

「えっ」

梨絵は探るように亜美を見る。亜美はいつも本気だ。

「仕方ないでしょ。こども家庭センターはこの頃いっぱいだっていうし、家がイヤなら留置所でしょう。脅迫状持参なら泊めてくれるはずだよ」

梨絵の目が宙をさまよう。

「自宅か警察か。先生はどちらかと言えばやはり自宅を勧めます」

梨絵はしおしおと立ち上がる。戸を開けながらとどめを刺す。

「明日、ちゃんと学校に来なくちゃダメだよ。二組の男の子たちが犯人を逮捕するって、ウロウロしていたの。休むと疑われるからね。梨絵がちゃんと学校に来て普通にしていたら、梨絵のしたことは忘れてあげるから」

梨絵は亜美の目を見つめる。ゆっくりとうなずくと、どういうわけかあでやかな笑みを浮かべた。

合唱練習

十月になったのに、夏に戻ったかのような暑い日々が続いている。午後になると、二年二組の教室には強烈な西日が降り注いだ。エアコンが低くうなっている。「衣替え準備期間」の最中で夏服・合服・冬服、何を着てもいいのだが、子供たちのほとんどは半袖姿だ。

昼下がりの教室には淀んだ空気が垂れこめている。三十数個のツムジが机に覆《おお》いかぶさるように並んでいる。亜美は教卓の前で子供たちのツムジを眺め続けていた。今日は中間テストの日なのだ。

文部科学省が唱《とな》える「授業時間の確保」のために、中間テストは一日で実施することになった。亜美が中学生の頃は二日間をテストにあてていて、学校は午前中で終えることになっていた。だから、テスト勉強に余裕があった。今日のように一時間目の数学から始まり、五教科のテストを一日でこなすのはかなりの負担だろう。五時間目、社会科のテストの頃には子供たちの集中力は途切れ始めていた。

亜美の目は吸いよせられるように廊下側最後尾に座る米沢梨絵に向かう。梨絵を指導してから一週間が経っていた。あれから梨絵は毎朝いつも通りに登校し、いつも通りまじめに授業を受けていた。もちろん怪文書はまかれなくなっている。梨絵もクラスも何事もなかったかのように日常に復していた。

しかし、このまま「なかったこと」にしてしまうわけにはいかない。梨絵は間違った方法ではあったが「孤立」の苦しさを「学校」や担任の亜美に訴えたのだ。それを放置することは許されないだろう。梨絵に「友達」と言える存在を作ってあげたい。しかしそんなことが可能なのだろうか。困った時はフミ姉ちゃんに相談するに限る。頭の中をフミ姉ちゃんのアドバイスが旋回する。

「米沢さんはマンガやアニメが大好きで、美術部に入ったのよ。亜美ちゃんのクラスの美術部員は三木珠美さんでしょう。三木さんと仲良くするのが一番いいでしょうね。ただあせってはダメ。亜美ちゃんが変な動きをすると、ものすごく勘のいい豊田さんなんかが、米沢さんがしたことに気がつくわよ。サッカー部や野球部の子たちが犯人探しに躍起《やっき》になっていたものね。中間テストが終わって、合唱コンクールの練習が始まる頃からスタートすればいいと思うわ。なにしろ、子供たちは合唱コンクールが目の前になると、体育会のことは、はるか昔の記憶になってしまうからね」

なるほど、やっぱりフミ姉ちゃんだ。梨絵がアニメ好きとはまったく知らなかった。亜美は梨絵の三席前方に座る三木珠美に目をやる。珠美はツヤツヤのおさげ髪をかしげて、答案用紙を見つめていた。いつもにこやかな珠美が珍しく、眉を寄せて冴えない顔で悩んでいる。歴史好きの珠美は地理が苦手なのだ。

後ろで誰かがごそごそ始める。窓側二列目後方の小島和樹だ。二枚のテスト用紙は裏表にびっしり表やグラフや地図が印刷されていてかなり難しそうだった。和樹はソコソコの成績なのだが、思うようにはいかないらしく両手で頭を掻きむしっている。ふけらしい粉があたりに飛び散り、後ろの席の小谷陽菜子は心底嫌そうに和樹の背中をにらみつけている。眉間にしわを寄せても陽菜子はキレイだった。なんだかおかしくて笑みを浮かべながら、視線をめぐらす。並木祐哉と目が合う。祐哉はただ一人ヒマそうに頭を上げていた。

祐哉は一瞬びっくりしたように目を見開いたが、亜美ににやりと笑ってみせた。

亜美はムカッとして祐哉の席に足を運び、祐哉の解答用紙を手に取って見る。祐哉は完壁に仕上げていて、亜美を見上げてまた笑った。まだテスト開始後二十分も経ってはいない。たぶん、祐哉は理科と数学以外は確実に亜美より学力が高いに違いない。なんだかがっかりしながら答案を置き、すぐ後ろに座る西脇沙織の巨体を見つめる。沙織の解答用紙は十分の一も埋まってはいない。沙織はすがるような眼で亜美を見上げ、分厚い手で亜美の手首をつかんでゆする。亜美は沙織の耳にささやく。

「テスト中です」

沙織はあわてて手を離すと悲しげにテスト用紙に目を落としている。口調が冷たすぎたかなと少し後悔する。

前扉《とびら》がノックされる。建てつけの悪い戸がガタガタと開けられる。大きな体がヌッと現れる。社会科教諭の尾高先生だ。カバ大王のあだ名の通り、とぼけたカバ顔で亜美に会釈をする。テスト中には教科担当が各クラスを順にめぐることになっていた。テスト用紙の印刷や出題の不備をチェックするためだ。尾高先生はゆっくりとあたりを見回しながら言った。

「印刷が見えにくいとか、何かあれば質問してください」

声を張り上げているわけでもないのに、教室中に低くて渋い声が響き渡っている。柴田秀也がサッと手を挙げる。秀也は教師が回ってくるごとに質問をするのだ。尾高先生は教室のほぼ真ん中にいる秀也のところに出向いていく。

「先生、この人口ピラミッドって、エジプトのピラミッドと関係があるんですか」

尾高先生は秀也の突拍子もない質問を内心楽しみにしているらしい。期待を裏切らない質問に、カバ顔いっぱいに笑みを浮かべている。

「授業中に説明しています。却下《きゃっか》」

秀也の質問は常に却下されるのだが、秀也は「却下」の意味がわかっていなかった。一学期の期末テストが終了した頃に、「尾高先生はオレの質問にカッカしているのかなあ」と、亜美に聞いてきたのだ。亜美は一瞬言葉に詰まったが、「カッカではなく、却下だよ。取り上げませんってこと。ダメってことだよ。秀也の質問はテストと関係がないから、答えられないってことなの」と、説明した。そして、説明しながら思った、なるほど「却下」という言葉は説明が難しい。

「もう、ありませんか」

尾高先生の声に、田中流斗が手を挙げる。おそらく秀也や流斗はテスト時の教室に漂う静寂や緊張感に堪《た》えられないのだ。それで、声を発することができる機会を逃さないのだろう。

尾高先生は前に向きを変えると、流斗に歩みよった。顔に期待の表情を浮かべている。尾高先生は二年二組が大好きなのだ。

「ここの乾燥帯は漢字で……」

「田中くん、ちょっと待って」

さすがに尾高先生はあわてて流斗の言葉をさえぎった。流斗にはこれっぽっちも悪気はないのだろうが、答えを言ってしまっている。流斗も気がついたらしく、両手で口を押さえている。流斗は結構成績がいい。特に社会科は得意科目だった。

「いつも言っているように漢字で書けるところは漢字で書きましょう。かな書きは減点です」

尾高先生が出て行くと教室の中に静寂が戻る。エアコンの稼働音だけがかすかに響いている。教卓の前に立ち続けている亜美はあくびが出そうになり、あわてて歩き始める。あくびはテスト用紙を前に苦闘している生徒たちに申し訳ない。それで、檻《おり》の中の熊よろしく教室の中をウロウロして眠気を払う。

残り十分だ。成績の良い者はたいてい解答用紙を埋め終わっている。それでも、小谷陽菜子や鈴木美香などは見直しに没頭している。亜美の「舎弟」矢口洋輔も最近は見直し派に所属している。今も真剣な表情で解答用紙をにらみながらうなずいている。洋輔の奮闘は目覚ましく、驚異的に成績を伸ばしている。入学時に下から数えてすぐだった成績が中の上になっていた。

校内放送のスピーカーがかすかにカチッと鳴る。チャイムの自動スイッチが入る音だ。流斗と秀也、それに太田昌弘がカウントダウンを始める。スイッチが入った七秒後にチャイムは鳴るらしい。亜美は面白がっているので、三人は声を合わせる。高橋先生に知られたら叱られそうだが、隣の一組は楢原先生が監督している。

「七、六、五、四、三、二、一」

チャイムが物憂げに鳴り始める。

「はーい、鉛筆置いて解答用紙は裏を向ける。後ろから集めてきてね」

チャイムが鳴り終わると同時に亜美が叫ぶ。一番後ろに座る昌弘や陽菜子、それに梨絵たちが解答用紙を回収し始める。最後に陽菜子がクラス全員の分を重ねて亜美に渡すのである。全員の解答用紙を封筒に入れると、教卓から子供たちを見渡してみる。テストを終えてホッとした顔が並んでいる。やにわに昌弘が手を挙げる。

「はい、太田くん」

亜美が指名すると、昌弘はおもむろに立ち上がり、まじめくさった顔で言った。

「テストが終わったので、一本締めで締めたいと思うのですが、いいですか」

果たして学校教育に一本締めがふさわしいのかどうか一瞬ためらうが、結局「面白いこと」に目のない亜美は声を張り上げる。

「みんな、テストにベストを尽くしましたか」

二組の生徒たちが声をそろえて答える。

「はい」

「じゃあ、昌弘、前に出て来て音頭を取ってね」

このところ背も筋肉量も増量して、また大きくなった昌弘がヌッと前に出て来る。

「それでは皆さん、お手を拝借します。一本締めは拍手十拍ですのでお間違いなく。イヨーオ、と掛け声をかけたらパパパン、パパパン、パパパン、パンと手を打つんですよ」

昌弘が実際に手を打って見本を示す。

「一度練習しますよ。はい」

全員がきちんと説明した通りに理解することなど授業中にはあり得ないのに、手締めは最初からそろっている。

「それでは皆様、お手を拝借。イヨーオ」

もちろん亜美も一緒に手をたたく。


手締めのあとはスイッチが入ったかのように、おしゃべりが始まる。教師になりたての頃は、教室の秩序を保つことが使命のように思えて静かにさせようと躍起《やっき》になったものだった。しかし、この頃は生徒の私語が小鳥のさえずりのような天然の音楽に聞こえる。しかし、心地よいからといつまでも放置していては「今日の予定」がこなしきれない。

亜美がパーンと手をたたくと、教室は一瞬で静かになる。

「昨日も言ったように、今日から合唱コンクールの練習です。トイレに行きたい人は行ってくること。すぐに戻ってきてね。文化委員は小会議室にデッキとCDを取りに行ってね。小会議室は職員室の前にある小さな部屋だよ」

竹山真が叫んでいる。

「オレ、あの部屋、大ッキライ」

和樹が顔をしかめ、秀也と流斗がうなずいている。小会議室は生徒相談室とともに、問題を起こした生徒の指導に使われることも多いのだ。

「ああ、じゃあ、正樹、美香。場所がわからなかったら、マアくんに聞くといいよ」

文化委員は岸本正樹と鈴木美香だ。秀也が叫ぶ。

「オレ、リューくんと一緒に正樹を手伝う」

正樹は迷惑そうに口をとがらせているが、秀也と流斗が正樹のもとに即座に駆けつけている。

「じゃあ、合唱コンクールの練習準備、始めるよ」

亜美が叫ぶと、子供たちは教室から飛び出したりグループで固まったり、バタバタと動きだす。しかし、米沢梨絵だけはぽつねんと席に座っている。亜美は心苦しい。もし梨絵が「ビラまき子」にならなければ、こんなふうに梨絵が孤立していることにいつまでも気がつかなかったろう。亜美は豊田かおりがいないのを確認し、梨絵のところに出向く。

「梨絵ちゃん、テストはどうだった」

梨絵は笑うべきか無視するべきか少し迷った末に、口元に曖昧な笑みを浮かべて答える。

「普通、いつも通りです」

亜美は耳元でささやく。

「合唱の練習も嫌いなのかな」

梨絵は亜美から思い切り体を引き離しながら首を振っている。亜美は少しホッとする。

これから半月ほどは学校全体が音コン一色に染まる。音コンとは合唱コンクールの略称だ。合唱コンクールは音楽コンクールとも呼ばれるからだ。音コンの一位と二位のクラスは文化発表会の舞台で歌うことになる。文化発表会は体育会と並ぶ二学期のメインイベントだ。もう、二年二組の大半は音コンに前のめりになっている。亜美も昨年のリベンジがしたい。昨年、一年二組は最下位に沈んだのである。

「時の旅人」

「それじゃあ、合唱の練習を始めようね」

教卓の前で叫ぶと、子供たちは思い思いに席から立ち上がった。机と椅子を後方に下げ、教室の前方に大きな空間を広げる。文化委員の岸本正樹と鈴木美香がデッキを三台教卓に並べる。

「まずはパート練習です」

亜美が叫ぶと、美香がかわいいアニメ声で、

「女子は外で練習します。パートリーダーさん、デッキをお願いします」

と小首をかしげながら言っている。

音楽科の池田先生は、自分が顧問を務めるブラスバンド部の生徒からパートリーダーを選ぶことにしているらしい。ソプラノのパートリーダーは佐橋星羅《さはしせいら》で、アルトは豊田かおりだ。星羅はトランペットを吹いていて、トランペットの音色を思わせる陽気で騒がしい少女だった。中背の体をはずませ、色白の顔をくしゃくしゃにして笑うと、

「やるぞ」

と叫びながらデッキを右手に提げ、左手で米沢梨絵の手を引っ張り教室から駆け出している。鈴木美香がデッキに手を添え、一緒に駆け出す。長岡綾音は嫌そうに眉を寄せながらも、美香のベストの裾をつかんでどたどたと走りだしている。

ソプラノ陣が出たのを見極めてから、おもむろにかおりがデッキを手に取る。かおりはフルートの担当で、音色同様今日も落ち着いている。谷帆乃香がデッキを持つのを手伝い、

小谷陽菜子が西脇沙織の手を引いていく。

女子は沙織以外、半袖にベストを着こんでいる。一番カワイく見えるからというのである。暑いのが大の苦手な沙織だけは半袖姿だ。なるほどカワイくは見えない。


あとには十七名の男子が残される。教室の空気が一気に沈みこむ。合唱はどのクラスも女子の方が熱心だ。男子のほとんどはロックやヒップホップならともかく、学校で習う音楽は聴くのも歌うのもかったるいと思っている。しかも、声変わり中で声を出そうにもうまく出せない者もいる。したがって、できれば歌いたくないのである。

「音コンは来週の水曜日なのよ。放課後の練習は三十分だから、さっさとやる」

亜美の気合に仕方なく教卓の前に集合している。しかし、竹山真は後ろの机に腰掛けて動こうとはしない。岸本正樹がなだめにかかり、やっと重い腰を上げる。が、列に並ばせようとする正樹の手を振り払っている。田中流斗は真に「もう、何回も歌っているもんなあ。『めぐる、めぐる風……』には、みんな飽き飽きだよ」と、ささやいている。「めぐる、めぐる風」は課題曲「時の旅人」の出だしだ。

「合唱の隊形に並んでください」

並木祐哉が前に出て、いつも通りのポーカーフェイスで言った。祐哉が課題曲の指揮者なのだ。正樹が男子パートを録音したCDをカセットに押しこんでいる。

歌う気満々なのはパートリーダーの太田昌弘だけだ。二組には男子のブラスバンド部員は一人もいない。それで、池田先生は音程が取れ、かつ、大きな声で歌う昌弘をパートリーダーに選んだのだろう。昌弘は幼い頃から親が経営する居酒屋店のカラオケで、ノドを鍛《きた》えている。時々こぶしを回すのが難点だが、ほれぼれするほどいい声で歌う。亜美の「舎弟」グッチこと矢口洋輔も亜美に協力しようと身構えてはいる。洋輔の声はステキなのだが、いかんせん音程が不確かだ。

その洋輔が正樹に何事かささやいている。正樹がうなずくと、洋輔は祐哉の肩をポンポンとたたきながら言った。

「みんなが歌いやすい『涙をこえて』を先に歌おうぜ」

祐哉はすぐに同意する。

「グッチの言う通り、自由曲を先に歌うから、正樹、代わろう」

教室の空気が緩《ゆる》む。どのクラスもあらかじめ決められた「課題曲」は敬遠しがちで、自分たちが「選んだ」自由曲に愛着を持つ。特に陽気で自由奔放な二組は、多少暗めな「時の旅人」より、明るい「涙をこえて」を好んでいた。

亜美の周りを小犬のようにまとわりついていただけの洋輔が、男子連中を「歌う気」にさせたのだ。背丈も亜美を超していた。感謝をこめて洋輔に軽く手を挙げてみせると、洋輔は照れてうつむいている。

「じゃあ、グッチ、デッキの方を頼む」

前に立ち、タクトを持った正樹が言う。自由曲の指揮者は正樹だ。うなずいた洋輔が再生ボタンを押す。ピアノの前奏が流れ出す。男性パート用にメロディーラインが流れるように作成してあった。家でピアノを教えている池田夫人が手伝っているとはいえ、全校十三クラス分のパート別CDを作成するのは大変だったろうと池田先生に思わず同情する。「涙をこえて」の伴奏は陽菜子がする。この自由曲選びは結構大騒ぎだった。池田先生が用意した候補作の中からクラス全員の多数決で選ぶのだが、歌いたい曲は他のクラスと重なってしまう。正樹は寺の息子だというのにクジ運がなく、なかなかクラスが選んだ希望曲を引き当てられずにいて、やっと決まった曲が「涙をこえて」だった。しかし、歌詞や勢いのある曲調が二組にぴったりだった。男子のパートも歌いやすく、洋輔もちゃんと音が取れている。田中流斗や柴田秀也も結構楽しそうに歌っている。亜美は心からホッとする。

「とっても良かった！」

亜美が拍手すると、笑いだす生徒、「オレたち優勝だぜ」と気勢を上げる者、バタバタと床を踏む子、いつもの二組だ。

亜美が子供たち以上に体育会や合唱コンクールにのめりこむのにはわけがあった。亜美は冷めた子供で、かつては体育会にも合唱コンクールにも嫌々参加する中学生だった。しかし、一年半の教師生活が考え方を根底から変えてしまっていた。

亜美が教師になって驚いたのは、中学校教育の一番のミッションが「いかにして校内暴力を回避して、落ち着いた学校生活を維持するか」にあることだった。高橋先生は、「校内暴力って、一種の『お祭り』なのよ。校舎が破壊されたり、先生が殴られたり、授業が成り立たなくなれば、生徒が困ると思うのは大人の思いあがりです。子供たちは先々のことは考えないから、ただウキウキと楽しいわけ。『お祭り』ですからね。その結果、弱い者いじめが起こったり、学力が伸びず進路に支障をきたしたりする。中学校の学校行事は校内暴力を避けるためにある。体育会や合唱コンクールという学校側が主催する『お祭り』に子供たちが全身全霊で参加すれば、問題児が主催する校内暴力という『お祭り』より楽しいですからね」と、言ったのだ。

高橋先生の言葉は昨年、過熱する体育会の練習に腰が引けていた亜美への助言だった。言われて亜美は、五月の野外活動での「全員リレー」を思い出した。学年一の問題児、英ちゃんが初夏の光を浴びながら本気で走っていたのだ。確かに英ちゃんが学校内で好き勝手ができないのは、楢原先生の愛情を裏切ることができないのももちろんだが、大多数の生徒たちが英ちゃんの「遊び」より、学校の数々の行事により魅力を感じているためなのだ。

亜美がここまで熱心に体育会や合唱に取り組むのはそれだけではない。負けず嫌いだからだ。走りたくない生徒たちや、歌いたくない子供たちをその気にさせるのは担任の技量と考えられている。体育会や合唱コンクールの優勝クラスの担任は、保護者にも生徒にも同僚にさえ「素晴らしい教師」と一目置かれるのだ。

さらに付け加えれば、子供たちは行事のたびに授与される表彰状が大好きだ。黒板の上に貼り並べてクラス全員でにこにこと眺めるのだ。どうも子供たちは表彰状が多ければ多いほど良いクラスだと思うらしい。体育会や合唱コンクールの優勝クラスには表彰状のみならず優勝カップまで授与される。二年二組の前方の棚には体育会の優勝杯が鎮座していて、他のクラスの羨望の的になっていた。

というわけで、亜美のボルテージは上がる一方なのだ。亜美は両手を腰に気合いを入れて言い放つ。

「じゃあ、課題曲ね。課題曲は五クラスとも同じ曲を歌うから、違いがはっきりするでしょ。頑張って歌ってよね」

「グッチ、課題曲。デッキＯＫ？」

祐哉がグッチこと洋輔に尋ねる。洋輔は右手の人差し指と親指で丸を作ってうなずいている。ジャンとピアノの伴奏が響き、祐哉はタクトを振り始める。しかし、「めぐる、めぐる風」はおかしな方向に吹き始める。音がきちんと取れないために、だんだん声が小さくなっていく。ピアノの音がやむと、何人かがため息をついている。

「なに、これ。昌弘の声しか聞こえないでしょ。いつもうるさくしゃべり倒すクセして、もっと大きな声で歌いなさいよ」

亜美は鬼の形相で怒鳴るが、頭の中では警告音が響く。フミ姉ちゃんから何回も注意されている。「音コンの練習中には怒《おこ》ってはダメ。生徒が委縮すると、ますます声が出なくなるだけ」と指摘され、もっともなことだと何度もうなずいていた。

一年前の悪夢がよみがえる。昨年、亜美のクラスが思うように歌えなかったのは「声を出す」ように強要したせいだ。重々わかってはいるが、切れやすい堪忍袋《かんにんぶくろ》の緒《お》はすでに切れてしまっている。

「今日も居残りしたいの？」

実は昨日も腹を立てた亜美は歌えていない生徒を数人、放課後残して何度も歌わせている。

「初めから、もう一度行くよ」

亜美が怒鳴り、口を一文字に引き結び、目を最大限見開いた洋輔が再生ボタンを力いっぱい押している。前奏がまた流れ出す。声は出ている。しかし、やけくそに出すので、ばらばらに狂っていて旋律になっていない。亜美はパンパンと手をたたき、右手と首をやみくもに振った。

「やめ、やめ！　ご詠歌《えいか》じゃあないのよ」

岸本正樹を除いて、誰もご詠歌を知らない。ご詠歌はお寺で信者さんたちが唱《とな》える歌だ。ご詠歌は知らなくても、亜美の怒りは伝わってくる。おびえたようにうつむいたり、嫌そうに顔をゆがめたり、戸惑ったりしている。

流斗がおずおずと言いだした。

「そんなに言うなら、先生が見本で歌ってみせてよ」

亜美は音痴だ。授業中にウエちゃんが思わず言ってしまったせいで、生徒はみんな知っている。なにしろ、カラオケでは亜美の順番になると、フミ姉ちゃんかウエちゃんが代わりに歌うことになっている。亜美は自分がそれほど下手だとは思わないのだが、二人には人前で歌うなと申し渡されている。

そんなこんなで思わず言葉が詰まる。流斗が嵩《かさ》にかかって言いだす。

「先生ができないことをオレたちにやれってどうよ。なあ、秀也」

「うん、オレも先生が歌うなら歌う」

亜美は形相を変えて流斗に詰めよる。流斗は真の陰に隠れる。真は面白がって流斗の腕を取って亜美の方に突き出そうとする。

その時、乱暴に前扉が引かれると、不機嫌な顔つきの帆乃香が教室に踏みこんでくる。

「リューくん、秀也。先生は音コンに出場しないのに、どうして歌わなくちゃいけないのよ。男子がちゃんと歌わないから、先生が注意しているのに……」

あとから入って来た陽菜子も陶器のような白い額にしわを寄せながら言った。

「女子は一生懸命練習しているのに、男子もまじめにやって欲しい。十七人もいるのに、昌弘の声しかちゃんと聞こえてこないじゃない」

陽菜子の落ち着き払った声に教室は静まりかえっている。やがて、祐哉がツカツカと亜美の前に歩みよると言った。

「先生、女子と一緒に歌おうと思いますが、よろしいですか」

亜美は少しホッとしてうなずく。

「みんな、入ってきて」

陽菜子が後ろに声をかけ、女子の一団がゾロゾロと教室に戻って来る。祐哉はテキパキと合唱隊形を作り、美香がデッキの前にスタンバイする。美香は課題曲の伴奏を担当している。

祐哉がタクトを構える。美香が再生ボタンを押す。女子はすでに合唱の態勢ができている。特にソプラノはキレイだ。星羅と梨絵の高音が教室中に響いている。パートリーダーの星羅はともかく、米沢梨絵がこれほど上手とは、亜美も正直いってビックリだった。

女子が頑張っているだけに、男子が足を引っ張っている現状を何とかしたい。あせりは禁物とフミ姉ちゃんや高橋先生からくどいほど言われてはいた。だが、音コンは来週の水曜日なのだ。あと三日しか練習できない。これではあせらずにはいられない。

祐哉が正樹にタクトを渡す。陽菜子がデッキの係になる。「涙をこえて」はちゃんと合唱の体《てい》をなしている。高音の聞かせどころはソプラノが上手なだけに聞き応《ごた》えがあった。歌う生徒たちも亜美も満足だ。

チャイムが鳴り始める。合唱練習の時間が終わる合図だ。子供たちは上機嫌で席に戻ろうとしていた。

「ちょっと待って。課題曲をもう一度歌います」

亜美は課題曲の出来の悪さがやはり気になった。男子は明らかに不満そうだった。女子も沙織が巨体から「えーっ」と声を絞り出し、何事にもやる気のない綾音がキレイな顔をしかめている。亜美は気合をこめて周囲をにらみすえ、生徒たちは身を固くして列に収まっている。

「指揮者とデッキ、準備はいいよね」

祐哉はいつもなら亜美をやんわり止めにかかるのだが、正樹の自由曲との出来の違いが気にかかったのだろう。祐哉は結構負けず嫌いなのだ。前でタクトを構えている。

「男子の声が出ていないから、もう一回」

男子連中は調子っぱずれの怒鳴り声で歌いだす。

「声がそろっていないから、もう一回」

女子もうんざりしだすが、怒りの矛先は亜美ではなく男子だ。

「やる気が見えないから、もう一回」

三回目が歌い終わる頃には隣の一組は清掃に取りかかっていた。

「いい加減にしろよ」

真が叫び始める。

「なに」

亜美はすさまじい目つきで真をにらむ。

「こんな練習やってらんない」

「やりたくないなら出て行きなよ」

怒りを押し殺した低い声で真に言う。真はくるりと後ろを向き、正樹の手を振り払うと、机を土足で踏みつけながら後ろのドアに向かっている。真が出て行くと、あとの子供たちは金縛りにあったように動きを止めていた。最初に動きだしたのは正樹で、真を追いかけようと机をかき分けだした。

「正樹、いいよ。ほっとけばいい。ＳＴをするから、みんな席に戻って」

亜美が放心したように告げる。子供たちはワラワラと机と椅子を運び席に着く。秀也が流斗に話しかけている。

「これってパワハラだよな。生徒に出て行けって言うなんて、問題ありすぎ」

聞き捨てならない。教卓からツカツカと秀也の席に向かう。綿パンのポケットからスマホを取り出す。

「はい、これ」

物憂げに秀也に切り出す。秀也はわけがわからないまま両手でスマホを受け取っている。

「先生の行動が問題なら、番号を言うから教育委員会にかければいいよ」

秀也はスマホを左手に掲げると、亜美をチラリと見てから目をそらした。

「いや、いや、その、いや」

「秀也」

帆乃香だ。秀也は斜め前方に座る帆乃香にすがるような目線を送った。帆乃香が秀也のもとに歩みよる。右手を差し出してスマホを受け取る。左手を上下に動かすと、操られるように秀也がフラフラと立ち上がる。帆乃香は左手人差し指で亜美を指さす。

「先生にごめんなさいって言いなさい」

秀也はウンウンとうなずくと、亜美の前にやってくる。

「先生」

亜美を見る秀也の目から涙がほとばしる。帆乃香が立ち上がった時から、自分がやりすぎたことに気がついている。ここまで生徒を追い詰めてしまったら、確かにパワハラだし教師としても失格だ。泣きじゃくりながら秀也が謝っている。

「先生、ごめんなさい。オレたちのために一生懸命になっている先生にイヤミを言ってしまいました」

「ううん。先生がダメだった。秀也、ごめんね。言い過ぎた。秀也が言うように、マアくんを追い出したのも良くないよね。あとで、マアくんちに行って謝るからね」

少しホッとした空気が教室に流れる。祐哉が教卓に出て来て、何事もなかったようにSTが始まる。STはショートタイムの略称で、一日の始まりと終わりの十分間に担任が点呼や連絡をする時間だ。終わりのSTは委員長の司会で一日の反省と明日の連絡を行うのだ。いつも通りの手順だが、騒動の余波で優等生の団体のように行儀が良い。終わりのあいさつも声をそろえている。


清掃が始まる。ホウキで床を掃いていると、帆乃香が目の前にスマホを突き出す。

「はい、先生のスマホ。これっていいやつじゃん」

「ホーちゃん、ありがとう。本当に助かったよ」

帆乃香は照れ笑いを浮かべている。

「ケー番もメルアドも、立花中の先生と生徒ばっかりじゃん。カレシはいないの？」

プライバシーの侵害だ。ムッとするが今日は文句が言えない。亜美は綿パンのポケットにスマホを押しこむと言った。

「カレシとカノジョが三十二人もいるから、もういらない」

オームの法則

翌日は何事もなかったように、いつもと変わらない朝のスタートだった。

「昨日は先生がうちに来て謝ってくれたんだぜ。なあ、先生」

柴田秀也がピースサインをしながら、まん丸い顔をほころばせて上機嫌に叫ぶ。

「お母さんはあんたの方が悪いって、言っていたけどね」

「テヘヘヘ」

と、秀也が決まり悪そうに笑っている。

「マアくんちには行ったの？」

田中流斗が聞く。

「うん、行って謝ったよ。マアくん、明日の朝はちゃんと来るって言ったのに、今日もまだよね」

「マアくんの始業時間は十時だもん」

秀也が得々と解説する。夜中に遊び回る真は朝起きられず、このところ確かに十時ごろにならないと登校しない。

覚悟を決めて訪問した秀也の家では、秀也をオバサンにしたような母親からかえって謝ってもらって恐縮した。好人物の母親は秀也のとんでもない行動に頭を悩ましているのだ。真宅でも母親が例のごとく亜美をねぎらってくれた。

そんなこんなで、拍子抜けして家路についたのだ。久しぶりに星を見ながら、ガラにもなく熱くなった自分を冷めた目で振り返った。亜美としては、なんとしても音コンの二位までに入って、二組の子たちを文化発表会の舞台に立たせてあげたいと思っていた。今度こそ沙織の父親に来てもらいたいし、陽菜子や美香の母親にもピアノ伴奏をする娘の晴れ姿を見てもらいたい。しかし、そんなに歌うのが嫌なら無理に歌わせることはない。結果はどうあれ、子供たちがしたいようにすればいいのだ。

四校時は二組の授業だ。第一理科室で電気の実験をすることになっていた。授業の前には教科書など必要なものを持参して、理科室前の廊下にスタンバイすることになっている。チャイムぎりぎりにやっとそろうのが常なのに、本日は二分前に全員が勢ぞろいしていた。真までもがちゃんと列にいる。だいたい、実験の前はワクワクそわそわ落ち着きがないものなのだが、なんだかお行儀よくスタンバイしている。

亜美は理科室のカギを開けて中に入れる。理科室には危険な薬品も置いてあるので、教育委員会から管理を厳重にするように通達があった。研修時にも繰り返し注意を受けている。

理科室は普通教室よりだいぶ広い。前の入り口から入ったところに、黒板を背景にどんと教師用の大きな作業台がしつらえてあった。そして、運動場に面した窓側に四台、廊下側に四台の生徒作業台がしつらえてある。その作業台を囲むように四人の生徒が小さな四角い椅子に腰掛けた。

「起立、礼！」

祐哉の号令もいつになく気合が入っている。

「お願いします」

一斉に声が響き、亜美は少し戸惑う。

「着席」

椅子にチョコンと腰かけた生徒たちに言い渡す。

「班長さんは、前に実験器具を取りに来てください。班番号の札が付いたカゴを各自持っていってね」

実験の要領は前の時間に説明している。電源装置に抵抗器・電流計・電圧計・スイッチを導線でつないでいく。この電気回路に二種の電熱線を接続して、「電圧と電流の関係」を調べる実験である。

子供たちは作業台にカゴから取り出した器具を並べると、黙って作業に取りかかった。なんだか「粛々と」実験が進められていて少々気味が悪い。

前々回の実験は回路をつなぐ実験だった。豆電球が点《つ》いたと言っては大はしゃぎし、点かないと言っては亜美を呼び立てるという大騒動だったのだ。あげく、秀也の髪の毛に豆電球を結びつけて点滅させて喜ぶ始末で、亜美は大声で「やめなさい」、「なんてことをするの」と怒鳴りまくったのだった。

前回の「電流計と電圧計の使用方法」の実験はやや静かだった。大騒ぎするなら実験は中止すると脅したからだった。それでも、豆電球の点滅は二組のなけなしの理性を吹き飛ばす効果を持っていた。実験が終わる頃に、帆乃香が亜美の耳にささやいた。

「理科は大嫌いだけど、実験は楽しいねえ。先生」

亜美は思わずうなずいた。何のことはない。亜美自身もこの大騒ぎを楽しんでいるのだ。

東館の一階にある理科室は三校時あたりから暗くなる。部屋の蛍光灯をともしてはいるが、静まりかえった部屋は妙に寒々としていた。八班に分かれた子供たちは「粛々と」作業を進めている。

亜美はいつものように五班の様子に注目する。実験班は出席順に男女混合の班にしてある。たまたま五班は、姓が夕で始まる竹山真と田中流斗、それに谷帆乃香が一緒になった。実験は豊田かおりが要領よく帆乃香を助手に進めるので問題はない。しかし、実験に集中すれば真や流斗の突拍子もない悪ふざけを制止できない。そこで、亜美は五班に近い前の戸口近くに立ち続けることにしていた。

今日はなんだか様子が違っている。流斗が黙々と電源装置に導線をつないでいる。帆乃香が流斗を手伝い、かおりがレポート用紙に書きこんでいる。真はおとなしく座りこみ、電源装置を眺めていた。思わず外を見る。運動場には秋の日差しが注いでいた。しかし、五班が真剣に実験に取り組むなんて、今にも雨が降りそうだ。

「リューくん、今日はちゃんとやってるね。他《ほか》の班と同じくらいの速度で実験ができている」

声をかけられた流斗はどぎまぎして眼を泳がせている。

帆乃香が手を止めると、いつになく真剣な顔つきで亜美を見る。

「先生」

帆乃香が言いにくそうに口を開く。

「何かな。質問があるの?」

尋ねたらモジモジと導線を親指と人差し指でこすっている。かおりがレポートから顔を上げると心配そうに聞いた。

「先生、昨日マアくんが出て行ったあと、職員室で泣いたって本当ですか」

「えっ、ああ、まぁ……」

正確に言えば小会議室で泣いたのだ。亜美の顔つきがおかしかったらしく、高橋先生が亜美の手をつかむと小会議室に連れて行った。高橋先生は亜美を椅子に座らせると、「何があったの？」と聞いたのである。それを契機に亜美は号泣し、驚いた高橋先生はウエちゃんとフミ姉ちゃんを呼んできた。ウエちゃんが亜美の話を聞いてもらい泣きを始め、ビックリした亜美はようやく泣き止んだのだった。

亜美は実験がかくも「粛々と」執り行われている理由がわかった気がする。一時間目の数学か三時間目の国語の時間に「あんなに一生懸命に頑張っている担任を泣かせるとは」と説教されたに違いない。冷静なフミ姉ちゃんはともかく、ウエちゃんはかなり怒っていた。

「マアくん、いっつも先生にあんなに世話になっていながら……」

帆乃香がいかにも憎々しげに真をにらみすえたかと思うと、スックと立ち上がる、あわててかおりが帆乃香を抱きとめる。帆乃香はなにしろ小学校の担任を階段から突き落としたことがあるのだ。我を忘れると何をしでかすかわからない。かおりは非力だが、二組で一番良識のある優等生だ。帆乃香もかおりの手は振り切れない。

真はといえば作業台に伏せて小さくなっている、母親と似たタイプの帆乃香にはからきし弱いのだ。かおりに抑えられながらも、帆乃香はののしり続ける。

「恩知らずとはお前のことだ。だいたい、地球最後の日が来ても泣くとは考えられない先生を……」

亜美は愕然《がくぜん》とする。それほど血も涙もない人間に見られているとは。

五班の大騒動をしり目に、他の班は「粛々と」実験を継続している。しかし、帆乃香ののしり声が理科室中に響き渡り、さすがに全員の手は止まる。東館の一階は第一と第二の理科室に放送室が並んでいて、めったに人はやってこない。亜美は帆乃香の剣幕にあっけにとられ、真にはいい薬だとの思いもあって、呆然《ぼうぜん》と帆乃香を見つめている。やがて陽菜子が決然と帆乃香に近づきなだめ始める。

亜美は陽菜子にささやく。

「地球最後の日って何？」

陽菜子が椅子に座らせた帆乃香の背中をトントンたたきながら答える。

「ホーちゃんが今、ハマっているゲームなんです」

「ふうん、近頃のゲームには世界観があるんだねえ」

「って、先生。そんなこと言っている場合じゃない……」

「そうだね。陽菜ちゃんは席に戻って。先生がホーちゃんと話すから」

亜美は帆乃香の前にしゃがみこむ。帆乃香は思いのあふれた顔で亜美を見る。

「ホーちゃん、心配してくれてありがとう。でもね、昨日マアくんの家でマアくんも謝ってくれたし、先生も気にしていないから、大丈夫だよ」

帆乃香の大きな目に涙の粒がふくれあがる。つられそうになるがここで泣くわけにはいかない。

「せっかく。リューくんもマアくんもまじめにやってるんだから、実験やっちゃおうね」

「うん」

帆乃香に理科室のティッシュを箱ごと渡す。帆乃香は涙をふくと、けなげにうなずいている。

流斗に指示されて真は電熱線を抵抗器につなぎ始める。手先の器用な真は丁寧に線をつなぎ、不器用な流斗は感心して眺めている。流斗が電源装置のつまみを動かして電圧を変え、電流計の数値を読み取っている。かおりがレポートに素早くその数値を記録した。

帆乃香の巻き起こした騒動で二組の緊張状態は解けたようだった。いくぶん遠慮気味ではあるが、ザワザワした空気が漂い始めていた。何をどこに書いていいかわからない班が表やグラフの書き方を聞いて回ったり、数値の間違いを指摘し合ったりしている。

亜美は五班に次いで問題の多い四班に移動する。窓際最後列、小島和樹、柴田秀也、佐橋星羅、鈴木美香の班だ。いつも秀也が和樹や周囲の男子を巻きこみ、妙な遊びを考案してトラブるのだ。その秀也も批判の視線にさらされて、席で小さくなってはいる。和樹と星羅が作業に没頭し、美香はレポートの作成に熱中している。秀也も珍しく鉛筆を握っていた。

亜美は秀也の後ろに回り、のぞきこむ。

「秀也、今はオームにメガネをかけたり、ひげをはやす時間じゃないでしょ」

秀也は教科書に落書き中だった。オームは「オームの法則」の発見者で、現在実施中の実験は「オームの法則」の検証のためなのだ。腹を立てた亜美は秀也の教科書を取り上げようとする。秀也は渡すまいと全身で押さえにかかる。

「こら、教科書を渡しなさい。渡さないと、先生、泣いちゃうぞ」

秀也はあわてて教科書を放す。電池を発明したボルタは宇宙人と化していたし、電流が磁石と同じ働きをすることを解明したアンペールの髪にはリボンが無数に飾ってあった。

「わたしたちの生活を豊かにした科学者になんてことを……。仏罰が下るでしょ」

「でも、先生。こいつら、公衆の面前に出る顔じゃあないと……。オームのオジサンはいいとしても……」

秀也は最近、「公衆の面前」という言葉をユーチューブで覚えた。得意顔で連発する。

亜美が作業台に置いた教科書を和樹がのぞきこみ腹を抱えて笑っている。

「なに、なに」

星羅が横から教科書を取り上げて見ている。やがて、甲高い声を響かせて笑い始める。

星羅は笑いだすと止まらなくなる。美香が教科書をぱたんと閉じると、秀也につき返す。

「秀也、和樹の手伝いをしなさい」

悠然と美香が命じる。

「さすが、美香」

亜美が褒めると、秀也は不満そうに頬をふくらませてぼやいている。

「美香ちゃんも一緒に、アン何たらにリボンを付けたんだぜ」

美香と秀也は保育園が一緒で幼なじみなのだ。亜美は美香の横に立って和樹と秀也の仕事ぶりを監督し始める。仕方なく、四班はまじめに実験を再開する。

「電圧計は並列につなぐのよ。抵抗器のところ……」

亜美が助言すると、和樹が言う。

「大丈夫です。先生、ちゃんと教科書通りにやるって」

和樹は理数系が得意で、理科はソコソコの成績だ。太い指を器用に動かして正確に配線している。亜美は理科室の中をぐるりと見回した。どの班も実験とレポートに集中していた。

「美香ちゃん、ちょっと聞くね」

亜美は体をかがめて美香にささやく。美香は和樹の作業を監督しつつ答えている。

「何のことですか」

「先生が泣いたことを誰から聞いたの？」

「一時間目に、森沢先生がちょっと……。みんな反省していました」

ささやくように答えると、すぐに声を張り上げる。

「あっ、マイナス端子は五百アンペアのところだってば。そう、真ん中です」

「ふうん、一時間目かあ」

それにしては流斗が神妙すぎる。流斗は三歩歩くと都合の悪いことを忘れてしまう。

「詳しいことを聞いたのは三時間目です。国語の時間に上杉先生がカンカンに怒ったんです。栗崎先生がみんなのために頑張っているのになんてことをしたのかって。美人だけに迫力がありました。女子はみんな泣いていたし、男子はもじもじしていて。マアくんもいたんですよ。わたしがマアくんやリューくんや秀也だったら、教室の窓から飛び降りていますね。恥ずかしくて。さすが先生の親友です」

亜美はクスッと笑う。ウエちゃんは突拍子もない亜美の親友だと思われることをひどく嫌がっているのだ。

「秀也、電流計の数字です。和樹が一ボルトつまみを回した時の電流計の数字を言ってね」

「五十」

秀也が叫ぶ。

「五十ミリアンペアね。星羅ちゃん、表に書きこんでくれる。次は二ボルト」

張り上げていた声を落として亜美に顔を寄せる。

「先生」

声優のようなカワイイ声で呼びかけると、じっと亜美の目を見る。二重まぶたの大きな瞳が言葉より先に美香の思いを届けている。

「もう、大丈夫です。みんな一生懸命に歌います。先生も温かく二組を見守ってください。この頃、先生らしくなかったです。ほらあ、左アゴにニキビができています。イライラするとニキビができるってママも言っていました」

美香の母親は看護師だった。美香の言葉は心にしみたが、これでは亜美と美香とどちらが教師なのかわからない。

「わかりました。美香先生」

まじめくさって言うと、美香はにっこり笑って鷹揚《おうよう》にうなずいた。

合唱コンクール

合唱コンクールの当日は今にも雨が落ちてきそうな曇天《どんてん》だった。天気予報も曇りのち雨だ。

「栗崎先生、カサ袋の準備をお願いね」

高橋先生が出勤してきた亜美を捕まえて言った。高橋先生は観覧に来る保護者の受付をするのだ。

「カサ袋って、雨の時、スーパーの入り口に置いてあるアレですか。ビニールの長い袋ですよね」

「ええ、それです」

「どこにあるんですか」

「確か、教具室にあるはずなんだけど……」

教具室は教材や古い教科書などが積み上げられていてジャングルと化している。どこを見回しても、カサ袋らしきものは見当たらなかった。亜美が立ち往生していると、通りかかった体育科の紅一点、佐久間先生が声をかけてきた。

「亜美ちゃん、何を探しているの？」

佐久間先生は束《たば》になったカサ袋を体育館の準備室で見かけたと教えてくれ、わざわざ一緒に出向いてカサ袋を手渡してくれた。

「この間は相談に乗ってくれて、ありがとう」

この体育館の準備室で佐久間先生のお子さんが不登校になった話を聞いたのは、体育会前のことだった。子供さんの名前は確か亜矢子ちゃんだ。

「亜矢子ちゃん、どうされていますか」

「やっぱり、いじめられていたのよ。学校側も責任を認めて、何とかいい方向に進みそうよ。亜矢子はお母さんが自分の味方をしてくれているって思ったみたいで、いろいろ話してくれるようになったのよ」

ほんのわずかな進展に手放しで喜ぶ佐久間先生に、亜美は胃の腑が痛くなる。痛む胃をさすりながら、一日でも早く亜矢子ちゃんが普通に登校できる日が来るようにと心の中で祈ってみる。


二校時が終わると生徒たちは廊下に整列した。合唱コンクールは学年ごとに行われ、二年の部は十一時に始まることになっていた。先頭に立つ委員長の並木祐哉と副委員長の小谷陽菜子が点呼を取る。二組三十二名、全員が出席していた。

「先生、今日はイケてるね」

鈴木美香がアニメ声で褒めてくれる。クラス一背の低い美香は陽菜子のすぐ後ろでにっこり笑っている。

「ありがとう」

亜美も右の親指を立てて答える。和泉校長は学校行事のある「ハレの日」には「正装」

をするようにと職員に言い渡していた。それで、亜美も一張羅のリクルートスーツを着こんでいるのだ。

「先生、ここで一言、みんなにお話をしないと……」

幼児体型の美香が胸を張って右手のこぶしを立て、ファイティングポーズをとる。亜美はコクコクうなずくと、両手をメガホンにして呼びかけた。

「二組の皆さん」

全員が緊張の面持ちで亜美を見る。

「今日まで、すごく頑張ったんだから、力いっぱい悔いのないように歌おうね」

みんながにこやかにうなずいている。

「先生、いいですか」

列の後ろで、お祭り男の太田昌弘が手を挙げて胴間声を上げている。

「はい、太田くん」

「それでは皆さん、ご一緒に声をそろえてください」

昌弘は右手を突き上げると「エイ、エイ、オー」と雄叫《おたけ》びを上げている。亜美が目を白黒している間に、全員が声をそろえて「エイ、エイ、オー」と叫んでいる。

すぐ前にいる一組が振り返って笑っている。楢原先生も亜美に右手を挙げてみせて、にっこりする。楢原先生は何も言わなかったが、合唱練習でもめる二組をひそかに心配していたらしい。いつも通りハイテンションな二組に胸をなでおろしているのだろう。

西館からいったん一階に下りて、本館の階段を二階の講堂に向かって上《のぼ》っていく。講堂は体育館を兼ねているのだが、立花中では呼び分けていた。文化的行事や儀式に使用する時は講堂になり、スポーツ目的なら体育館になる。

止まったり早足になったりしながら、一組のあとを二組が続いて進む。後方にいた谷帆乃香がするすると亜美に近づいてくる。

「先生、一年生も二組が優勝したんだって。いい感じでしょ」

一年生はつい十分ほど前に合唱コンクールを終えたのだが、亜美も結果は知らなかった。帆乃香はどんな方法で情報をキャッチしたのだろう。持参を禁じられているスマホをどこかに隠し持っているのかもしれない。しかし、生徒を疑ってかかるのは品位に欠ける行為だ。それに、同じ二組が優勝したというのは確かに明るいニュースだ。思わず亜美はにんまり笑い、帆乃香と握手を交わしている。

「喜ぶのは早いと思うわ」

楽譜を持った陽菜子が不機嫌に言った。完璧主義の陽菜子は「涙をこえて」の伴奏で頭がいっぱいなのだ。帆乃香もそれは重々承知で、気まずそうに亜美と顔を見合わせそそくさと列に戻っている。陽菜子の緊張がうつったのか、妙に押し黙った隊列はゾロゾロと階段を這い上がっていく。

講堂の入り口には受付のテーブルが置いてあり、その横に高橋先生が立っていた。亜美に向かってカサ袋を軽く差し上げうなずいている。先ほどからシトシトと雨が降り始めていた。

後方の保護者席にもすでにまばらに人影が見える。平日なので都合がつく保護者は多くはない。だから、音コンの二位以内に入って土曜に実施される文化発表会に出場したいのだ。

会場の保護者はほとんどが女性だ。ひときわ目立つのは杉本慎也の母親だ。地味ではあるが、いかにも医者の奥様らしい高価そうな装いだった。慎也を担任しているウエちゃんなら、上から下までブランド名を言い当てるだろう。

生徒たちは出演順に座ることになっていた。前の一組は最後の出演なので一番右側に座る。亜美は進む方向を間違えないように、並んだパイプ椅子に目をこらす。二組は三番目なので真ん中に座る。二組のあとから、ウエちゃんが三組を引率して入場して来る。ウエちゃんが登場すると、あたりの視線が吸いよせられるように移動していく。長い髪が青みがかったシルバーグレイのスーツの背で揺れている。三組は二番目の出演なので二組のすぐ横だ。

五組が一番左に座ると、入場が完了する。五組がトップ出演なのだ。この出演順も文化委員のクジ引きで決まる。クジ運の悪い岸本正樹にしては上出来の結果だった。緊張を強《し》いられるトップはまともに歌えないし優勝もまずない。五組の文化委員は、クジ引きのあと二、三日は意気消沈して見えた。

「それでは皆さん、発声練習をしますので、起立」

音楽科の池田先生が中音の美声で合図する。ピアノの前に座った池田先生がポーンとピアノを鳴らしながら言った。

「最初はアーで行きますよ。ピアノの音をよく聞いてくださいね」

ブラウンのスーツを着た池田先生は、端正な顔を上気させて熱心に指導している。

「では、一度、課題曲の『時の旅人』を全員で歌いましょう」

ピアノの前奏が響き、「めぐる、めぐる風」が始まる。亜美は二組の後ろに立った。美香が言った通り、あの騒動のあと、二組はまじめに練習に取り組んでいて、格段の上達をとげていた。月曜日には池田先生が「どんな魔法を使ったのですか」と、聞いたのだった。魔法どころかトラブルを起こしただけなので、聞かれた亜美は恥ずかしかった。

今も二組全員が手を後ろに組み胸をそらせて歌っている。竹山真でさえカッターシャツの袖口のボタンをきちんと留めている。道理で雨が降るはずだ。

ステージ横の時計が十一時を指した。

「ただいまから、立花中学校二年生によります合唱コンクールを開催します」

落ち着き払ったアナウンスが場内に流れた。合唱コンクールは放送も審査も文化委員が担当する。おまけに歌う前には文化委員がクラス紹介までする。今日の主人公は各クラスの文化委員なのだ。

亜美は生徒席と保護者席の間に設けられた審査員席に座っている。隣ではパソコンの得意なウエちゃんがノートパソコンをスクロールしている。

「スマホで点数を飛ばしてくれれば手間が省けるのに、イマドキ紙に書いて手渡すって、あり得ないでしょ」

と、亜美に向かって憤懣《ふんまん》をもらしている。ウエちゃんは得点の集計係なのだ。スマホ初心者の亜美は話題を変えにかかる。

「ご静粛に。始まるでしょ」

ウエちゃんはじろりと亜美をにらみ、亜美は肩をすくめる。

「プログラム一番。はじめの言葉。文化委員学年代表の二組岸本正樹くんです」

池田先生は芝居がかったことが好きで、講堂内のカーテンはきちんと引かれていて、場内は暗かった。照明係を買って出た楢原先生がスポットライトを正樹に当てている。目立つことが大嫌いな正樹は中学生とは思えぬ厳《いか》めしい表情を浮かべていた。このきまじめなキャラがいいのか、面倒見がいいからか、サッカーが意外に上手なためなのか、ともかく正樹は女子に人気があった。マイクの前にスックと立ち、女子の視線を集めている。あいさつの言葉を何も見ずに述べたのには感心したが、早口の上に抑揚《よくよう》がまるでない。これでは将来、お経を読めるようになるのか不安だ。同じ宗派のよしみで思わず正樹の寺の将来を心配してしまう。そういえば先ほど正樹の母親を見かけたが、講堂内は暗くて目をこらして見ても、どこにいるのかわからなかった。

「プログラム二番は、五組の皆さんによる合唱です」

アナウンスが始まる。五組は立ち上がり列の左手に出て整列している。やがて、ステージに上がりだす。大柄ぞろいの五組は態度もデカいのだが、今日ばかりはしずしずと歩を運んでいた。ステージに登場するところから採点が始まるからだ。学年の教師と文化委員が審査員なのだが、生徒審査員は総じて採点が厳しかった。

舞台は階段状になっていて、上手《かみて》に男子、真ん中にアルト、下手《しもて》にソプラノが三列に並ぶ。明るく照らされた舞台に、顔を緊張でこわばらせた五組の面々が並んでいる。アルトの後列にいる文化委員の藤岡菜々《ふじおかなな》が右手にマイクを握りしめて、おもむろに左右を眺めている。全員が持ち場についたことを確認すると、きっと正面を向く。菜々はバレー部員で昨年度は亜美のクラスにいた。日焼けした肌に白い歯の健《すく》よかな少女だ。やや低い柔らかな声が会場に流れ始める。

「五組はとても元気なクラスです。カバ大王こと尾高先生のもと、勉強とスポーツに励んでいます。合唱練習も最初はバラバラでしたが、何とか全員で声をそろえて歌えるようになりました。では、わたしたちの合唱を聞いてください」

伴奏者がスタンバイし指揮者がタクトを振り下ろすと、「時の旅人」の前奏が響き始める。伴奏の技量も各クラスまちまちで、五組の課題曲の伴奏者は格段に上手だ。

亜美は去年担任した一年二組の生徒をついつい目で追ってしまう。アルトの列で藤岡菜々が大きな口を開き楽しそうに歌っている。ソプラノの後列端には副委員長だった服部優紀子がいる。亜美をいろいろと支えてくれた優紀子は今年も副委員長だ。相変わらずやさしい表情で歌っている。優紀子の前方に桑山早紀《くわやまさき》がいる。亜美が怖いからと早紀が登校を渋ったのはゴールデンウイークの頃だった。その早紀は丸くて色白の顔いっぱいに口を開けて一生懸命に歌っている。そういえば先ほど、入り口付近で早紀の母親と顔を合わせた。亜美に厳重に抗議した最初の栄《は》えある保護者だ。大きな体を縮めて気まずそうに会釈していた。

五組は微動だにせず全員が足をやや開き気味に立ち、手を後ろに組んでいる。実は体がふらつきそうなヨシこと進藤義之《しんどうよしゆき》は学校に来ていない。教師になりたての昨年は、英ちゃんこと吉田英敏と義之にはさんざんな目にあっている。反抗的な二人に天誅《てんちゅう》を加えようと、空手の構えを取ったこともあった。あわや乱闘になりそうな場面を何とか切り抜けられたのは、運が良かったせいだと思う。夜の世界で遊び回る二人はとっくに学校には見切りをつけてしまっている。特に義之は他校のワル連中とつるんでいて、シンナー漬けだというウワサだった。帆乃香の情報なので事実だろう。

課題曲の「時の旅人」は男声、アルト、ソプラノの掛け合いで歌う部分があって結構難しい。むろん、田中流斗に言われるまでもなく音痴の亜美には歌えない。しかし、音楽の知識はあるし、何回も聴き続けたので聴けば上手《じょうず》か下手《へた》かはわかる。歌詞もちゃんと覚えている。

トップバッターの常で、五組はひどく緊張していた。出だしの「めぐる、めぐる風」が少しバラバラに聴こえる。女子は上手だが声が小さい。男子の声は大きいがうまくはない。しかし、女声だけのパートがキレイに響くと次第に落ち着いてくる。下手なりにのびやかに楽しそうに心をこめて歌っている。

自由曲の「ビリーブ」の伴奏が響き始めた。指揮者の松沢賢治は竹山真の幼なじみだ。真をアゴで使うワル仲間だが、野球部のエースで楢原先生に心酔しているため、度を越したことはしない。だから、警察のご厄介になったことは一度もなかった。真剣にタクトを振るう姿はいっぱしの優等生だ。

亜美は賢治を忌々《いまいま》しく見つめる。一度態度の悪い賢治を授業中に注意したことがあった。賢治は凶悪なまなざしで亜美をにらみすえ、亜美も負けじとにらんだ。目をそらせば殺されるかと思うほど視線に圧があった。その時は同じ野球部の委員長が賢治を止めてくれて、事なきを得たのだった。

「ビリーブ」は五組の雰囲気によくあっていて、明るく楽しげな旋律を紡《つむ》いでいく。「世界中の希望をのせて、この地球は回っている」という部分が気に入っているらしく、みんながうれしそうに歌い上げる。

亜美は二年生の全クラスに理科を教えている。五組は授業中の態度が一番思わしくないクラスだ。尾高先生はおおらかな人で、あまり細かいことを気にかけない。クラスの秩序維持よりも、みんながのびやかに生き生きと生活することをモットーにしていた。だらしがなくて騒がしいが、のびやかで明るいクラスだ。五組は交流学級なので、特別支援学級に在籍する新田《にった》涼一《りょういち》も一緒に歌っていた。涼一は知的障害があるので英語や数学は少人数で学ぶが、音楽などは一緒に交流学級の五組で学ぶ。涼一は歌詞を一生懸命に覚えたのだろう。ちゃんと間違えずに歌っている。涼一がクラスに溶けこんでいるのは五組の温かい雰囲気のせいなのだ。

五組はうれしそうに声を張り上げて歌っている。

「世界中のやさしさで、この地球を包みたい」

厳しい環境に生活するこの子たちはすでに知っている。地球がのせるのは希望ばかりではないし、地球を包むのはやさしさばかりではない。でも、未来を信じると歌い上げるこの子たちに心がゆすぶられる。五組はうまく歌うより、メッセージを伝えることを選んだのだ。

次は三組、ウエちゃんのクラスだ。ウエちゃんは六甲のお嬢様らしくピアノが弾ける。大学時代には合唱も本格的にやっている。出だしの「めぐる、めぐる風」から五組と完璧に違っていた。ちゃんと合唱になっている。去年、亜美のクラスの活力源だった勝野悠希がライトに照らされて歌っている。悠希の前で歌っている小柄で細面の少女は岡部七海だ。問題行動だらけの平井厚志も、相変わらずマンションに放置されたままの津村良彦もまじめくさって口を開いている。

自由曲の「この星に生まれて」は三組委員長の杉本慎也が指揮をする。慎也は去年、亜美のクラスの委員長だった。保護者会で母親が「落ち着きのない慎也のために、夕食後はクラシック曲をBGMに、家族そろって読書をすることにしている」と話していた。その成果なのか、堂々とした指揮だ。

三組は「けなげな」クラスだった。授業中はまじめで宿題もきちんとやってくる。テストの平均点はいつも五クラス中の最高点だ。ウエちゃんの一生懸命な指導にみんなが全力で応《こた》えている。

三組のキレイなハーモニーが講堂の薄暗がりに流れていく。子供たちも保護者たちもじっと耳を澄ませて聴いている。

「なにかを探して、この星に生まれた」

この子たちの探索の旅は始まったばかりだ。「夢はかなう」と英語で繰り返すのがこの歌のサビだ。亜美は七海を見つめる。七海の夢は「保育士になる」ことだ。そのために穴倉のようなアパートの一室で、苦手な勉強を懸命にしている。本当に、七海の夢がかなえばいいのに。

三組が退場を始めると、二組が立ち上がる。何人かがちらちらと視線を送ってくる。亜美はうなずきながら左手を振って、早く舞台にあがるように指示している。

舞台に整列すると、美香がピアノの横でクラス紹介を始める。

「二組はとてもにぎやかで楽しいクラスです。時々羽目を外《はず》して、先生方を困らせます。合唱の練習の時も担任の栗崎先生にすごく迷惑をかけました。でも、ゴタゴタを乗り越えて、いっそうクラスは団結しました。いつもわたしたちのことを考えてくれている亜美ちゃん先生、わたしたちの力いっぱいの合唱を聴いてください。わたしたちは先生が大好きです」

美香がマイクを預けて、ピアノにスタンバイする間がひどく長く感じられる。やがて、祐哉がタクトを振り上げ、美香の伴奏が軽やかに響きだす。計ったように一斉に声が出る。声は見事にそろっているが、音程はそろっていない。流斗も秀也も懸命に歌っている。真はうつむき加減だが、わずかに口が動いている。これでいい。自分ができないことを生徒に要求すべきではない。この瞬間、二組の子供たちは全身全霊をこめて歌っている。音程が狂っていてもうまくなくても、十分心に響く。これでいいのだ。

指揮者が正樹に代わる。陽菜子のキレのいい伴奏が始まる。自由曲「涙をこえて」だ。佐橋星羅と米沢梨絵の高音がキレイに響いてくる。

「この世で、たった一度、巡り会える明日」

今日も明日も一瞬だ。今は三十二名の子供たちと亜美が押しくらまんじゅう状態なのだ。近いがゆえに愛《いと》しく、触れ合うことがこんなにもうれしい。一方で、近いがゆえに憎く、接することがこんなにも腹立たしい。この思いも「たった一度」、たぶんこの瞬間だけなのだろう。

高橋先生が常々言っているように、もっと生徒と距離を置くのが教育者としてあるべき姿なのだ。しかし、亜美は確信する。この瞬間、子供たちはありったけの思いをこめて、亜美に向かって歌声を届けている。この一瞬の幸せをなんと表現すべきなのだろう。

かすかに動く真の口元。牧田由加が、谷帆乃香が、西脇沙織が、米沢梨絵が、口を大きく開いて歌っている。涙で前がかすみだす。亜美はポケットからティッシュを取り出し、涙と鼻水をふく。

歌い終わった子供たちがゾロゾロと審査員席の前を歩く。亜美を見かけると、遠慮がちに手を振ったり、Vサインを寄こしている。帆乃香は大口を開けて「優勝」と声を出さずに言っている。優勝は無理だ。出来はイマイチだから。でも、今まで亜美が聴いた中で、一番心を打つ歌声だった。

二組の次は四組、フミ姉ちゃんのクラスだ。昨年度はフミ姉ちゃんのクラスが優勝をさらっている。大本命の登場だ。

最初の一音から、亜美でさえ四組の圧倒的なうまさがわかる。すでに、次元が違っている。みんなが全体のハーモニーを聴きながら、自分の声を旋律に乗せている。

自由曲の「明日へ」などは、歌詞の分量が半端ではない。まず、二組にはとても覚えられないだろう。別に四組が取り立てて優秀なわけではない。男子の前列、真ん中にいる上《うえ》野春樹《のはるき》は柴田秀也を悪辣《あくらつ》にしたような度し難い生徒だ。目立つためには何でもやってのける春樹がすまし顔で声をそろえている。フミ姉ちゃんの教師としての力量も、亜美とは次元が違うのだ。

四組は自分たちの歌を酔ったように歌い続ける。

「孤独や不安を乗り越えて、ぼくらは大人になっていく」

フミ姉ちゃんというカリスマ教師に指導されて、この子たちは確実に成長の階段を上《のぼ》っている。二組はどうなのだろう。亜美は心もとなくなるが、出来の悪い者同士、教えたり教えられたりしながら成長していけばいいと自分に言い聞かす。

「輝く明日へと、走っていくよ」

歌い終わって指揮者が頭を下げると、ひときわ大きな拍手が響いた。

最後は一組だ。課題曲の指揮者は早川康平だ。去年の亜美の「舎弟」康平はこの指揮が負担だったのだろう。昨日は理科の質問があると言って、放課後、亜美に付きまとっていた。今日はけろりとして、自信満々で指揮台に立っている。

一組の合唱は二組や五組と五十歩百歩の出来だ。懸命に歌ってはいるが、そううまいとは言えない。

自由曲は「マイバラード」だ。亜美の武道仲間、長谷川望が指揮をする。指揮台に望が立つと、男子の背筋が一様にスッと伸びる。去年、望から「果たし状」をもらい、この講堂兼体育館で果たし合いをしたことを思い出す。あの時の望の気合はすさまじかった。きっと一組の男子連中は望に脅されながら練習したのだろう。自由曲は結構上手だ。

一組はいかにも体育会系のクラスだ。全員の頭の中に「規律正しく」という標語が貼ってあるかのようなのだ。授業の始めと終わりのあいさつもきちんとしている。授業中はコトリとも音をさせない。楢原先生が冗談好きで開けっぴろげな人なので不思議だった。しかし、楢原先生は中学生から野球部で活躍し甲子園への出場経験もあり、体育系の大学を出て体育の教員になった人だ。こうした経歴からすれば「規律正しい団体行動」が身に染みついて当然なのだろう。

楢原先生は学年一の問題児、英ちゃんこと吉田英敏を合唱コンクールに出場させようと、昨日も遅くまで家庭訪問をしていた。英敏は夜中遊び回っていて、一学期の終わりごろから不登校になっていた。「歌わなくても立っているだけでいいと、言ったんですがねえ」

と今朝も悄然《しょうぜん》としていた。今も照明係をしながら、どんな気持ちで一組の合唱を聴いているのだろう。

「仲間がここにいるよ、いつも君を見てる、ぼくらは助け合って、生きていこう、いつまでも」

　楢原先生にぴったりのフレーズだ。

　結果を集計する間、学年総務の徳永先生が「講評」を行う。徳永先生は趣味人で、走るのが不思議なくらいの中古車に乗ってバッハを聴いている。音楽にも詳しい。しかし、生徒の人気も教師からの信頼も今一つなので、熱の入った講評も誰の耳にも届いていないようだった。全員が結果を気にしてなんだかじりじりしている。

　池田先生がマイクの前に進むと、みなが固唾《かたず》をのんで待ち構えている。

「合唱コンクールの結果を発表いたします。まずは二位から……」

　子供たちの体が前に少し傾く。

「二位は三組」

　おかしなことに、ここでがっかりするのは三組なのだ。あとのクラスはホッとしている。自分のクラスが優勝したかもしれないと思うからなのだ。

「優勝は四組です」

　四組の生徒たちが小躍りして喜んでいる。亜美の予想通りで、昨年度と同じ結果だ。

厚かましくも二組の女子は泣きだし、しばらくは怨嗟《えんさ》の声にクラス中が揺れた。亜美はにこやかに「残念だったけど、よく頑張ったね」と褒め続けた。

そのうち、二組全体がウキウキと文化発表会の準備に取り組み始め、「残念な合唱コンクール」はたちまちのうちに忘れ去られていった。

祐哉の悩み

教室の窓から秋の夕日が差しこんでくる。光の中で並木祐哉が固まっている。机の上に両手を置き、うつむいたまま動かない。向かい合った亜美は言葉を探しあぐねる。

「二組の子のほとんどが祐くんを推薦しているし……」

放課後の教室は静かで、亜美の声がやけに大きく響く。秋の西日にぬくもりは感じられず、空気はひんやりと沈んでいる。相変わらず祐哉はピクリとも動かない。まるで石像と化してしまったかのようだった。

祐哉の目下の悩みは生徒会選挙だ。今日のホームルームの時間に、二年二組は祐哉を生徒会長に推薦することに決めたのだ。

文化発表会が終わると、けだるい雰囲気が学校全体に漂った。六校時はホームルームの時間だった。ホームルームはHRと略され、週に一時間、担任が学級指導をする時間だ。学級の当面の問題を話し合ったり、クラスの係を決めたり、行事の事前指導をしたりする。今日のHRのテーマは生徒会選挙だった。子供たちは眠そうにとろんとした目で亜美を見つめていた。

「みんなも知っている通り、三学期からは二年生が中心になって生徒会をやります。去年、生徒会選挙したよね」

言葉を切ると、生徒たちはコクコクとうなずいた。

「生徒会の会長とか副会長の選挙をするんだけど、二年の各クラスがふさわしい人を推薦することになっています。ふさわしい人がいたら推薦して欲しいんだけど」

即座に柴田秀也が叫び始めた。

「祐くん、祐くん、祐くん。祐くんで決まり」

いつになく祐哉は声を荒らげて反論した。

「オレなんかより、小谷さんとか正樹とか、ふさわしい人がいるだろ」

二組の中で祐哉の人望は絶大だ。宿題を写させてくれるし、勉強は教えてくれるし、なにかと相談に乗ってくれる。「困った時の祐くん頼み」なのだ。第一、担任からして祐哉の助けをあてにしていた。

「はい、はい、はい、はい」

田中流斗が右手を高々と挙げ、腰まで浮かせて叫んだ。

「では、田中くん。意見を言ってください」

仕方なく流斗を指名した。

「並木くんはバリバリ頭がいい。そのうえ、みんなのことをすごく考えてくれる。並木くんより生徒会長にふさわしい人はこの世のどこを探してもいません」

男子の何人かが拍手をし、子供たちはザワザワと話し合っている。

「マジな流斗を初めて見たぞ。オレも祐哉がふさわしいと思う」

ドスの利いた声で太田昌弘が断言した。

「並木くん、小谷さん、岸本くんの名前が出ていますが、いろいろな考えがあると思いますから、ふさわしい人の名前を書いて投票してね」

結局、亜美は用紙を配布して投票をしてもらった。小谷陽菜子が四票、岸本正樹が三票で、あとはすべて並木祐哉の名が書かれていた。納得のいかない祐哉は硬い表情を崩さなかった。というわけで、祐哉と放課後の教室で向かい合うことになったのである。

「来週は選挙の公示になっている。早く二組の推薦者を決めないといけないいんだけど……」

言葉を切って祐哉の様子をうかがう。祐哉は黙ったままだ。

「どうしてなの？　祐くんくらい能力があれば、生徒会長なんてどうってことないじゃない」

亜美が重ねて言いつのると、ようやく祐哉は顔を上げてキッと亜美の顔を見た。

「先生はオレんちの稼業を知っているよね」

祐哉の父親は暴力団の組長で、母親は喫茶店を経営している。主たる仕事は暴力団になるのだろうか。亜美は曖昧《あいまい》にうなずく。

「このところの世の中を見ていたら、オレが生徒会長になるのは立花中にとって大きなマイナスになると思う」

「イマドキ、親の職業なんて関係はないと思うよ。高橋先生もそう言っていたし……」

高橋先生が生徒会選挙の話を亜美にしたのはまだ夏休み中のことだった。高橋先生が指摘した通り、この間の「学打」で亜美が新生徒会の担当になることが決まっていた。生徒会を切り盛りする自信のない亜美にとって、祐哉が生徒会長になってくれれば大助かりなのだ。

祐哉は右手でコンコンと机をたたきながら言った。

「先生は『暴力団対策法』という法律を知っていますか」

亜美は首を横に振る。祐哉はため息をつき、出来の悪い生徒を見る教師のような眼で亜美を見た。

「あの法律ができてから、って、オレが生まれる前のことなんだけど、オヤジは人並みには生きられなくなったんです。早い話、オレの学校徴収金の口座だって母親名義だし。オヤジは銀行に口座を持てないんですよ」

確かに祐哉の学校徴収金は母親の口座から落ちている。しかし、竹山真のような母子家庭はすべて母親名義だし、谷帆乃香の口座は祖母名義だ。

「政治家とか芸能人とかは、オヤジのような連中と付き合いがあると、マスコミでたたかれるし……」

祐哉は視線を机に落とすと、暗い口調でつぶやく。聞いていて亜美はだんだん腹立たしくなってくる。

「なに、それ。すごく後ろ向きの発言よね」

亜美は非難をこめて祐哉に言い放つ。

「えっ」

祐哉が驚いて顔を上げ、あっけにとられた表情で亜美を見る。

「祐哉、今いくつなの？　十四やそこらで、人生をあきらめてどうするのよ」

祐哉は戸惑いの表情を浮かべたまま、亜美を呆然《ぼうぜん》と見ている。

「祐哉は暴力団員なわけ？　違うでしょう。そのナンタラカンタラという法律など気にかけなくたっていいじゃない。祐哉が気にかけなくてはいけない法律は少年法だけでしょうが。どうせ、わからないところで少年法に触れるようなことをやっているんでしょう」

祐哉は首と手を同時に振る。

「中学生になってからはなんにもやっていません。小学校の頃は、多少……。でも、小学生がやって、すごく問題になるようなことはやっていません」

まじめくさって答えている。

「小学生の祐くんは何をしたのかな」

腕組みをして祐哉はしばし考えている。

「万引きです。でも、やり方を教えただけで実行はしていません。盗品故買もやったかな。万引きしたものを売りさばく方法を教えました。これもやり方を教えただけです。バイク盗もやり方を教えただけです。つなぐ方法とか技術的なことを少し……」

「誰に教えたのかな」

「英ちゃんとか、アッちゃん」

道理で吉田英敏も平井厚志も祐哉に一目置くはずだ。

「あとは何をしたのかな」

「いじめです」

「誰をいじめたのかな」

「ええと、言わないとダメですか」

「この際、みんな話しておいた方がいいと思うけど……」

「慎くん、杉本慎也くんです」

今度は亜美が驚く番だ。

「慎くんとは、一年の時も今も仲良しじゃない」

祐哉はともかく慎也が表面上だけ仲良くふるまうことはあり得ない。

「オレ、このことについてはすごく反省しています」

祐哉は憂鬱《ゆううつ》そうに話しだした。

「六年生の夏休み前です。わからないようにいじめた。でも、気がついた女子が担任にチクった。担任がまた小うるさいオバサンで、オレを目の敵にしていたから、慎くんとオレを呼びつけました。慎くんは気がついていたと思うんだけど、絶対並木くんはやっていないって言い張ったんです。いい家庭で大事に育てられていることが気に入らなかったんだけど、だからこそあんな立派な人間が育つんですね。オレは慎くんを尊敬しています」

亜美は腕組みをして天井をにらむ。誓ってもいいが、杉本慎也は本当に祐哉の「いじめ」に気がつかなかったのだ。自分がいじめられているという認識を持ったかどうかも怪しい。やがて、腕組みを解くと祐哉をにこやかに見た。

「大丈夫。年端《としは》もいかない小学生だった頃のことなんか、問題にはならない。第一、祐くんのことだから、どんなことをやったのか、誰にもばれてないだろうし……」

そこで、亜美はしばし言いよどむ。

「先生はぜひ祐くんに生徒会長をやってもらいたいんです」

祐哉は亜美の顔をのぞきこむと言った。

「それって、どういうことですか」

「上杉先生も森沢先生も、ほかにいろいろ仕事があって、生徒会の係が先生の役目になっちゃった。祐くんも知っているように、先生は教師になって、なにしろ二年目でしょう。何をやるのか、どうやるのか、よくわからないのよ。祐くんなら何とかしてくれるでしょう」

祐哉は机に両手をつくと深いため息をついた。

「それって、バイク盗のやり方を聞いた時の英ちゃんと同じ言い方ですよ。それに、オレだって中学生になって二年目なんですけど。でも、まあ、オレが気にしなくちゃいけない少年法に触れるわけではないから……」

「そうだよ。祐くんはイベントとか好きじゃない。きっと生徒会は面白いと思うよ」

亜美と祐哉は顔を見合わせてニヤッと笑う。

「そこまで言われたら仕方ないですよね。でも、引き受ける代わりにこちらの条件を聞いてもらえますか」

「条件って、なに」

「応援弁士は二人でしたね」

亜美はしばらく考えてうなずく。

「一人は杉本慎也くんに、もう一人は三年生の有名人に頼むのが条件です」

「また、どうして」

「オレの父親のこと、知っている生徒は結構いるんです。でも、医者の息子が応援しているなら信用してもいいかなってなるんです。それと、三年生の票は流動的だから有名人が応援してくれればオレに流れます。どうせ立候補するなら、大差で勝たないと意味ないでしょ」

「慎くんも立候補するかもしれないけど、どうなの」

祐哉は言下に否定した。

「慎くんはサッカー部のキャプテンでしょ。顧問の沢本先生は生徒会に入るのを許すはずがない」

「でも、三組が推薦する立候補者の応援弁士をするかもしれないと思うけど」

「いえ、それはありません。三組が推薦するのはたぶん東田《ひがしだ》さんだと思う。副会長に立候補する。東田さんは絶対慎くんに応援は頼まない。慎くんは東田さんのことが好きなんだけど、東田さんにはカレシがいる。東田さんの応援弁士は小谷さんがするといい。東田と陽菜ちゃんは仲がいいし、応援弁士を交換し合うとなると、上杉先生もＯＫだよね」

「さすが、祐くん。完璧だよね。三年の弁士は前田美幸さんに頼もうと思うけど、どう」

「バレー部の部長だったセンパイですね。あんまり美人に頼むと男子票が逃げるけど、前田センパイならバッチリですね」

「それ、本人に言わないでよね」

「まさか、先生ではあるまいし」

シレッとした祐哉がちょっと癪《しゃく》に障りはするが、これで生徒会担当も何とかやれそうだ。

亜美はホッと息を吐いた。

水源池の決闘

「それで、先生。選挙運動については何か考えているんですか」

「選挙運動⁉」

亜美は去年の生徒会選挙を思い出そうとするが、二年の各クラスが何をしていたのか全然覚えてはいない。

「昼休みに他《ほか》のクラスに演説に行ったり、ポスターを作成したり、結構なんだかんだあるんですよ」

「まあまあ、そこらへんはあんなに祐くんを推しまくっていた二組のみんなに任せれば、何とかなると思うけど……」

「昌弘やリューくんや秀也に任せるってことですか」

「いや、まあ、陽菜ちゃんやかおりやホーちゃんや美香もいるじゃない。何とかしてくれるって」

祐哉が何か言いたげに頬をふくらませたところで、教室の戸をノックする音がする。亜美は救われた気分で「はい」と大声で返事をした。ジャージ姿のウエちゃんが顔をのぞかせる。

「栗崎先生、ちょっと来ていただけますか」

「今、行きますね」

そそくさと立ち上がりながら言った。ウエちゃんがわざわざ呼びに来たところを見ると、何か不測の事態が起きたのだろう。それはそれで大変だが、祐哉の気持ちが変わらないうちに話を打ち切りたくもある。

「祐くん、戸締まりをお願いね。生徒会の件、引き受けてくれてありがとう」

祐哉はため息をつきながら立ち上がると、亜美に向かってうなずいている。

「良かったわね。並木くんが生徒会、引き受けてくれたのね」

言いながらも、ウエちゃんの表情はいつになく硬かった。廊下に人気《ひとけ》がないことを確認してから、亜美は小声で尋ねた。

「何かあったの？」

「スワ中と学校間抗争らしいのよ。二年の先生全員に校長室に来るようにって、集合がかかっているわよ」

「すぐ現場に駆けつけなくてもいいの？」

「六時に鳥山《とりやま》の水源池で決闘するらしくて、あと一時間半はある。打ち合わせてから動くことになっているみたい」

「六時っていうことは、部活の連中も参加するのよね」

「うん、まあ、そのような段取りみたい。部活そっちのけの連中もいて、松沢賢治と小島和樹が野球部の練習に来なかったの。それで、顧問の楢原先生が、気がついたのよ」

職員室と校長室の間の廊下でウエちゃんが言った。

「亜美ちゃん、スマホは持っているよね」

あわてて職員室に置いてあったスマホを手に校長室に駆けつける。

「部活動は早めに切り上げてください」

校長室に入ると、和泉校長の声が耳に飛びこむ。校長室のソファーに座ったり周囲に立ったりして、二年の先生方と生徒指導の先生方が集まっていた。校長の陣頭指揮の声がなも続く。

「部活動に参加していた男子をすべて体育館に集めてください。足止めをかけます。君塚先生が自転車通学禁止の確認ということで、話をしていただければいいと思います。付近住民の苦情があったということで……。これは事実ですので、この際、指導しておくのもよろしいかと……」

和泉校長の指示は行き届いていた。

「それから、楢原先生、尾高先生、大庭先生、栗崎先生は車で水源池に行ってください」

「えっ」

亜美は驚いて声を上げる。こうした場面では女性教師は校内待機が普通だ。亜美は男性教師とカウントされがちなのだが、和泉校長だけはちゃんと女性教師として扱ってくれていた。肩をポンポンとたたかれて振り向く。高橋先生だった。

「この件の首謀者《しゅぼうしゃ》は、栗崎先生のクラスの竹山真くんなんですよ」

「出た、真」

学校間抗争と聞いた時点で真の参加は予想していた。しかし、よりによって首謀者だとは。フミ姉ちゃんがツカツカと亜美のところに来て肩をゆすぶりながら言う。

「亜美ちゃん、冷静にね。絶対に手を出してはダメよ」

ウンウンとうなずいていると、楢原先生が叫ぶ。

「じゃあ、すぐに車を出しますよ」

楢原先生が校長室の戸を勢いよく開き、亜美たち三人が従った。

助手席の亜美が振り返ってみると、大柄な尾高先生と大庭先生がいかにも窮屈そうに座っている。あわてて座席を前に滑らせる。乗りこんだ車は君塚先生の軽自動車なのだ。

「オオバちゃん、悪いけどちゃんとシートベルト締めて。最近、うるさいからねえ。じゃあ、出すよ」

楢原先生が言うと同時に車は走りだした。

亜美はとりあえずスマホを取り出し、真と和樹にかけてみる。呼び出し音だけが鳴っている。

「出ないでしょう。わたしも何回も賢治と和樹にかけたんですがね」

前方を見たまま楢原先生が言う。

「また、どうして平野《ひらの》諏訪《すわ》山《やま》中と真が……」

亜美が言う。スワ中は正式には平野諏訪山中学校だ。平野中学校と諏訪山中学校が合併してこの長い名前になった。人口の減り続ける都心部では学校を統合する動きがさかんだった。諏訪山中のあった場所に新校舎が建ったので、相変わらず呼び名は「スワ中」だった。

「新天地《しんてんち》の『グランド・ワン』で、竹山真と平井厚志が因縁《いんねん》をつけられたらしい。スワ中の人数が多かったから二人はすごすごと引き下がった。その後、竹山くんはラインで人数を集めて復讐戦《ふくしゅうせん》をしようということにしたらしい」

尾高先生が経過を説明する。グランド・ワンはカラオケ、ゲーセン、ボーリングなどの複合娯楽施設だ。

「ほんと、真だよね。頑張るところを間違えている。相手が何人だろうが、その場で頑張るべきでしょう。ラインで仲間集めなんて、ショボすぎる」

「いやあ、さすが亜美ちゃん先生。誰もそうは考えませんでしたが、言われてみればその通りですなあ。たとえ自分が袋だたきにあっても、仁義の道を貫くっていうのがあるべき姿ですな」

尾高先生が面白そうにまぜっかえす。

「ああ、並木と気が合うはずです」

大庭先生も明らかに面白がっている。大庭先生は三年生の体育教師で男子バスケットボール部の顧問だ。バスケ部員の並木祐哉をよく知っている。

車は石山《いしやま》町の交差点から住宅地の中に入っていく。細い路地がうねうねと水源池のある丘に向かって続いている。まだ十分に明るいにもかかわらず、楢原先生はライトを点《つ》けてゆっくりと走行している。

「水源池の周囲は四キロもある。どこなんですかねえ」

家々の間を注意深く縫いながら、楢原先生がつぶやく。

「トーテムポールの立っている場所に決まっています」

亜美が断言する。

「なぜ、そう思うんですか」

「あの場所にだけ街灯があるんです。それで、あの子たちは釣りの時も泳ぐ時もトーテムポールのところに集まっているもの」

楢原先生が急ブレーキをかける。車はわずかにつんのめりながら止まる。速度を出していないのでさほどでもないが、亜美はちょっと衝撃を受ける。

「先生、どうされたんですか」

「どうもこうもないですよ、栗崎先生。水源池では釣りも水泳も禁止されているんですよ。事故があったらどうするんですか」

「まあまあ、水源池に行くような手合いは死にませんよ」

尾高先生が取りなしてくれる。確かに太田昌弘や小島和樹が死ぬとは思えない。

「それでは済まないでしょう。万が一っていうこともあるじゃないですか。万が一、事故にあったらどうするんですか」

楢原先生の心配ぶりに亜美は恐縮する。

「申し訳ありません。これからは厳重に注意します」

笑いを押し殺しながら大庭先生が言う。

「その件は抗争事件が済んでから指導するということにして、早く駆けつけないと大変ですよ」

「そうだった」

楢原先生は気を取り直してハンドルを握りしめる。やがて、人家が途絶えるとあたりは雑木林に変わる。雑草と灌木がもつれ合った頭上に枯れた松の木が空を突きさしている。その間にやや紅《あか》く色づき始めたウルシやカエデが混じっている。空の色も夕焼けの紅《べに》を流した薄紫色に変わりつつあった。

水源池をめぐる周回道路に出ると、犬を連れて散歩している老人に行きあっただけだ。平日の夕景の中で湖はひっそりと静まっていた。

すぐ前方にトーテムポールが見え始める。当市がアメリカの港湾都市と姉妹提携した何十年記念とかに贈られたものだ。湖を見下ろす小高い丘は雑草と灌木に覆《おお》われている。トーテムポールはそのいただきにそびえていた。まるでやせこけた怪獣に見える。あたりに人影はなかった。

楢原先生は周回道路を外《はず》すと、丘のふもとに車を入れる。雑草と地面の凸凹にタイヤを取られ、車は大きく揺れながら停止する。亜美は急いでシートベルトを外すと、車外に出る。市街地からわずかに高いだけなのに、温度差がかなりあった。眼下の湖が冷気を吐きながら暗い水面に夕焼けを映している。

どこからか叫び声が聞こえてくる。物がぶつかり合う音もする。割と近い。亜美は音に向かって走りだす。すぐに大庭先生に抜かれる。楢原先生と尾高先生は車に戻って発進させている。

トーテムポールから湖面に下がった地点にベンチが二脚据えてある。あたりはまだ十分に明るい。ベンチの前で数人の人影が乱闘の真っ最中だ。おそらく偵察部隊が鉢合わせて前哨戦《ぜんしょうせん》に及んだのだろう。まだ約束の六時まではだいぶ間がある。顔は判然としないが体つきで見分けはつく。

向こうにいるのが竹山真だ。特殊警棒らしい棒を構えている。へっぴり腰で丸腰の相手に苦戦中だ。手前は小島和樹だろう。大柄な相手とくんずほぐれつ地面に転がっている。真ん中が松沢賢治だ。賢治はケンカ慣れしているらしく、相手の顔に狙いをつけている。右側の相手は鼻血を出しているらしく、しきりに顔をぬぐい、戦意を喪失《そうしつ》しかけていた。大庭先生が飛鳥のように気配もなく近づく。松沢賢治はあたりに気を配る余裕があった。鋭く叫ぶ。

「やばい、逃げろ」

七人は反対側に走り去ろうとする。しかし、前方を車がふさいでいる。楢原先生が車を回してきて待ち構えていた。彼らは向きを変えると、ヤブの中に突っこみ脱兎《だっと》のごとく駆けていく。

「真、戻りなさい」

亜美が叫ぶ。

「賢治、和樹。戻って来い」

楢原先生が叫ぶ。

次第に闇の濃くなる空間に楢原先生と亜美が交代で叫ぶ。がさがさとクマザサが動き、松沢賢治と小島和樹が姿を現す。二人は車の横に腕組みをして立っている楢原先生に近づく。

「すいません」

楢原先生の前に並んで立った二人は深々と頭を下げている。楢原先生が手を振り上げる。尾高先生がその手を押さえる。

「いいんです。オレたち、殴《なぐ》られて当然なので」

賢治が静かに言う。

「真はどうしたの？」

二人に歩みよりながら、亜美が聞く。和樹は亜美に向き直ると黙って頭を下げる。

「オレ、止めたんですけど……。マアくんは振り切って逃げました。すいません」

「和樹のせいじゃないよ。真、サイテー」

「とりあえず学校に戻りましょう」

尾高先生が珍しくキビキビと言う。

「尾高先生、免許証、今、持っていますか」

楢原先生が尋ねるとうなずいている。

「じゃあ、尾高先生は栗崎先生を乗せて、先に学校に帰ってください。わたしと大庭先生で二人を学校まで連れて行きます」

「えっ、歩くの?」

和樹が頓狂な声を上げ、賢治に「おい」と、たしなめられている。

四人は歩きだし、尾高先生は状況を学校に報告している。

「では、我々も出発しましょう」

そう促されて、亜美はおっかなびっくり助手席に収まる。尾高先生は意外にも運転が上手だ。

「亜美ちゃん先生、あんまりカッカすると、頭の血管が切れますよ」

尾高先生はのんびりと言うが、亜美は真への怒りで腸《はらわた》が煮えくり返っていた。

家出

亜美は十二階の廊下で立ち止まった。スマホを手に取り、時間を確認する。一時半だ。六時間目が始まる二時二十分までに学校に戻らなくてはいけない。家庭訪問は二十分ほどで切り上げることになる。昼下がりの椿野住宅十四号棟は静まりかえっていて、かすかにカレーのニオイが流れている。

一二〇九号室のブザーを鳴らすと、すぐに竹山佐知子が憔悴《しょうすい》した顔をのぞかせた。

「真くんから何か連絡はございましたか」

亜美が遠慮がちに聞くと、佐知子はドアを開けながら首を振る。決闘事件の当日から真は姿を消している。かれこれ一週間になるが、杳《よう》として行方《ゆくえ》は知れなかった。

「本当に申し訳ありません」

亜美はダイニングテーブルに両手をつくと深々と頭を下げる。

「いいえ、先生のせいではありません。真がみんな悪い。賢ちゃんにも小島くんにも申し訳なくって……。賢ちゃんは野球部のエースだし、小島くんは四番打者だっていうでしょう。一週間の球拾いで済んだからいいようなものの、試合に出られなくなったらどうしようかと……。賢ちゃんはあんたと違って野球にかけているんだから、ヘンな誘いはするなって、ずっと言って聞かせていたんですけど……」

松沢賢治の自宅はこの十四号棟の八階にある。賢治の実力は野球の強豪校を目指せるほどだというから、佐知子の気遣いももっともだ。

「でも、なんか、小島くんたちに聞くと、先生が呼んだのに振り切って逃げ出して、申し訳ないから家出したと竹山くんが言っているそうなんです。それで、わたしも責任を感じています」

亜美が珍しく沈んだ声で言う。

「あんなに普段、世話になっているのに逃げ出すなんて、まったく仁義を欠いています。賢ちゃんたちにもさんざんそう言われたみたいです。こちらこそ本当に申し訳ないです」

そこで佐知子は上目遣いに亜美を見ると頭を下げた。そして、またうつむくと言葉を続ける。

「先生に悪いから家出したなんて、真の言い訳です。真は成り行きで、どこまでも流されていきます。ちょっと気まずいから家出したんです。それで、足りないものがあると、あたしがいない時を見計らって取りに帰ってきていました。賢ちゃんのところにも顔を出したりして、賢ちゃんのお父さんに怒鳴りつけられています。松沢さんは息子を将来、野球選手にしようと思っていて……」

亜美は暗い顔でうなずく。

「松沢さんも素面《しらふ》の時はいい方なんですが、酔うとねえ」

決闘事件のあとも、賢治の父親は校長室で大騒ぎをしたのだ。

楢原先生は今回の事件でかなり腹を立てていた。それで、賢治も和樹も十一月の下旬に予定されている県大会には出場させない決心をしたらしい。ところが、大庭先生が賢治をひどく気に入って、「野球部をクビになったらバスケ部に入れてやる」と言いだした。その場は冗談として楢原先生も笑って済ませたが、大庭先生はかなり本気だった。実際、運動能力も背も高い賢治はスポーツ全般何をやっても抜きんでていた。せっかく育て上げたエースに抜けられると困る楢原先生は譲歩せざるを得ない気分になってしまった。

何はともあれ、学校に連れ戻った賢治と和樹の「事後指導」のため、すぐに二人の保護者が呼ばれた。二人の「事後指導」は会議室で行われることになった。和樹の父親は古湊町で自動車整備会社をやっている。すぐにバイクで駆けつけてきた。賢治のところは両親がそろってやってきた。朝が早い仕事の父親は一杯ひっかけていて、心配した母親が同行したのだ。

会議室は玄関を入った左手にある。部屋には長テーブルがコの字型に並べられていた。窓側に和樹親子と賢治一家が座り、廊下側に賢治の担任の尾高先生、和樹の担任の亜美、生徒指導の君塚先生と楢原先生、学年総務の徳永先生が座った。

「楢原先生、申し訳ございません」

呂律《ろれつ》の回らない松沢さんが急に立ち上がると、フラフラしながら頭を下げた。そうして、よろよろと頭を上げたかと思うと、隣に座る賢治の胸ぐらをつかんだ。

「賢治、チームに迷惑をかけるなんて、何を考えて……」

と叫ぶと、こぶしで横面《よこつら》を殴《なぐ》り始めた。

「お父さん、おやめください」

楢原先生と君塚先生が駆けつけて長机を動かし、松沢さんの前に立った。すると、松沢さんは押しとどめる君塚先生の手を振り払った。

「だいたい、学校が竹山のガキに甘いから……」

その言葉を聞いて頭に来た亜美が立ち上がろうとすると、両脇から尾高先生と徳永先生が両手を引っ張った。動けない亜美は仕方なく、席に戻った。

「松沢さん、どうぞこちらへ」

君塚先生が有無を言わせぬ迫力で松沢さんを案内した。

「校長室で校長がお話をうかがいます。お母様もどうぞこちらへ」

残った賢治は顔を紅潮させて席に固まっていた。

「松沢」

尾高先生がいつも通りののんびりした調子で声をかけると、手招きをした。

「徳永先生、わたしは松沢くんと相談室におりますので、何かあればご連絡ください」

尾高先生が賢治を連れて出ると、入れ替わりに君塚先生と楢原先生が戻ってきた。

「小島さん、失礼しました。わたしは生徒指導の君塚です。こちらから、今日の事件のあらましを話します」

君塚先生はグランド・ワンの小競り合いから、水源池での決闘の顛末《てんまつ》まで要領よく経過を説明した。

「高校生になれば、暴力事件には厳しいですから、退学処分という結果にもなります。まして、野球を続けていくなら、チームが大会に参加できない事態にもなるわけでして、これを機会に決してこのようなことがないように、ご家庭でもご指導をよろしくお願いします」

父親は恐縮して立ち上がると、和樹の腕を引いて立ち上がらせた。

「ご迷惑をおかけして本当に申し訳ございません」

二人は並んで深々と頭を下げた。

「それで、楢原先生にお聞きしたいのですが、県大会はやはり出場停止になるのでしょうか」

和樹の父親は土日の試合には応援に駆けつけていて、和樹の部活を熱心にサポートしていた。

「そうしようとも思いましたが、小島くんも松沢くんも事件を起こしたのは初めてですので、一週間の球拾いということにします」

和樹の顔がぱっと明るくなる。小島さんは和樹ともども亜美にも深々と頭を下げて学校から引き上げていった。

君塚先生は小島親子を見送ると、楢原先生や徳永先生と校長室に向かった。賢治の父親はソファーにふんぞり返って、向かいに座る校長や教頭に「わかったか」とか「なってない」とか意味をなさない語彙を吐き出し続けていたらしい。そのあげく、アゴを胸に着けると、いびきをかいて居眠りを始めたそうだ。亜美はことの顛末をあとで楢原先生から聞いたのだ。

校長は横で小さくなっている賢治の母親に同情をこめて言った。

「ずっと、大変だったでしょうね。お父様はお休みのようですから、お母様に今日の件を説明させていただきますね。君塚先生、お願いします」

君塚先生が事件の経過をまた語り、楢原先生が「一週間の球拾い」について話した。

「息子だけでなく、主人までご迷惑をおかけして申し訳ありません」

賢治の母親はハンカチで涙をぬぐいながら声を絞り出した。校長は母親のそばに歩みよると、背中をさすりながら言った。

「お母様のご苦労、お察しします。松沢くんは野球部ですごく頑張っていると聞いています。お母様が何とか一人前にしてあげてくださいね。わたしどももできるだけのことはいたします」

そのあと、起きあがった父親がかなり正気に戻っているのを見て取った校長は啖呵《たんか》を切った。

「学校に何かご意見がある場合は素面《しらふ》でお越しください。今度、酔ってお越しになったら威力業務妨害で警察に通報しますよ」

賢治の父親はあわてて姿勢を正すと、「申し訳ありませんでした」と最敬礼し、引き上げていったらしい。

「あとで、賢治を慰めるのが一番大変だった。オヤジさんのあんな姿を先生方や友達に見せるのは、プライドの高い賢治には耐えがたかっただろうなあ」

と、楢原先生がしみじみと言うのを聞いて、亜美は真への怒りをさらにヒートアップさせたのだった。

帰宅した亜美は何度も真のスマホに連絡を入れた。しかし、真からの応答はなかった。

翌日はきれいに晴れた小春日和の朝だったが、亜美の気分は晴れなかった。真の登校をひたすら待った。しかし、十時になっても、昼になっても登校してこなかった。腹立たしさは心配に変わった。

そこで、昼休みに母親の佐知子に連絡を取った。佐知子は沈鬱《ちんうつ》な調子で真が自宅に戻っていないことを告げた。なんでも、真のスマホに連絡を入れたら、「亜美ちゃん先生と顔を合わせられない」と言ったきり連絡が途絶えたのだそうである。責任を感じた亜美は、母親が在宅の時を見計らって家庭訪問を繰り返していた。

「六時間目に授業がありますので、今日はこれで失礼します。学校で何かわかりましたらご連絡しますし、おうちの方で何か動きがありましたらお知らせくださいね」

亜美がそう言って立ち上がりかけると、佐知子は顔を上げて亜美を見た。

「先生、今朝の七時半ごろ、小島くんと並木くんがみえました」

「えっ」

和樹はわかるが、なぜ祐哉が真を気にかけるのだろう。亜美は思わず椅子に座り直す。

「小島くんは委員長の並木くんが竹山くんのことをすごく気にかけているから、一緒に来たと言っていました」

委員長としての責任感から真を気にかけたのだろうか。いや、祐哉にはそこまでの責任感はないはずだ。

「並木くんって、尽忠会の並木さんの坊ちゃんですか」

決心したように佐知子が聞く。一瞬、亜美は言葉に詰まる。

「個人情報は教えられないので……」

亜美がしどろもどろに答えると、勘のいい佐知子はゆっくりとうなずいている。

「誰かから聞いて、竹山のことを気にしているのかも……」

佐知子が独り言のようにつぶやく。

「あの、何のことなのか……」

亜美はわけがわからない。

「真の父親、竹山のことです」

「竹山って、お母さんの苗字ではないのですか」

「竹山は、真の父親の苗字です。竹山は家族運のない人でした。結婚届を出した時にこれで家族ができたなあと、とても喜んでくれてね。竹山が死んだあとも、あたしは竹山で通すことにしたんです。今の主人とは届は出していません。真の弟、修は竹山とは何の関係もないのに、竹山修になってしまった。でも、そのせいなんでしょうか。修はちょっと竹山に似ています。本当にやさしい人だった」

佐知子は夢を見ているように話し続ける。

「竹山はずっと尽忠会の世話になっていました。竹山の死亡事故にも、尽忠会が絡んでいるという根も葉もないウワサがありました。古参の方がそんなウワサを坊ちゃんにしたんでしょうね。なんだか、律儀で利発そうな坊ちゃんなので……」

そうだったのか。学期初めの体育委員の選挙の折、祐哉は真に投票していた。祐哉らしからぬ行動だと思ったものだが、祐哉としては真の希望をかなえてあげたかったのだろう。不確かな親の行動の責任を祐哉が取る必要はまるでないと思うのだが。

重い気分を抱えて学校への道を急ぐ。今、真はどこで何をしているのだろう。

面接試験

杉本医院は七宮通《ななみやどお》りにあった。通りに面して診療所の玄関がある。その前の階段に杉本慎也と並木祐哉が立っていた。入学時には同じような背丈だったが、今は祐哉の方が十センチ以上高くなっている。亜美は二人に向かって手を振った。

「先生、遅いよ」

祐哉がスマホの画面を指さしながら文句を言う。約束の三時にはまだ二分ある。

「遅くないわよ。外での待ち合わせは十分前。自宅にうかがう時は十分遅く。これが待ち合わせの原則です」

「そうなの？」

祐哉は慎也に向かって聞いている。

「うん、掃除とかしてたりするから、あんまり早く家に行くのは良くないみたい」

亜美はうなずき、改めて「こんにちは」とあいさつする。あわてて二人は頭を下げて「こんにちは」と言っている。祐哉は渋い顔で亜美を見つめると、言いにくそうに口を開いた。

「先生、土曜日の午後なのに、ごめんなさい。これではデートもできないですよね」

「なに言ってんのよ。カレシがいるのか、カノジョがいるのか賭《か》けしたんでしょ。忙しすぎてカレシ、できない。だいたい、カノジョがいるかなんて、うら若き女性に失礼でしょう」

「みんな、どっちもいないって賭けたから、賭けにならなかったんですよ。リューくんだけは上杉先生が彼女だって言い張ったんだけど、上杉先生ラブの昌弘が大反対しておじゃんになった」

祐哉がテヘヘと笑いながら言った。祐哉の笑顔は久しぶりだ。祐哉が慎也に応援弁士を頼んだのは火曜日のことだった。慎也は二つ返事で引き受けたらしいのだが、翌日両親が並木くんに会いたがっていると言いだした。祐哉はその意味をすぐに察したらしい。しかし、亜美はフミ姉ちゃんに指摘されるまで気がつかなかった。

「きっと、杉本くんのお母さんは並木くんの父親の件で、息子に応援弁士をやらせたくないのよ。でも、そんなことをあからさまに言ったら、杉本くんも傷つくじゃない。だから、杉本先生に面接試験をさせようと考えたんでしょう。杉本先生がダメだと言えば、息子も納得するだろうと思っているのね。でも、大丈夫。並木くんと会えば、杉本先生が奥さんを説得するから」

亜美はそれを聞いて祐哉が気の毒になり、付き添いを買って出たのだった。祐哉は「面接試験」を受けるにふさわしく制服のブレザーをきちんと着こんでいる。慎也は事態をまったく理解していない。

「ウチに来るのに制服ってヘンだよ。普段の格好でいいのに。それに、なんで栗崎先生まで来るんですか」

などと暢気《のんき》に言う。

「生徒会の係だし、並木くんの担任だしね。クラス推薦だからクラスの子が応援弁士をするべきなのに、隣のクラスの杉本くんに頼むからね。昨日、上杉先生は東田さんの応援弁士の件でウチのクラスの小谷さん宅に家庭訪問をしたし……」

「先生、三時十分だよ」

祐哉が言う。

「こっち、こっち」

慎也が楽しそうに言う。「自慢の友人」を両親に紹介できるのがうれしいのだろう。慎也が指さす方向に三人は団子になって移動していく。階段の南側は駐車スペースになっている。その隣に門がある。杉本家の居住区域はこの門の奥になる。

亜美が杉本家を訪問するのは二回目だった。昨年は担任をしていたので四月の終わりに家庭訪問をしている。その時も豪壮な邸宅に度肝《どぎも》を抜かれた。屋敷町に建っていればそう違和感もないのだが、あたりは中小企業の作業所や事務所、マンションの建ち並ぶ都会の真ん中なのである。

大名屋敷のような門を開くと日本庭園が広がる。灯篭《とうろう》や築山《つきやま》を配した池の南には本格的な茶室まであった。まるで公園か料亭だ。この場違いな邸宅は高い塀と警備会社に守られて外部からはうかがい知れない造りになっていた。しかし、谷帆乃香によれば、帆乃香の住むマンション「湊町一番館」からは庭園の一部が見えるということだった。

思わず祐哉の表情を盗み見る。祐哉は一瞬ぽかんとした表情を浮かべたが、すぐにポーカーフェイスに戻った。「慎くんの家はすごいんだぜ」というウワサを祐哉も耳にしていたはずで、ある程度の予測はつけていたのだろう。

住居そのものは最近建て直された今風の住宅だ。亜美と祐哉は満面に笑みを浮かべた杉本夫人に迎えられ、玄関横のリビングに案内された。

杉本医師は読んでいた新聞をかたわらに置いて立ち上がる。立花中の校医なので亜美も慎也も顔なじみだ。薄くなった半白の髪に櫛目を入れ、ツイードのジャケットを着ていた。

右手を差し出し、にこやかに椅子を勧めてくれる。革張りの高価そうなソファーだ。

「お休みのところをお邪魔しまして申し訳ございません」

ソファーの前で亜美は頭を下げると、杉本医師が言った。

「こちらこそ、お休みのところをお呼び立てするようなことになりまして……」

座につくと、亜美は一気にまくし立てた。

「今度の生徒会選挙で、こちらの並木くんがうちのクラスから推薦されて、生徒会長に立候補することになりました。一年生の時に仲の良かった杉本くんに応援演説をしていただきたいということで、お願いにあがった次第です」

紅茶とケーキをテーブルに並べ終えた夫人が、言葉をさし挟む。

「うちの慎也がお役に立ちますかしら。背も中身も伸び悩んでおりまして……」

「いいえ、一年生の時に比べると、本当に落ち着いてきました。サッカーもすごく頑張っていますし……」

亜美が言うと杉本夫人はうれしそうに笑った。

「お勉強の方もサッカーぐらい頑張ってくれましたらねえ」

そこで、慎也が言った。

「祐くんはすごいんだよ。ずっとダントツで学年一番なんだ」

祐哉は下を向いて赤い顔で手を振っている。亜美がうなずくのを夫人は見逃さなかった。

「まあ、すごいのねえ」

夫人は意外そうに祐哉を見た。

「君も座ったらどう」

杉本医師が声をかけ、うなずいた夫人は亜美の横に置かれた肘掛椅子《ひじかけいす》に納まった。

「生徒会選挙はいつですか」

杉本医師が聞くと夫人が答えている。

「来週が立候補受け付けで、その次の週に選挙運動があって、金曜日の五・六校時が立会演説会と選挙だそうです。『学校だより』にそう書いてありました。そうですわね。栗崎先生」

亜美はあわててうなずく。実は杉本夫人ほど事態を把握していない。祐哉が心配そうに亜美を見ていた。

「並木くんは二組で、うちの子は三組でしょう。三組から立候補する方に悪くはないのかしら」

夫人が聞く。

「三組からは東田さんが副会長に立候補します。三組から会長に立候補する方はいないのです。それに、東田さんの応援弁士は二組の副委員長をしている小谷さんがされます。昨日、上杉先生が小谷さんの保護者に承認をいただいています」

亜美が答えると、夫人は優雅にうなずく。きっと、杉本夫人の心配は他のクラスの生徒を応援することにあったのだろう。フミ姉ちゃんは取り越し苦労をしたのだ。

「どうぞ召しあがってください」

目の前のケーキはアルテミスのミルフィーユだ。食べたいのはやまやまだが、高橋先生に言われている。最近とみに教師を含む公務員への世間の目が厳しくなっているので、たとえどんなに些細《ささい》なものでも受け取ったり、ごちそうになったりしてはいけないというのだ。ダージリンの素敵な香りもするが、お茶を飲むのもあきらめた方がいいのだろう。

「それで、慎也はどんな演説をするのかな?」

杉本医師が慎也に聞いた。

「祐くんの素晴らしいところをみんなに紹介したい。まず、祐くんはすごく頭がいい。一年の時、五月の野外活動でクラス対抗の全員リレーをしたんだ。祐くんが考えて、走るのが得意な子も、得意じゃない子もちゃんと走れるようにしてあった。クラスの男子が腕相撲にはまった時も、祐くんがルールを考えて番付まで作っていた。一年二組はとても楽しかった。今の二年三組もいいクラスなんだけど、時々、一年二組がうらやましくなるんだ」

亜美は慎也が祐哉をちゃんと評価していることに驚く。さらに慎也は続けて言った。

「祐くんは頭がいいだけじゃない。とてもやさしい。西脇さんって、大きな体なのに幼稚園の子みたいな女の子がいる。駄々《だだ》っ子みたいに、言いだしたら誰の言うことも聞かない。でも、祐くんは自分の妹みたいに面倒を見ている。オレは西脇さんを見ているとイライラしてくるんだけれど、本当に祐くんはえらい。ともかく、オレは祐くんを尊敬している。だから、祐くんに応援弁士を頼まれた時はとてもうれしかったんだ。オレが役に立つかどうかはわからないけれど、力いっぱい応援したい」

亜美は慎也の言葉に少し感動する。いつの間にか、ちゃんと成長していたのだ。

「うん、慎也の意気ごみはよくわかった。ところで、並木くんに聞きますが、生徒会長を志望したのはなぜですか」

杉本医師はゆっくりと視線を祐哉に移して聞いた。祐哉は杉本医師を見つめて言葉を選びながら答え始めた。

「慎くんにあんなに褒めてもらって恥ずかしいんだけど、本当は生徒会選挙に立候補することにまだ迷っています。クラスのみんなが推薦してくれて、栗崎先生にも勧められたので、一応出てみようとは思っているんですけど……」

言葉を切ると、祐哉は視線を落として一心に自分の指先を見つめている。しばらくして顔を上げると、きっぱりとした調子で話し始めた。

「栗崎先生にも話したけれど、僕の父親は尽忠会という暴力団の幹部なんです。今の時代、僕が生徒会長になったら立花中に迷惑がかかるかもしれません。そう思ったのが出馬を迷う理由です。でも、それを口実にしている面もあります。本当のところ目立つのは嫌いだし、面倒なことはできるだけ避けたいんです。だから、選挙にはできたら出たくありません」

亜美があわてて言葉をさし挟もうとすると、祐哉がきつい目線で止めた。慎也と杉本夫人はあっけにとられているが、杉本医師は穏やかなまなざしでじっと聞いている。

「でも、栗崎先生が僕にいろいろと言い聞かせてくださって、僕もじっくり考えてみました。僕としては、絶対に父の仕事を継ぎたくはありません。でも、まっとうな職に就くのはすごく難しいと思います。僕はあの世界が嫌いじゃないし、結局継ぐことになる可能性は大きいと思います。そうしたら、ヘンに悪知恵があるので、とんでもないことをしでかしそうで……」

祐哉はしばし言いよどむ。四人は黙したまま身じろぎ一つしないで聞いている。

「栗崎先生はきっと僕にいろいろな経験をさせて、いろいろな人生があることをわからせようとしているんだと思います。早い話が、今日ここに来てみて、僕のすぐ傍《そば》にもまったく知らない世界があると思いました。慎くんのお父さんやお母さんは、言い方がヘンだけど『グレードの高い親』なんだなあって。別に僕の親がどうこうというわけではありません。僕の親も僕をすごく思ってくれるとてもいい両親なんですが。あれっ、何を言おうとしているのかな」

祐哉は両手を組んで頭に持っていくと、苦笑いを浮かべて座り直す。

「栗崎先生は僕がいろいろなことにチャレンジして、まっとうな人生を送って欲しいと願ってくれています。僕が慎くんに褒めてもらえたのは、先生のおかげです。僕自身それで満足を感じたし、周りの人たちも喜んでくれるので、先生の勧めるようにやってみようかと思っています。選挙に出馬して、生徒会長になって、僕の人生を価値あるものにしたい。もちろん、立花中のためにできるだけのことはしたい。これが生徒会長を志望する理由です」

言い終わると祐哉は四人を見回した。亜美はもちろんのこと、杉本一家もちょっとしたショック状態に陥って黙りこんでいる。祐哉は肩をすくめて恥ずかしそうにソファーに身を沈めている。最初に沈黙を破ったのは、杉本夫人だった。

「並木くん、ごめんなさい。わたしには偏見《へんけん》がありました。慎也が並木くんの応援をすると、いろいろと不利益を被《こうむ》ると思っていました。並木くんの考えを聞いて、浅はかな母親だなあと……。並木くんを大切な友人と考えている慎也にも、申し訳なく思います。本当にごめんなさい」

杉本夫人は涙を浮かべ、エプロンのポケットからハンカチを取り出してぬぐっている。

それを見ながら、亜美は考える。本当に自分は祐哉が評価するような教師なのだろうか。

昨年の「全員リレー」にしても、沙織の世話にしても、自分が手に余る仕事を祐哉に押しつけただけだ。今回の選挙にしても、祐哉が生徒会長なら生徒会係を全《まっと》うできそうだと考えた結果だ。しかし、亜美が無意識のうちに意図したものを祐哉がくみ取ってくれているのかもしれない。ともかく、本当に「頭がいい」とは学習能力が高いだけではなく、何気ない日常にも透徹《とうてつ》したまなざしを注《そそ》げる能力なのだろう。まさに並木祐哉は「頭がいい」のだ。

　杉本医師がおもむろに口を開いた。

「ママはそんな考えで、この会合をセッティングしたのですか」

　夫人は決まり悪そうにうなずきながら涙をふいている。おそらく、杉本医師はあらかじめ知っていたのだろう。夫人の魂胆《こんたん》を知らなかったのは慎也だけだ。亜美は慎也を見る。慎也は母親の考えを理解しかねているようだった。キツネにつままれたような顔をして座っている。あとで父親がうまく解説するだろう。

「並木くんにも、栗崎先生にも、慎也にも申し訳ありませんでしたね。わたしからも謝ります。ごめんなさい」

　杉本医師が言った。亜美と祐哉は申し合わせたように首と手を同時に振る。

「でも、わたしは並木くんと知り合えてとてもうれしかった。家内のしたことは間違っていましたが、慎也の大切な友人とわたしどもが知り合いになるきっかけを作ったということで、お許しください。慎也に頼もしい友人がいるとわかって、爽快《そうかい》な気分です。ですから、ママもそう悔やまないで欲しい」

夫人は何度もうなずきながら、それでも涙をふき続けている。

「わたしが親友というべき人に巡り合ったのは、大学の時でした。中学生でそのような友人を持てたのは幸運です」

杉本医師が学生時代の思い出をゆったりと語るうちに、夫人も気を取り直してにこやかに話に加わっている。幼稚園時代の慎也が、いかに落ち着きがなかったかを夫人が話し、座は大いに盛り上がる。

適当なところで、亜美は「それでは」と立ち上がる。にぎやかに送り出されながら、門をぱたんと閉める。二、三歩歩きだしてから、亜美も祐哉も期せずして大きく息を吐いた。

「残念だった」

亜美が万感の思いをこめてもらすと、祐哉が聞きただした。

「なにが」

「アルテミスのミルフィーユを食べ損なった。並ばないと買えないのに」

「上品ぶってないで、食えばよかったのに」

「贈収賄罪で逮捕されたくない」

「ケーキ一個で逮捕するほど、警察もヒマじゃあないって。利害が絡《から》まないから、卒業生にもらうのはＯＫなんだよな。オレが卒業したら、イヤっていうほど立花中に持ってってってやるから」

「ほんと?」

亜美は心底うれしそうだ。

「あんなに先生を褒めるんじゃなかったよ」

祐哉が忌々《いまいま》しそうに言った。

選挙運動

十一月も中旬になると急激に冷えこんだ。温度が下がると、それだけ入念な準備運動をする必要があった。亜美は君塚先生と相談して、新チームのキャプテン、山下澪に運動メニューを記したチェック表を渡した。ちゃんと体をほぐしたあとでバレーボールの練習にかかれば、捻挫《ねんざ》やアキレス腱《けん》を痛めるような事故は減るのだ。

放課後、亜美は体育館に着くや否やチェック表を見ることにしていた。試合前ならともかく、今の時期はなかなか人員がそろわない。やれ、委員の仕事だ、係の仕事だ、居残り勉強だと、遅れて部活動に参加する者も多かった。ざっと点検してみると、本日もまだ数人が来ていなかった。

亜美は自分自身の準備運動を始めた。バレー部員と違って空手の準備運動メニューだ。以前はこぶしを突き出したり足を振り上げていると、指をさして笑う者や、恐ろしげにチラチラ見る者がいた。今は慣れてしまって、誰も注意を払わない。

笛を吹いて全員を集める。

「練習を始めます」

間髪を入れず、澪の号令が体育館の空気を震わせる。

「お願いします」

亜美はコートに立つと一年生からボールを受け取ってトスを上げる。スパイクとレシーブの練習だ。何かがいつもと違った。背が飛びぬけて高くて、スパイクだけ好きな長岡綾音がいない。レシーブの練習をひたすらする鈴木美香もいない。

「綾音ちゃんと美香はどうしたの？」

澪がおかしそうに答える。

「二組で用事があると言っていました。並木くんの選挙運動の手伝いだそうです。担任の先生に報告していなかったんですね」

亜美は渋い顔でつぶやく。

「まったく、二年二組の担任は誰なの」

澪と周りの二年生が声をそろえて答える。

「栗崎先生でぇす」

「ほんとうにダメな担任よね。澪、トス代わって」

澪が「はい」と言いながらうなずく。

「緒方先生」

亜美は大声で舞台に腰掛けて柔道部の練習を監督中の緒方先生を呼ぶ。バレー部は柔道部と折半《せっぱん》して体育館を使用していた。緒方先生はのんびりと右手を挙げた。

「ちょっと、席を外《はず》しますので、お願いします」

言いながら、巨体幼女、西脇沙織の姿が見えないことを確認する。

「いいですよ」

手を振って応《こた》える緒方先生にお辞儀をしてから、亜美は体育館を飛び出した。


二組の選挙責任者は亜美の「舎弟」グッチこと矢口洋輔が引き受けた。洋輔は祐哉と同じバスケ部で仲が良かった。洋輔からは選挙準備のために放課後、教室を使わせて欲しいと頼まれてはいた。しかし、祐哉のことだから、準備もあっという間にやるのだろうと高をくくっていたのだ。だが、クラス中を巻きこむ大騒ぎになっているらしい。だいたい選挙はお祭り騒ぎなのだし、お祭り好きの二組男子がハデに盛り上げるのは目に見えていた。うかつだった。亜美は頭を抱えながら二組の教室に急いだ。

教室の後ろの戸を開けて驚いた。さすがに、野球部とサッカー部はいない。市の新人戦で好成績を挙げたので、県大会に出場することになっているからだ。あとはほとんどの生徒がいた。

戸口近くで豊田かおりが墨汁の容器と大きな筆を手に持って、床に広げた模造紙の上にスニーカーを脱いで乗っていた。三木珠美と牧田由加が模造紙を押さえたり、墨汁の容器を受け取ったりしている。かおりの執筆《しっぴつ》を手伝っているのだ。かおりは幼い頃から習字を習っていて、大人顔負けの字を書く。模造紙には「並木祐哉選」の字が躍っている。

「かおりちゃん、これなに」

亜美が恐る恐る聞く。

「昌弘が並木祐哉選挙事務所って書くように言ったの」

太田昌弘の親戚には市会議員がいた。確か母親のイトコだ。

「書いてどうするわけ」

かおりは黙って窓側にいる洋輔を指さす。洋輔は何人かの男子生徒に手伝ってもらって段ボールを切って並べている。

「グッチ、これはなに」

声をかけてもらって、洋輔はうれしげに答える。

「昌弘が選挙をするなら、選挙事務所がいるって言うんだ。看板を掲げて、選挙は始まるって」

「つまり、かおりちゃんが書いた模造紙をこの段ボールに貼って看板をこしらえるわけね」

洋輔はこくりとうなずいている。

「それで、この看板をどうするの」

洋輔は得意げに答える。

「昌弘に教室の入り口にかけるように言われている。今日から二年二組は『並木祐哉選挙事務所』になります」

そんなバカバカしいことはぜひともやめさせたい。しかし、かおりの字が芸術の域に達していて、やめろとは言いづらいのだ。

「いいのかなあ」

亜美がつぶやくと、洋輔は勢いこんで言った。

「大丈夫です。三組も『東田美保《みほ》選挙事務所』って、今、書いているんです」

三組を受け持つウエちゃんはどうするのだろう。ウエちゃんは突飛なことは嫌いだが、「面白いこと」は大好きだ。なんとも悩ましい事態だ。

それにしても、二組と三組が共同戦線を張っているのは応援弁士を交換したせいだ。たぶん、これも祐哉の作戦の一部なのだろう。二組を中心に大勢で盛り上げて、票を増やす魂胆だ。

　教室の中はおもちゃ箱をひっくり返したようだ。あちらこちらで机を寄せて、ポスターの制作に取りかかっていた。選挙管理委員会が画用紙を立候補者に配布する。それでポスターを作り、委員会が所定の場所に貼る。なるべく早く制作して早く貼った方が、宣伝効果は高いそうだ。

　机の上には色鉛筆やクレパス、ポスターカラーが散乱している。美術部員の三木珠美と米沢梨絵が美術室から借りてきているのだろう。米沢梨絵は佐橋星羅と一緒だ。合唱コンクールをきっかけに梨絵と星羅は急速に仲良くなった。二人は休み時間に仲良くトイレに行っている。かおりが笑いながら亜美に教えてくれたのだ。

「星羅ちゃんと梨絵ちゃんは、なんかよくわからないオタクな話題で盛り上がっています。日曜にはお互いの家を行き来してアニソンを歌ったり、コスプレの衣装を作ったり、すでにゾーンに入っています」

　星羅と梨絵はそのアニメを描いている。アニメのキャラが祐哉を推薦する絵柄だ。二人で楽しげにポスターカラーを塗っている。確かにうまい。

　亜美はバレー部員、綾音と美香の姿を捜す。いた。窓際に机を寄せて、美香、綾音、それに西脇沙織が作業に没頭している。三人とも部活には出るつもりらしく、沙織は柔道着、美香と綾音は体操服にクォーターパンツ姿だ。三人は色鉛筆と折り紙を使っている。手先の器用な綾音がハサミで折り紙を切り出している。亜美は腕組みをしながら三人を見下ろす。

「あんたたち、部活に遅れるなら、一言いってよね」

亜美に目もくれず、美香はかわいいアニメ声で答える。

「わたしたちが祐くんの選挙のお手伝いで忙しいこと、先生は知っていると思っていました。担任ですものね」

綾音がケロリと付け加える。

「先生は生徒会選挙の係なんですよね」

沙織は大きな顔に埋もれた小さい眼で亜美を見上げながら言う。

「祐くんがわかっていれば、それでいいんですよね」

一瞬むかつくが、クラスの状況を把握していなかったのは亜美の落ち度だ。目をつぶり、胸をさすって心を落ち着かせる。やがて、目を開けると大声で聞いた。

「皆さん、部活の先生には言ってありますか」

口々に「言いました」とか「断っています」と答えが返ってくる。どうも顧問に話を通していなかったのはバレー部だけのようだった。顧問としても担任としても失格みたいで、亜美は落ちこむ。

「まあ、まあ、先生。澪には話してあったし、祐くんもいることだし。気にせず、ここに座ってください」

美香が隣の椅子を亜美に差し出した。思わず座りこむ。

「でも、こんなに大勢居残っていて、万一のことがあったら……」

亜美がぼやくと、綾音が断言する。

「マアくんは来てないし、野球部もサッカー部もいないのに、なんにも起こりません。秀也もリューくんも和樹も昌弘もいないんですよ」

なるほどその通りだ。美香も沙織ももっともらしい顔でうなずいている。亜美は気を取り直して、制作中のポスターを眺める。美香と綾音らしい凝りに凝った作品だ。

「ちょっと、この祐くん、イケメンすぎるでしょう。少女マンガに出て来る男の子みたいじゃない」

美香は手を止めて首をかしげる。

「そうですか。祐くんはカッコいいと思いますけど。ねえ、綾音ちゃん」

意味ありげに美香は言い、綾音はちょっと顔を赤くして美香をぶつまねをする。なるほど、綾音は祐哉のことが好きらしい。

「まあ、今はスマホの写真にも修正機能が付いているくらいだからまあいいか」

亜美はつぶやきながら立ち上がると、三人に宣言する。

「できるだけ早く仕上げて、体育館に来てよね」

肝心の祐哉は教卓のところにいた。小谷陽菜子と谷帆乃香が一緒にいて、何事か相談の最中だ。教卓の上に用紙を広げて、シャーペンで記録しながら話し合っている。選挙運動の打ち合わせなのだろう。

選挙運動は来週の月曜日から始まる。朝の登校時からスタートが切られる。校門でタスキ掛けの候補者が「お願いします」を連呼するのだ。昼休みには各教室を回って演説をすることになっている。その割り振りをしているのだろう。祐哉と陽菜子が決めたのなら、誰も文句は言わない。亜美は祐哉に近づきながら言った。

「祐くん、先生は体育館にいるから、何かあれば呼びに来てね。祐くんと陽菜ちゃんに任せるから」

祐哉はうなずくとちょっと思案顔になって言った。

「先生と相談したいことがあります」

廊下で祐哉と向き合う。祐哉はためらいがちに聞いた。

「先生、竹山くんは見つかりましたか」

「ううん、和樹のところにも松沢くんのところにも何の連絡もないそうです」

祐哉はうなずいているが、そんなことはとっくに知っているのだろう。やがて、あたりを見渡すとささやくように言った。

「マアくん、どうもヨシとつるんでいるみたいで……」

「ヨシって、進藤義之くんのこと？」

祐哉がうなずく。

「それって」

亜美も思わずささやき声になる。

「シンナーをやっているってことだよね」

「正確に言えば、ペンキです。ヨシはどこかに真っ赤なペンキを隠しているんです」

亜美は祐哉の顔をまっすぐに見る。最近、進藤義之は立花中の生徒と行動を共にしていない。祐哉はこの情報をどこから手に入れたのだろう。シンナーを吸っているらしい真はもちろん心配だが、真の行方《ゆくえ》を追って面倒なことに関わりそうな祐哉も心配だ。

「マアくんのお母さんが言っていました。祐哉は真の心配をしなくてもいいって。マアくんのお父さんが亡くなったことと祐哉の家は何の関係もないのよ」

祐哉は強い目線で亜美を見つめ返す。

「たとえそうだとしても、クラスメートの心配をするのは当然だと思う」

いや、そうではない。この一件はクラスメートの手に負える次元を超えてしまっている。

亜美はそう言おうとしたが、祐哉の眼の光はそれを許さなかった。

立会演説会

生徒会選挙の当日はよく晴れて暖かな日だった。二時間目の理科はいつになく沈んでいた。「ウキウキ気分」が身上の二年二組とも思えない。午後からは並木祐哉の立会演説会があり、そのあとすぐに選挙が行われるのだ。祐哉本人はいつもとまるで変わらないのだが、周囲は妙に緊張気味だった。

授業を終えて教室から出たところで、谷帆乃香が長岡綾音と一緒に亜美を呼び止める。

「先生、ちょっと相談が……」

帆乃香と綾音が連れ立っているところを見たことがなかった。仲のたいして良くない帆乃香と綾音が同じようにすがる表情で亜美を見つめている。悪い予感がする。

「理科準備室で話しましょう。先に行っててね」

幸い理科準備室には誰もいない。

「二人そろって、どうしたの」

亜美が尋ねると、帆乃香が制服のポケットから、やおらピンクのスマホを取り出す。ケータイの類は学校へ持ちこめないことになっている。帆乃香が命の次に大事にしているスマホを差し出すとは、何かとんでもないことが起こっているのだろう。

黙って見ていると、帆乃香はスマホを素早く操作し始める。やがて、目の前にラインの画面を突きつけてくる。文字がびっしり並んでいた。帆乃香が亜美に向かってクイッとアゴを上げて読むように促している。亜美は声に出して読み始める。

「立花中学校のことを本当に考えている皆さん。今回の生徒会選挙について、なにが立花中学校のためかよく考えて投票してください。会長に立候補している並木祐哉はヤクザの息子です。小学生の頃は万引きをしたり、バイク盗をして、小遣いを稼いでいました。このような生徒を会長に選べば、立花中学校はどうなるでしょうか。よく……」

そこまで読み進めると、綾音が悲痛な声を上げて泣きだした。亜美は画面を閉じると、帆乃香に聞いた。

「これ、誰が寄こしたメールなの？」

「バスケ部の先輩なんだけど、先輩が悪いわけではありません。ヘンなチェンメが流れているよって教えてくれたので、送ってもらったんです」

亜美も一年有余の経験で、中学生用語のあらかたはマスターした。チェンメはチェーンメールの略語だ。「不幸の手紙」のメール版なのだが、さまざまなバリエーションがあった。共通するのは最後に誰かにメールするようにとの指示があることだ。中学生たちが特定の個人をいじめたり、陥《おとしい》れたりするのによく使っている。

「あんたたちのことだから、すぐに対抗するチェンメ、流したんでしょう」

「うん、陽菜ちゃんが卑怯だってものすごく怒って、文を考えたんだよ。それで、みんなで流しまくった」

帆乃香は亜美の手からスマホを受け取ると、画面を突き出す。さすがに、小谷陽菜子の文章はきちんと論旨が通っている。並木祐哉は思いやりのある優等生で、いかに生徒会長にふさわしいかを強調している。帆乃香は唇を震わせながら言う。

「このチェンメ、男子バスケの薮下《やぶした》先輩が出したんだと思う。祐くんのこと、すごく嫌っているんです。先輩は勉強がすごくできるんだけど、サイテーなヤツなんです。祐くんにレギュラーを取られたこと、恨んでてさ……」

帆乃香が憤怒の色を浮かべて言いつのる横で、綾音はうつむいたまま泣き続けている。なぜ、帆乃香は綾音を連れてきたのだろう。突然気がつく。綾音は陽菜子と並んで三年男子のアイドルなのだ。

「その薮下って子、綾音ちゃんのことが好きなんだよね」

泣きながら綾音がうなずく。綾音のことだから手ひどく振って、祐哉が好きだからと宣告でもしたのだろう。

「綾音ちゃん、泣いてちゃダメ。めそめそ泣いていたら、祐哉のためになんないよ。別に綾音のせいじゃない。悪いのはサイテーなチェンメを流した子じゃない。祐哉はこんなことでつぶれないよ。祐哉を信用しようよ。ホーちゃん、クラスに帰ったらみんなに言ってよ。委員長を信頼して、二組は団結して勝つんだって」

綾音はぽかんとした表情を浮かべて、花柄のハンカチでしきりに涙をふいている。一方、帆乃香は両手を握りしめてファイティングポーズをとり、「ヨッシャー」と掛け声をかけている。

「ああっと、チャイムが鳴るよ。次は国語だよね。上杉先生には、スマホが見つかって叱られていたから、遅れたと言ったらいい。このスマホは預かるね」

帆乃香は一瞬スマホに手を伸ばしかけたが、首を振りながらスックと立ち上がって言った。

「さすが、亜美先生。半端なく根性が据わっています。なんだか安心しました。あたしたち、頑張ります」

二人が決意の面持ちで出て行ったあと、亜美は帆乃香のスマホを開いてもう一度祐哉を弾劾するメールを読み直してみた。腹立たしくはあったが、冷静に考えれば祐哉にも落ち度はある。小学校時代に好き放題をしていた報いなのだ。第一、祐哉は立候補を決意した時、この程度のことは想定していたはずだ。だから、あんなに立候補を渋ったのだ。

昼に教室に顔を出すと、多少雰囲気は良くなっていた。全員が弁当を前にかしこまって座っている。亜美はゆっくりとクラスを見渡すと、いつもより低めの声で言った。

「どっかのバカが流したヘンなメールを気にするようなやつは、いないよね」

太田昌弘が叫ぶ。

「いませーん」

「くよくよしないでガッツリ食べて、勝ちにいくぞ」

亜美は本気で叫ぶ。同調の声、憤慨《ふんがい》の叫び、まぜっかえす声に教室は沸き返っている。その中で、祐哉は一人静かに苦笑していた。

「くよくよしていると、亜美ちゃん先生の蹴りが跳ぶってよ」

柴田秀也が席から伸びあがるようにして怒鳴《どな》っている。田中流斗が「キエッー」と叫んで座ったまま器用に足を突き上げている。いつも通りの昼食風景だ。

全員が食べ終わると、廊下に出て整列した。立会演説会は講堂で開かれるのだ。委員長の祐哉と副委員長の陽菜子がクラスの列を並べていると、後方から帆乃香がするすると亜美に近づきささやく。

「先生、オトコマエ。惚《ほ》れ直しちゃった」

「シッシ。寄るな、なつくな。そのケはない」

亜美はささやき返すが、帆乃香は一向に気にする様子はない。へへへと笑いながら、亜美の右手をパンパンとたたくと列に戻っていく。

講堂にはすでに一年生が座っている。二年はその横に座を占める。一、二年の後ろに三年生が座ると、楢原先生がマイクの前で指揮をとっている。

亜美は急いで舞台裏に回る。立候補者七名と応援弁士十四名が舞台の袖にたむろしている。この立会演説会は選挙管理委員会の主催だ。選挙管理委員会は三年生の委員長と副委員長で構成され、緒方先生が仕切っていた。三年生の緒方先生は同じ理科教師で、亜美の兄貴分だ。

オガチャンこと緒方先生は亜美の姿を認めると右手を振った。プリントを広げて、背のひょろりと高いメガネの三年生と話している。たぶん、あの生徒が選管委員長なのだろう。

「栗崎先生、立候補者を席に座らせて欲しいんだけど」

プリントから顔を上げて緒方先生が言う。

「わかりました」

叫ぶと、ポケットからプリントを引きずり出す。演説会と選挙の動きを詳細に書きこんだマニュアルだ。学校行事のあらかたは前年度からの踏襲《とうしゅう》だ。こうしたマニュアルは実にうまくできていて、その通りに進行していけば、大過なく終えられるようになっていた。

亜美は二、三日前から何回もこのマニュアルを読み返したのだが、イマイチ全体像がつかめていない。ここらあたりが、新卒二年目の悲しさだ。

亜美は舞台を見渡す。中央前方に演台が置かれている。ここで各立候補者と応援弁士が演説をするのだ。演台を取り囲むように七つのパイプ椅子が置かれている。

「立候補者の皆さん、座ってください。自分の名前の垂れ幕がある前に座ってくださいね」

要領のいい祐哉は右から二番目の席にサッと座っている。

「応援弁士の皆さん、立候補者の後ろの椅子に座ってください」

昨日の放課後にリハーサルをしているせいか、ここまではスムーズだ。亜美がチラリと確認すると、祐哉の後ろ、「会長候補　並木祐哉」と大書した垂れ幕の前に杉本慎也と前田美幸が座っている。副会長候補の三組、東田美保の後ろには陽菜子が澄ました顔で座った。

選管委員長が舞台に登場する。演台のマイクを調節すると、一歩後ろに下がり頭を下げている。それからおもむろにマイクに顔を近づけると、話し始めた。

「ただいまから立会演説会を行います。始めるにあたって、選挙管理委員会から注意をいたします。まず、応援弁士の一人から立候補者の紹介があります。次に立候補者の演説があり、そのあとでもう一人の弁士が応援演説をします。三人の演説は合計七分です。舞台の前に選管の委員席があります。委員が計時をしますので、チャンと卓上ベルが一つ鳴ると一分前です。卓上ベルが三つ鳴るとタイムオーバーとなりますので、演説を終えてください。これからの立花中のあり方を決める大切な選挙ですので、静かによく聴くようにお願いします」

委員長が引っこむと、アナウンスが入る。放送部の女生徒の声は少し気取っている。

「最初は書記候補の皆さんです」

だいたい立会演説会は退屈だ。立候補者や弁士が落ち着いているか、緊張しているかという違いはある。しかし、言うことはたいして代わりばえがしない。最初の弁士は立候補者がいかに素晴らしいかを強調する。立候補者は自分が当選すれば、明るく楽しく立派な立花中学校になると保証する。最後の弁士が立候補者を褒め上げて終わる。言うことは五十歩百歩なので、次第にダレてくるのだ。

四組目に東田美保が登場する頃には、会場の空気は淀んできていた。しかし、東田美保が陽菜子と三年生の女生徒を引き連れて登場すると空気が一変する。美保も色白のかわいい子だが、なにしろ陽菜子の美貌は水際立っているし、美保が所属するブラスバンド部の前部長だという三年生の女生徒もなかなかきれいな子だった。三人がそろって頭を下げると軽いどよめきが起こった。

しかし、ひとたび陽菜子が美保の紹介を始めると、みるみる空気が沈み始める。まず、ヘンに力をこめて拍手する三年男子に送ったまなざしが強烈だった。非難と軽蔑の光線が瞳から発射されていた。陽菜子は確かに学年一キレイだったが、学年で一番まじめな生徒でもあった。しかも、暴力少年小島和樹が手も足も出ないほどきつい性格なのだ。にこりともせず美保がいかに素晴らしいリーダーかを述べている。続く美保も前部長もまじめキャラで、会場の空気はいっそう沈んでしまった。

「次は生徒会長候補の演説です。まず、二年二組の並木祐哉くんです。応援弁士は二年三組杉本慎也くんと三年三組前田美幸さんです」

思ってもみなかったことだが、妙に心臓がどきどきしている。亜美は腰のところで両手のこぶしを握り「構え」のポーズをとっていることに気づく。

壇上の慎也はちょっと頬が赤いように思うが、落ち着いている。型通りの紹介ではあるが、祐哉に対する友情が伝わってくる。なかなか好感度の高い演説だ。

祐哉は何をしてもうまい。何も見ず淀みなく演説している。伝統のある立花中のために力を尽くす旨を説得力のある口調で述べている。亜美は祐哉の演説草稿をチェックしていた。ところが、祐哉は草稿にはなかった文言《もんごん》を述べ始めた。

「ところで、わたしを非難するメールが流されていて、ご覧になられた方もたくさんいると思います。わたしの行動に関してはあらかたはウソと断言できます。しかし、多少誤解を受ける行動が小学校時代のわたしにはありました。小学生のわたしは何の考えもなく好き放題をやって、周りに迷惑をかけました」

半分眠ったような空気が一変した。会場の全員が祐哉を見つめている。祐哉は落ち着き払って会場を眺め渡した。

「今ではそのことを大変後悔しています。また、立花中入学後、先生方や友人たちのおかげでまじめな生活を送ることができ、このような場に出していただけることになりましたことを光栄に思っています。この経験から間違った道に進む友達が正しい道に戻れるような立花中にしていきたいと思います」

亜美は胸をなでおろす。祐哉の演説は完璧だったと思う。さらに、戦闘的な前田美幸はチェーンメールにとどめを刺すべく頑張った。

「……並木祐哉くんは勉強にも、部活にも、委員活動にも全力で頑張っています。それを小学校の頃の根も葉もないウワサを持ち出して、あれこれメールを流すとは、腐りきった人間のやることです。ところが並木くんは怒ることもなく、反省の材料にしています。しかし、わたしは許すことができません。このように人間のできた並木くんが生徒会長になれば、わたしたち三年生は安心して卒業できます。並木祐哉くんに清き一票をお願いします。ご清聴ありがとうございました」

前田美幸が深々とお辞儀をすると同時に、卓上ベルが三つチャンチャンチャンと鳴る。

「お疲れさま。後片付けは柔道部とバスケ部でやりますから、教室の方、お願いします」

緒方先生の声を背中に聞きながら、亜美は二組の教室に急ぐ。教室の中は騒然としていた。帆乃香と綾音が抱き合って泣いており、流斗と秀也は奇妙な踊りを踊っていた。並木祐哉はうんざりとした表情で席に座っていたが、亜美と目が合うとニヤッと笑ってみせた。

亜美がパンと手を打ち鳴らすと、雪崩《なだ》れるように生徒たちが席に収まる。

「起立、礼」

祐哉の号令もいつも通りだ。

「選挙管理委員が呼びに来たら、投票に行くからね。それまで、このアンケート、生徒会に関するやつ。記入してください」

重い沈黙の中で、生徒たちはアンケート用紙に頭を突っこんでいる。何人かの頭が上下に動き始め、足をがたがた動かすものも出始めてくる。亜美の心もヒリヒリし始めた頃、教室のドアが遠慮がちにノックされた。女子の選管委員が顔をのぞかせると、言った。

「二年二組さん、投票に来てください」

「待ってました」

太田昌弘だ。昌弘はこのところ、新天地の大衆演劇に伯母たちと一緒に足しげく通っていた。

「黙って並ぶ」

まじめそうな選管委員の手前、亜美は怒鳴るが、笑いをこらえていることに子供たちは気がついている。

「みんな、祐くんに入れるのよ。祐くんもカッコ悪いって言ってないで、自分に入れないとダメだよ」

帆乃香が有無を言わせない勢いで怒鳴っている。昌弘が補足する。

「祐くんに入れないと、ホーちゃんは許してくれても、担任の回し蹴りが来るぞ」

亜美は思わずムカついて怒鳴る。

「静かに、黙りましょう。投票所であれこれ言うと、選挙違反になります」

結局、並木祐哉は圧倒的な得票率で生徒会長に選ばれた。開票に立ち会った亜美にメガネの選挙管理委員長が握手を求めてきた。

笑顔で祝福に応《こた》えながら考えた。「あらかたはウソ」のメールのうち、どこまでが本当のことなのだろう。祐哉がかなりの「小遣い」を稼いでいたとしても驚きはしない。祐哉に聞きただしたら、正確な金額を答えるだろうが、亜美は怖くて聞くことはできなかった。

救出作戦

スマホの画面を見る。六時五十分だ。約束まであと十分ある。恵比寿《えびす》神社の門前には三人の人影が見えた。薄暗い街灯の中におぼろげな影が浮かんでいる。このあたりは立花中の校区ではない。隣接する松原《まつばら》中学校の校区だ。

「なんなの、その格好は」

亜美が聞いた。三人はそろって薄汚れたツナギを着ていた。

「和樹んとこで借りた」

並木祐哉が隣の小島和樹を指さしながら、淡々と答えた。亜美の顔に浮かんだ疑問の表情を見つめて、さらに言葉を続ける。

「ペンキで汚れそうだし、今から行くところは工場街だから、この格好の方が怪しまれない」

確かに、竹山真はペンキでシンナー遊びをしているらしいので、小島自動車整備工場の着古したツナギなら汚れる心配をしなくて済む。亜美は自分の着ているユニクロのダウンを両手でつまむ。買ったばかりのダウンがペンキで汚れたらちょっと悲しい。

「どうして、こいつに教えたんだよ」

松沢賢治が噛《か》みつくように祐哉に聞く。

「こいつ？　先生とおっしゃい」

亜美は賢治をにらんだ。

「もうチームなんだから、仲良くしてくれよ。栗崎先生が一緒に連れて行かなければ、学校に軟禁するって脅したんだよ」

祐哉が忌々《いまいま》しそうに言った。


選挙が終わった放課後のことだった。亜美は開票作業を手伝いに生徒会室に向かった。すると、ジャージ姿の並木祐哉が運動場に出て行くところを見かけた。祐哉はバスケ部だから体育館で椅子を片付けている最中のはずだ。高橋先生からはいつもと違う動きをする生徒には注意を払うように言われていた。

運動場を見回すと、ユニフォーム姿の賢治と祐哉が隅っこに固まり、ひそひそと話していた。かたわらで同じく野球部のユニフォームを着た和樹がキョロキョロしながら突っ立っていた。きっと今晩、この三人は動く。竹山真を連れ戻しに行くはずだ。

話は簡単についたらしく、祐哉は本館に戻ってきた。戸の陰に隠れて祐哉をやり過ごすと、後ろから声をかけた。

「祐くん、賢ちゃんや和樹と何の相談をしていたのかな?」

その後の交渉はなかなか面倒だったが、亜美は粘り勝ちした。


亜美が恵比寿神社に来たのは、あくまでも交渉の結果だ。脅したとは人聞きが悪い。

「こいつがいくら脅したって、無視してずらかればいいじゃねえか」

賢治はさも嫌そうに亜美をにらむと、祐哉に言った。

「賢ちゃんは担任じゃないからわからない。栗崎先生は度胸がある。口が立つ。頭が回る。そのうえ、すごむ。居直る。半端ないから、連れて行った方が、面倒がない。なあ、和樹」

「うん、オレもカバ大王の方がよかったなあ」

「ふん、なんとでもおっしゃい」

言いながら亜美はスマホをポケットから引きずり出す。賢治があわてて押しとどめようとする。

「おい、どこに連絡する気だ」

「君塚先生」

「待て、待て。どういうことだ」

祐哉と和樹は黙ったままだ。言っても無駄だと思っているらしい。

「今日、真を捕まえないと、シンナー漬けの廃人になっちゃうでしょう。できるだけ人数は多い方が、救い出せる可能性が高くなる。あんたたちは自分たちだけでやるって言うけど、こんな危険なことを生徒にやらせるべきじゃない。警察に通報がベストだと思うけど、それではあんたたちが真の居場所を教えないって言うし……。君塚先生や楢原先生はこうしたことに慣れているし、信頼もできる。この四人だけで行動して、真を捕まえられなかったらどうするの？　賢ちゃん、責任が取れるの？　真のお母さんにはなんて言えばいいの？」

賢治はすさまじい目つきで亜美をにらんだ。しかし、反論はしなかった。

「亜美ちゃん先生に何を言ってもダメだって」

慰《なぐさ》め顔で和樹が言う。亜美は賢治の動きに注意しながら君塚先生を呼び出す。

「はい、今から向かいます」

目的地を尋ねられて祐哉に聞く。

「場所はどこなの」

祐哉から聞いた情報を告げる。

「瑠璃光《るりこう》町二丁目にある平林《ひらばやし》工業のビルだそうです。平林工業は倒産していて、空きビルです。屋上に八時ごろから集まっているみたいです。管理会社？　ああ、祐哉のことだから知っているかもしれません」

祐哉は抜かりなく調べていた。

「扇港《せんこう》興産だそうです。いえ、扇の港の扇港です」

瑠璃光町は旧港の一帯になる。運河の支流と細い路地の間を埋めるように中小の工場が建つ。産業構造の変化で工場は海外に移転してしまい、閉鎖されたままの工場や空き地が目につく。昼も人通りが少なく、油や排煙のニオイがあたりに立ちこめていた。

四人は押し黙ったまま歩き続ける。亜美は祐哉のすぐ後ろを歩いていく。祐哉の肩が緊張している。こんなに緊張している祐哉は初めてだ。たぶん、竹山真は相当ヤバいお仲間に囲まれているのだろう。

亜美のスマホが振動する。君塚先生からだ。平林工業ビルにほど近い場所にスタンバイしたとの連絡だった。あたりにまったく人影は見えないとのことだ。

「全員、スマホの電源は切った方がいい」

祐哉が亜美を見ながら言った。

「マナーモードにしていても、振動音で気づかれたりするから」

亜美はうなずき、君塚先生に手短に伝えてからスマホの電源を切った。賢治と和樹もポケットからスマホを取り出して操作している。

運河にかかる橋を渡った。祐哉が黙って前方を指さす。高い塀に囲まれた建物だ。これが平林工業ビルなのだろう。路地を回りこんだ祐哉は通用口らしい扉をさし示す。

　満月に照らされてあたりは明るかった。おそらく祐哉はこの明るさを考慮に入れて、真の救出作戦を今晩に設定したのだろう。扉の前で三人は軍手をはめている。祐哉は亜美にも軍手を渡そうとするが、押しとどめる。君塚先生のことだから、扇港興産に断りを入れているだろう。立花中の職員は補導目的ということで、不法侵入には問われないはずだ。祐哉はそれと察して、軍手をまたポケットにしまっている。

　祐哉が取っ手を回す。カギは壊《こわ》されていて、難なく敷地内に入る。あたりは雑草に覆《おお》われている。先頭の祐哉は草が踏まれて空間のできた場所を選んで前に進んでいく。やがて建物の扉《とびら》の前に出る。祐哉はあたりをうかがうと、裏手の雑草の茂みの中に三人を招いた。

「いい？　一応は毎晩八時過ぎに屋上に集まっているらしいけれど、もう来ているってこともあり得る。先頭はオレが行くから、最後は賢ちゃんに頼む。栗崎先生はオレの次に来てください。絶対に物音を立てないこと。ペンライトはどうしても必要な時だけ点《つ》けること。無理は絶対にしない。まずは自分の命。次に仲間の命。マアくんの連れ戻しは三番目だからね」

　祐哉が扉を開ける。窓からさす月明かりでほのかに明るいが、足もとは闇だ。祐哉が慎重にペンライトを点けた。足もとを照らしながら腰を落として進んでいく。亜美も祐哉の照らす明かりを頼りに進む。五メートルほど進むと階段があった。祐哉はためらいなく上《のぼ》り始めた。ペンライトを消して右手で壁に触れながら上っていく。

階段は永遠に続くかと思えるほど長く感じた。祐哉が左手を突き出して止まる。亜美は立ち上がって少し腰を伸ばしてみる。たぶん最上階の五階に立っているはずだ。あたりには揮発性の鼻を突くニオイが漂っていた。祐哉は周囲をもう一度うかがうと、屋上に続く階段を上り始めた。


屋上に人の気配がする。竹山真の声だ。

「ヨシは今日来るの？」

答える声は亜美が初めて聞く声だ。しゃがれて低い耳障りな声だった。

「さあなあ。ヨシはトルエンを手に入れたって言うから、今夜、持って来るんじゃねえか」

屋上の出入り口から外をうかがっていた祐哉が振り向く。階段の下を指さし、四人は音を立てないようにゆっくりと五階に戻った。五階の廊下に立つと、四人はそろってため息をつき、あわてて口を押さえる。賢治がささやく。

「あいつ、城山《しろやま》中のヤツだろ」

祐哉がささやき声で答える。

「うん、若松《わかまつ》だ。若松はナイフを持ち歩いているって、知っているよな？　オレと賢ちゃんはこっそり屋上に出て身を隠す。きっちり五分後に、和樹は屋上に向かってできる限りの大声で『サツだ、サツが来た。逃げろ』と叫ぶんだ。若松は今、保護観察中なので、ともかく逃げ出す。なにしろ、捕まれば少年院行きが決まる。若松は屋上の出入り口に近いところにいるから、すぐに階段を駆け下りる。オレと賢ちゃんでマアくんを捕まえよう。あっと、和樹は叫んだらできるだけ早く階段を駆け下りろよ。さっきの草むらのところに身を隠せばいい。それと、先生は五階に隠れていてください」

亜美は首を振る。

「ここまで来たんだから、わたしも屋上に出るよ」

仕方なさそうに祐哉はうなずいてから、和樹にささやく。

「和樹、時間の確認」

「さっきやった」

「いや、念を入れておこう」

祐哉と和樹はお互いの腕時計の秒針をにらんでうなずいている。

祐哉がささやき声で言った。

「行くぞ」

祐哉、亜美、賢治が静かに階段を這い上がっていく。ソロソロと屋上に到達すると、真たちから死角になる階段室の側面に身を潜《ひそ》める。五分がひどく長い。

「サツだ。逃げろ」

和樹も必死なので、妙にリアルな叫びだ。若松は慣れているのだろう。脱兎のごとく階段を駆け下りていく。真は三テンポほど遅れて出入り口に急ぐ。

賢治が長い手を伸ばして真の着ているヤッケを引っ張る。すでにシンナーに酔っていた真は判断が狂ったのだろう。ヤッケを脱ぎ捨てると「ワッー」と叫びながら屋上から飛び降りようとした。間一髪で祐哉と亜美が飛びつき、床に転がった。

亜美はなおも抵抗する真の胸ぐらをつかみ、顔を近づけてささやく。

「マアくん、先生。先生だってば」

真はきょとんとした表情で揮発性の息を吐いている。腹を立てた亜美が手を振り上げると、急に抵抗をやめた真が叫ぶ。

「わかった、わかったから、ぶたないで」

亜美はゆっくりと立ち上がる。左肩が痛い。右腕にベッタリと何か粘りつくものがついている。月光に透かして見ると、赤いものだ。血かと思ってニオイをかぐとペンキだった。脇を見ると、祐哉が真を引っ張り上げて立たせている。

四人は押し黙って階段を下りる。途中で亜美はスマホを取り上げると、君塚先生に連絡した。君塚先生たちは平林工業ビルのすぐ近くにいるようだった。脱兎のごとく飛び出してくる人影を見て、突入したものか思案中だったという。

ビルの敷地から外に出ると、君塚先生が足早に近づいてくる。その後ろにはウエちゃんがいた。居ても立ってもいられなくて一緒に来たのだろう。なんだか申し訳ない気分になる。

ウエちゃんは亜美の後ろをとぼとぼと歩いて来る真にツカツカと歩みよった。真の前に両手を腰に立ちはだかる。空色のコートに長い髪を垂らした「美しすぎる国語教師」は今日もキレイだ。気圧《けお》された真はよろよろと後ろに下がっている。ウエちゃんは真の顔を右の人差し指で決然と指さした。真は直立不動の姿勢になっていた。その真にウエちゃんが厳しい調子で言った。

「竹山くん、わたしの親友をこれ以上危険な目にあわせたら、タダじゃ置かないからね」

祐哉が感心してつぶやく。

「立花中最強の教師は上杉先生で決まりだな」

ラブレター

竹山真は亜美の後ろに隠れている。あがりかまちに立つ竹山佐知子はどうしたものか迷っているらしく、呆然《ぼうぜん》と真を見つめていた。こんなに頼りなく見える佐知子は初めてだ。

真の左腕をつかむと、前に引きずり出す。真は少しよろめきながら前に出ると、母親と向き合い深々と頭を下げている。

「心配かけて、ごめん」

佐知子はパチンと真の頭をはたくと、抱きしめながら泣いている。


この三週間、亜美は時間をやりくりして竹山家への家庭訪問を繰り返した。なにしろ、真の家出のきっかけは「栗崎先生に合わせる顔がない」だったのだ。責任を感じての家庭訪問だったが、息子をよくわかっている佐知子は決して亜美を責めなかった。

「たとえきっかけはそうだったとしても、帰ってこないのは真の気持ちでしょう。うるさく言う者もいないし、死ぬほど嫌いな勉強もしなくて済む。だから、結構楽しくやっているんですよ。判断力も道徳心もないから、悩むこともないんです」

と、言うのだった。しかし、佐知子は日に日に痩《や》せて目の下のクマも濃くなっていった。考えてみれば、判断力も道徳心もない十四歳が何をしでかすか亜美も気が気でなかった。

心配が高じて祐哉や賢治の「真救出作戦」に無理やり参加したのだが、無事に真を連れ戻してみると、自分の行動が教師として正しかったのか迷い始めてもいた。

君塚先生やウエちゃんに聞くと、和泉校長はカンカンに怒っているらしい。「なぜ、警察に通報して、補導してもらおうとしなかったの」と、言っているとのことだった。亜美も警察に連絡するのが正しい対策だったことは重々わかっていた。しかし、もろもろの事情を考慮すれば、並木祐哉ほど的確に真を救える者はいなかったと亜美は確信していた。

真を抱きしめていた佐知子が飛びのくように離れる。

「マアくん、このニオイは何？　あなた、ものすごく臭《くさ》いわよ」

亜美も救出した真と向き合って、一番驚いたのはニオイだった。普段の真はきれい好きで、下着もカッターシャツも薄汚れたものは絶対に身に着けようとしなかった。いつもシャンプーと洗剤のニオイがしていた。しかし、今は汗と垢《あか》と安物のコロンとペンキを混ぜた強烈な悪臭を発していた。

「すぐにお風呂に入りなさい。着替えも置いてあるからね。先生もおあがりになってください」

真は両腕を交互にあげてニオイをかぐと、あわてて靴を脱ぎ捨て、風呂場に急いだ。

亜美は真の脱いだ靴をそろえてから自分のスニーカーをかたわらに置く。そうして、佐知子に勧められるままダイニングテーブルの前に座った。

「真くん、まだシンナーが抜けていないみたいですが、お風呂に入って大丈夫ですか」

亜美がおずおずと聞いた。

「毛穴が開いて、シンナーが抜けるからいいんですよ」

ことともなげに佐知子は答えた。それからちらりと亜美を見て、深々と頭を下げる。

「息子が本当にお世話になりました。先生も大変な目にあって真を連れ帰ってくださったんですね」

佐知子はもう一度お辞儀をすると、亜美の右腕についたペンキや顔を指さした。おそらく顔もペンキで汚れているのだろうが、鏡を見てないので亜美自身にはわからなかった。

「いえ、いえ。大丈夫です」

「ところで、真の居場所はどうしてわかったのですか」

「うちのクラスの委員長、並木くんに教えてもらいました。並木くん、松沢くん、小島くんが竹山くんのいるところまで案内してくれました」

佐知子は一瞬遠い眼をしてあらぬ方を見た。やがて、立ち上がるとコーヒーをいれだした。コーヒーの香りがあたりに流れ、亜美と自分の前になみなみと満たしたカップを置いた。

佐知子はコーヒーを一口飲んでから、バッグからタバコをおもむろに取り出した。そうして、シンクの下から灰皿を持ち出してテーブルに置く。亜美は驚いて目を見開き、佐知子を見る。佐知子がタバコを吸うであろうことは、時々衣服から漂うタバコのニオイで知っていた。しかし、今の今まで亜美の前でタバコを取り出したことは一度もなかった。

バージニアスリムを挟んだ指先はマニキュアがはげかけている。あらかじめ、「今日は真を捜しに行きます」と電話で伝えてあったから、スナックは誰かに頼むか休むかしたのだろう。髪はボサボサで普段着のジャージ姿だ。それでも、中空をにらみながらタバコの煙を吐き出す姿は蠱惑《こわく》的だった。

佐知子は二、三度煙を長く吐き出すと、タバコを灰皿に押しつけた。背筋をグッと伸ばして、亜美をチラリと見る。

「失礼ですが、先生はおいくつですか」

「二十三歳です」

「あたしが竹山と初めて会った時が、二十三だった。バブルがはじけて長い不景気の頃だったけど、この街は地震からの復興需要で、まだ景気が良かった。夜の街もそこそこ金回りが良くてね。あたしが出ていた店は尽忠会の系列だったけど、その割に良心的な店だった。ママが尽忠会総裁のコレで……」

佐知子は小指を立てて言う。亜美はちょっと考えてからうなずく。去年、フミ姉ちゃんに教えてもらった。フミ姉ちゃんは噛んで含めるように言った。「コレって小指を立てたら、愛人のことなのよ。男の人にとって、正式に結婚していない恋の相手という意味。このあたりでは幼稚園児でも知っている基礎知識だからね」と。つまり、佐知子の働いていた店は尽忠会総裁の愛人が経営していたということになる。「良心的な店」なのだから、スナックかバーといったところだろう。

「竹山を尽忠会のサンシタが連れて来た時は不思議だった。ママはサービスをしてあげてねって、さかんに言った。でも、竹山はいろいろな意味でヤクザの世界とは無縁に見えた。まじめな職人さんって感じだったし、事実、腕のいい機械工だと話していた。今から思えば、他の組織や外国人との抗争とかがあって、組も拳銃が欲しかったのね。竹山は複雑な機械でもあっという間に分解して、たちまち組み立てる腕があったから、銃の密造とか改造とかに使えると踏んだのでしょう。金沢総裁《かなざわそうさい》はとても頭が切れる人なの」

佐知子は言葉を切ると、コーヒーを一口飲んだ。

「竹山は、風采《ふうさい》はあがらないけど、明るくて純情で働き者で……。ともかく、あたしがあんまり付き合いのないタイプだった。金儲けのことしか考えない中小企業のオヤジとも、疲れて不平不満ばかり垂れ流すサラリーマンとも、頭は犬並みのくせに粋《いき》がるヤクザとも違う。だんだん竹山が店に来るのを楽しみにするようになっていた。竹山の方は完全にのぼせ上がっていた。自分で言うのもなんだけど、あの頃のあたしはキレイだった。今とは違って……」

どうしてこの話なのだろう。亜美は戸惑う。

「あの頃、尽忠会で拳銃の調達を取り仕切っていたのが並木さんだった」

そういうことか。並木祐哉と竹山真は生まれる前からかかわりがあったことになる。

「並木さんは金沢総裁の懐刀《ふところがたな》で、中国から拳銃を仕入れることを思いついた。尽忠会にかかわりのある企業が工場を中国に持っていた。そこを足がかりに、拳銃の密輸を企てた。並木さんのところには戸田《とだ》先生という不思議な人がいる。昔の過激派とかで、京都大の大学院を中退した人。中国語、ロシア語、朝鮮語もペラペラで、何回か会ったことがあるけれど、大学の先生みたいな物静かな人。並木さんは戸田先生と一緒に中国に出かけた。戸田先生は中国の南方の方言もできたし、並木さんはミナミの中国マフィアの仲介で向こうの黒社会とも渡りをつけた。結局、接待攻勢が実を結んで地方政府の幹部を誑《たら》しこんだ。規律検査委員っていう不正を摘発する幹部だったらしいから仕事はうまく運んだみたい。自動車の部品と一緒にコンテナで港に陸揚げする。拳銃の部品には特殊な塗料が塗ってある。それに特殊なライトを当てると光るんだそうです。そんなやり方で国内に持ちこむと、竹山のような熟練工が組み立てるというわけ」

どうも、祐哉の頭脳は父親ゆずりのようだ。

「竹山が組み立てた銃はトカレフ型の改良で、とても性能が良かった。飛ぶようにさばけたみたい。特に東京方面で……。尽忠会が勢力を広げる元手になった」

佐知子は誰にも話せなかった過去のいきさつを吐き出したいのだ。それはそれでかまわないのだが、亜美は真にだけは聞かせたくなかった。しかし、正気づきつつある真は汚れ落としに夢中で、なかなか風呂からあがる気配はない。洗っても、洗っても垢《あか》が出るのだろう。シャワーの水音がここまで聞こえていた。

「あたしはそういった事情を、その頃、まるで知らなかった。知らなかったとはいえ、竹山を悪の道に誘いこむ片棒を担《かつ》いだことになる。竹山には申し訳ないことをしたと思っています」

「だから、並木さんを恨んでいる？」

「いいえ、並木さんには感謝こそすれ、恨んではいません。あたしの人生、父が商売に失敗し両親が離婚した十《とお》の時から、いいことなんかまるでなかった。オトコとも、そこそこ楽しく付き合えて、お金が入ればＯＫみたいな。でも、竹山と会って世界が一気にカラーになった。うれしくて、楽しくて、幸せで……。手をつなぐだけで夢見心地なの。ああ、恋ってこれを言うんだなあって……。竹山に出会わなかったら、本当の恋も知らないまま人生を終わっていたでしょう。竹山には申し訳ないんですが、並木さんには感謝していま
す」

落ち着いた声で淡々と話す。だが、亜美が顔を上げて佐知子を見ると、涙の粒が目のふちを転がり落ちていた。あわてて亜美はテーブルに置かれたティッシュを差し出す。

「でも、根がまじめな竹山には酷《こく》な生活だった。覚醒剤《かくせいざい》で捕まって実刑も食らったし……。だんだんと追い詰められていった」

これ以上は聞かない方がいいような気がする。しかし、佐知子をどう止めたらいいのか

わからない。

「十年前の春、竹山は御崎《みさき》運河に浮かんだ。酔って足を踏み外《はず》した事故ということになった。でも、怖じ気づいた竹山を並木さんが『始末した』というウワサが絶えなかった。本当のところは事故でも殺されたわけでもない」

佐知子は立ち上がると隣の部屋に消える。ガタガタと引き出しを開け閉めする音がした。寝ぼけた修がむにゃむにゃと何事かつぶやいている。

呆然《ぼうぜん》と座る亜美の目の前にたたんだ紙片が突き出される。ありふれた便せんに几帳面な字がしたためてある。どこか真の字に似ていて、真の父親の書いた手紙のようであった。

「今から事故死する」とあるのは、どういう意味なのだろう。「この遺書はすぐに処分するように」ともある。亜美は佐知子にささやいた。

「真くんのお父さんは自殺したんですか」

佐知子の首がかすかに上下する。

「でも、事故に見せかけたかったんですね」

「保険金の件があったんです。竹山は亡くなる一年ほど前にかなりの金額の生命保険に入っていた。二年以内に自殺で死亡すると、保険金はおりない契約になっていました」

「ああ、『オレからの最後のプレゼント』って、保険金のことですね。これ、遺書って言うよりラブレターですよね。『佐知子に会えてよかった。佐知子がどんなふうに生きても幸せになるなら、オレは満足だ』って、すごいですね」

亜美は恭《うやうや》しく「遺書」をたたみ直して佐知子に差し出す。佐知子も恭しく受け取って、バッグにしまっている。テーブルに座る二人に妙な静寂が流れる。相変わらずシャワーの音だけがあたりに流れている。

「並木くんのためですか？　竹山くんのお父さんの死は、並木くんのお父さんとは関係がないと、確信をもって伝えさせるためなんですか」

「ええ、そうですね。真を助けてくれたのに、いつまでも嫌なウワサで悩ませたくなかった。でも、それだけではない」

亜美は黙って佐知子のまだ美しさの名残をとどめた顔を見つめる。

「竹山との思い出はあたしの人生のただ一つの宝石です。それを誰かに知ってもらいたかった。栗崎先生は宝石を見せるにふさわしい人のように思えたんです」

そうなのだろうか。亜美もティッシュで目をぬぐいながら、自分が佐知子の評価に足る人間でありたいと心から願った。

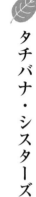

タチバナ・シスターズ

ガタガタと音がする。真が風呂からあがったらしい。

「先生、まだいたの？」

家出事件がはるか昔のことのように、ケロリと真が言う。

「竹山くん、来週の水曜から期末テストだよ」

真はうれしそうだ。

「オレ、期末テストは好きだな。中間テストと違って昼まで帰れるよな」

真のテストはほとんど白紙だ。

「授業もテストも睡眠時間だものね。昼で終わるテストの方が授業よりもいいのよね」

「いいや、技術と美術は起きている。社会の時間も聞いている。先生、ナポレオンが缶詰を作らせたって本当なの？」

「尾高先生が言ったのなら、本当でしょう」

「カバ大王は物知りだよな」

真を感心させるとはカバ大王、恐るべしだ。真のいつもと変わらない様子に佐知子はじりじりしている。

「真、わかっているの？　先生や友達にどれだけ迷惑をかけたと思っているの。当分、家で反省しなさい。先生、火曜日までは家で謹慎させますので……」

亜美はうなずきながら、君塚先生に指示された通りのことを言う。

「今日は真くんもお母さんもお疲れでしょうから、お休みください。明日の放課後、お母さんと真くんは立花中学校に来てください。時間については、明日、電話でご連絡します。真くんは当分の間、自宅謹慎となりますが、詳しくは校長の方から話があると思います。それから、建造物侵入と薬物使用について、警察が事情を聞くことになると思います。お母さん、真くん。よろしいでしょうか」

佐知子も真も神妙にうなずいている。

「これを機会にまじめになってもらわないと……」

佐知子はつぶやくように言うが、言った本人も聞いた亜美も、真の素行が改まるとは実のところ思えない。何か重い課題を抱えた気分で、亜美は竹山家をあとにする。

十四号棟から外に出る。あたりは月の光に照らされて明るかった。亜美はゆっくりと周囲を見回す。軽自動車が道路の向こうに止まっている。楢原先生が運転して瑠璃光町から乗ってきた車だ。運転席の窓がするすると開き、フミ姉ちゃんが手を振っている。すぐに、助手席のウエちゃんが飛び出してくる。

「お疲れさま」

ウエちゃんが飛びつくように亜美の手を取ると言った。

「楢原先生は？」

「いったん、車で学校に帰ってきたのよ。入れ替わりに、わたしたちが迎えに来たわけ」

「ありがとう」

話しながら二人で後部座席に乗りこむ。座席に身を預けながら大きく息を吐き出す。長い、長い一日だった。

「二人とも、シートベルトをしてね」

「はあい」

ウエちゃんはベルトを引っ張り出すが、亜美は両手で顔を覆《おお》ったまま動かない。

「亜美ちゃん、大丈夫？」

ウエちゃんが顔をのぞきこむが、亜美は胎児のように体を丸めて震えだしていた。

「フミ姉ちゃん、亜美ちゃんがおかしい。救急車、救急車を呼んで」

フミ姉ちゃんが後部座席にすべりこんでくる。亜美の背をさすりながらペットボトルの水を飲ませる。軽の後部座席に三人が並ぶ。亜美は両脇にフミ姉ちゃんとウエちゃんの体温を感じ、次第に震えが治まってくる。

「何があったの？」

フミ姉ちゃんの澄んだ温かい声に心臓のどきどきも治まっていく。

「真が死にかけた。ビルの屋上から飛び降りようとしていた。祐哉とわたしが飛びついてやっとのことで止めた。もう一瞬遅かったなら、真は確実に死んでいたと思う」

フミ姉ちゃんが亜美の頭を抱きながら言う。

「それは怖かったよね。大変だった。パニックになっても無理ないわよ」

「違うの」

亜美は泣き声になっている。

「自分の家でお風呂からあがった真は平然としていた。死んじゃってもおかしくなかったのに、まるで階段を二、三段跳び損ねたみたいにしか考えていない。わたしもそんな真と普通にテストのこととか話していた。いつも不思議だった。ものすごく重大な犯罪なのに、当事者たちは平気で悪事をエスカレートさせていく事件があるでしょ。そんなニュースを見るたびになんだろうと思っていた。わたしも同じになっている。タバコを吸うなんてって思っていたのに、シンナーじゃなきゃいいかって思う。今日はシンナーを吸っていた。でも、そんなもんかって思った。このままでは真に引きずられて、わたしまで判断力も道徳心もなくしそうで怖い」

亜美はもう一口水を飲む。さらに、ウエちゃんからもらったティッシュで涙をふくと、背筋を伸ばして座り直した。

「もう、自信がない。辞《や》める。これ以上、真の指導はできない。教師も続けられない。校長先生に辞表を提出する」

ウエちゃんが亜美の左手を握りしめながら言った。

「亜美ちゃんが辞めるなら、わたしも辞めるわ」

「そうね。三人で辞めましょう」

フミ姉ちゃんが亜美の右手を軽く振りながら言った。亜美はオドオドと左右を見る。

「そんなことになったら、立花中の二年生たちはどうなっちゃうの？」

フミ姉ちゃんがクスッと笑う。

「ほらね。生徒たちのことを思うのなら続けなくてはダメでしょう。少なくとも、あの子たちが卒業するまでは。並木くんを生徒会長に担《かつ》ぎ上げて亜美ちゃんが辞めたら、ハシゴを外《はず》すようなものじゃない。亜美ちゃんに認めてもらいたくて、勉強もバスケも頑張っている谷帆乃香さんは、また札付きの問題児に戻っちゃう。確かに亜美ちゃんみたいに生徒ベッタリだと判断が狂うこともあるでしょう。でも、高橋先生も君塚先生も、わたしたちだっているじゃない」

「そう、そう。タチバナ・シスターズで、判断力も道徳心もお互いに補い合えばいいのよ。わたしだって時々暴走するもの」

ウエちゃんが言う。フミ姉ちゃんはパンと亜美の頭をたたくと、運転席に戻る。

「フミ姉ちゃん、痛いじゃない」

「元気になってよかったわ。出発するわよ。あっと、その前に亜美ちゃんの家庭訪問が無事終了したことを学校に知らせないとね」

フミ姉ちゃんはスマホを取り出す。

「二年の森沢です。どなたか二年の先生を……。あっ、高橋先生ですか。……大丈夫です。はい、元気です。……今から学校に帰りますので……あっ、わかりました。今、代わります」

フミ姉ちゃんがスマホを突き出す。

「高橋先生が亜美ちゃんに代われって……」

スマホを握りしめて声を絞り出す。

「もし、もし」

「亜美ちゃん、大丈夫?」

亜美の「学校でのお母さん」、高橋先生が気づかわしげに呼びかける。

「大丈夫です。ご心配をおかけしました」

「亜美ちゃんはね、ベストを尽くしたのよ。反省は落ち着いてからすればいい。今日は、やれることをやり切ったんだって、自分を褒めてあげればいいの。誰が何と言おうと、竹山くんのためにとった行動なんだから。いいですか」

涙であたりが見えない。

「わかりました。先生？」

「なあに、亜美ちゃん」

「ありがとうございます」

「早く帰ってきなさい」

スマホをフミ姉ちゃんに返す。フミ姉ちゃんはハザードランプを消すと、ライトを点《つ》けた。学校までの間、三人は押し黙ったまま夜のしじまを縫って行く。フミ姉ちゃんはいつもよりゆっくり慎重に車を動かしていた。

立花中学校の本館一階は明かりがすべて灯《とも》っていた。玄関に数人の人影が見える。フミ姉ちゃんの鈴を振るような声が車内に響く。

「二年生の先生方がお迎えに出ているみたいねえ。さあ、タチバナ・シスターズがうちそろって我が家に到着しました」

亜美がつぶやく。

「勤め先が我が家って、ちょっとイヤ」

「ちょっとじゃない。ものすごくイヤよ」

ウエちゃんが断言した。

著者プロフィール

長田 黎（おさだ れい）

兵庫県神戸市在住。
1997年、『天竺遊行』（日本図書刊行会）刊行。
2019年、『若葉の頃に』（文芸社）刊行。

祭りの季節に

2020年10月15日　初版第1刷発行

著　者　長田 黎
発行者　瓜谷 綱延
発行所　株式会社文芸社
〒160-0022　東京都新宿区新宿1－10－1
電話　03-5369-3060（代表）
03-5369-2299（販売）

印刷所　株式会社フクイン

© OSADA Rei 2020 Printed in Japan
乱丁本・落丁本はお手数ですが小社販売部宛にお送りください。
送料小社負担にてお取り替えいたします。
本書の一部、あるいは全部を無断で複写・複製・転載・放映、データ配信することは、法律で認められた場合を除き、著作権の侵害となります。

ISBN978-4-286-21560-0　JASRAC 出2004632－001